Dangereux désir

Le retour d'un Fortune

NIOBIA BRYANT

Dangereux désir

Traduction française de
MADELEINE POULAIN

PASSIONS

HARLEQUIN

Collection : PASSIONS

Titre original :
THE REBEL HEIR

HARPERCOLLINS FRANCE
83-85, boulevard Vincent-Auriol, 75646 PARIS CEDEX 13
Service Lectrices — Tél. : 01 45 82 47 47 - www.harlequin.fr
ISBN 978-2-2804-6849-7 — ISSN 1950-2761

Composé et édité par HarperCollins France.
Imprimé en avril 2022 par CPI Black Print (Barcelone)
en utilisant 100% d'électricité renouvelable.
Dépôt légal : mai 2022.

FSC www.fsc.org
MIXTE
Papier issu de sources responsables
FSC® C159065

Pour limiter l'empreinte environnementale de ses livres, HarperCollins France s'engage à n'utiliser que du papier fabriqué à partir de bois provenant de forêts gérées durablement et de manière responsable.

- 1 -

Avril

Jillian Rossi remonta ses lunettes à monture d'écaille sur son nez et jeta un coup d'œil par-dessus sa tasse de café. La cuisine de cet hôtel particulier du quartier huppé de Lenox Hill, à Manhattan, était sa pièce préférée. Spacieuse et composée sur mesure, avec ses panneaux de bois sombre et ses appliques de bronze, cette cuisine était l'endroit idéal pour exercer son métier de cheffe privée auprès de la famille Cress.

Depuis que sa grand-mère lui avait appris à cuisiner, Jillian avait toujours rêvé d'ouvrir son propre restaurant un jour. Elle avait donc poursuivi ses études à l'école de cuisine avec cette idée en tête. En postant des vidéos de ses recettes sur les réseaux sociaux, elle s'était acquis une belle notoriété et de nombreuses célébrités l'avaient ensuite engagée comme cheffe personnelle.

Les jets privés, les fêtes, les dîners luxueux dans des manoirs immenses… Elle s'était rapidement lassée de voir défiler la vie fastueuse du gratin de la société. Enfin, après quelques années, elle avait pu se lancer dans l'aventure et ouvrir son propre restaurant.

Malheureusement, l'établissement avait fait faillite à peine un an après son ouverture. Criblée de dettes, déçue et honteuse, elle n'avait eu d'autre choix que de reprendre son ancien métier. Elle travaillait donc pour la famille Cress depuis près d'un an.

Les Cress avaient bâti un empire industriel, mais, à l'origine, ils étaient tous des chefs cuisiniers à la renommée internationale. Jillian savait donc que sa cuisine était appréciée à sa juste valeur. Néanmoins, ce travail représentait un recul dans sa carrière.

Jillian traversa l'arrière-cuisine, avec ses placards parfaitement organisés et ses plans de travail en marbre, pour se rendre dans le coin bureau qui avait été aménagé à son intention. Elle vérifia que l'imprimante laser dernier cri était bien alimentée en papier. Effleurant du doigt l'écran tactile de l'ordinateur, elle imprima les menus du petit déjeuner.

À chaque repas, ces petits cartons couleur crème, avec leur somptueux monogramme doré, étaient disposés au milieu des assiettes de porcelaine bordées de platine qu'utilisaient les convives. Jillian commençait seulement à s'habituer au faste de la maison.

Bien qu'elle ne partageât pas ce mode de vie, Jillian trouvait dans le succès des Cress une motivation à poursuivre sa carrière de cheffe. Ils avaient commencé comme simples restaurateurs et étaient désormais à la tête d'un empire culinaire de plusieurs millions de dollars. Ils étaient également propriétaires de cette immense maison de ville de cinq étages, assez grande pour loger toute la tribu.

Il y avait d'abord Phillip, le chef de famille, et sa femme Nicolette. Venaient ensuite leur fils aîné Phillip

Junior, sa femme Raquel et leur petite Colette, tout juste quatre ans. Et puis, les quatre autres fils : Sean, Gabriel, Lucas, et…

— Bonjour, Jillian.

… *Cole.*

L'espace d'un instant, au son de la voix de basse profonde de Coleman Cress, Jillian se figea. Le cœur battant à cent à l'heure, elle récupéra ses menus dans l'imprimante pour tenter de se donner une contenance. Un coup d'œil par-dessus son épaule lui apprit que Cole s'était rapproché. Il se tenait avec désinvolture sur le seuil de l'arrière-cuisine, sa carrure imposante occupant l'encadrement de la porte.

Tout comme ses frères, Cole était un homme séduisant à la silhouette mince et athlétique. Ses yeux en amande couleur bleu gris contrastaient agréablement avec son teint mat. Quant aux traits de son visage, on aurait pu les croire ciselés par un sculpteur tant ils étaient nets, de ses pommettes hautes à la ligne abrupte de sa mâchoire. Ses lèvres pleines et les longs cils qui ombraient son regard ajoutaient juste ce qu'il fallait de douceur à son expression.

Il coupait ses boucles brunes très court, mais une barbe de trois jours ombrait souvent ses joues et ajoutait encore à son charme. Contrairement à ses frères, Cole portait la plupart du temps un T-shirt noir, un jean et une veste de moto en cuir, un look qui ne manquait pas d'attirer les regards.

Surtout le mien, songea Jillian en s'approchant de lui, un menu à la main.

— Bonjour, monsieur Cress. Je vous propose des omelettes pour le petit déjeuner. Voici la liste des ingrédients à disposition.

Cole ferma la porte derrière lui et fit un pas vers elle, les yeux rivés aux siens, un sourire sans équivoque aux lèvres.

— Monsieur Cress ? répéta-t-il d'un ton moqueur. Tu m'appelais autrement, la nuit dernière.

Jillian détourna le regard. Les délicieuses images de leur dernière soirée affluèrent à son esprit, tout comme celles des nombreuses nuits qu'ils avaient passées ensemble, en secret, depuis un an. Cole posa les mains sur ses hanches et elle sentit la chaleur de ses paumes à travers le mince tissu de son pantalon.

— Ose prétendre que tu n'as pas envie de m'embrasser, murmura-t-il, les lèvres à quelques centimètres de celles de Jillian.

— Pas ici.

Elle fit un effort surhumain pour s'écarter de lui. Cole soupira, son regard plein de regret caressant les lèvres de la cheffe avant de répondre :

— Je n'aime pas l'avouer, mais tu as raison.

Jillian le suivit des yeux alors qu'il sortait de la pièce, la démarche tranquille et assurée, comme à son habitude. Elle attendit quelques minutes que les battements de son cœur reprennent un rythme plus calme. Cole avait eu cet effet sur elle depuis le jour où elle l'avait rencontré, en janvier de l'année précédente.

Ils avaient d'abord passé deux mois à échanger de longs regards, puis ils avaient cédé à leur attirance mutuelle et, depuis, partageaient une aventure passionnée. Un an plus tard, Jillian ne souhaitait toujours pas donner un tour plus sérieux à leur histoire. Cette relation légère et sans attaches lui convenait très bien. Après deux mariages ratés dans sa jeunesse, elle n'avait aucune envie de recommencer une pareille catastrophe avec qui que ce soit.

Secouant la tête pour chasser ces pensées importunes, Jillian ramassa les menus et traversa la cuisine pour rejoindre la salle à manger, une pièce élégante avec ses immenses baies vitrées. Elle croisa en chemin la maîtresse de maison qui sortait de l'ascenseur. Avec ses yeux bleu gris et sa peau mate, Nicolette Lavoie-Cress ressemblait beaucoup à Cole, à ceci près que ses cheveux étaient blonds et parsemés de quelques mèches argentées.

— Bonjour, madame Cress. J'apportais tout juste les menus du petit déjeuner.

— Très bien, répondit Nicolette avec un hochement de tête approbateur.

Comme à son habitude, elle s'exprimait avec un accent français très prononcé dont elle n'avait jamais pu se défaire.

— Pour le dîner, continua-t-elle, toute la famille sera présente… excepté Gabe.

Jillian se serait facilement passée de cette précision. Cole lui avait déjà appris que Gabriel avait déménagé suite à une grosse dispute avec son père, et il n'avait pas remis les pieds dans la maison depuis, pas même pour les fêtes. Elle n'ignorait pas non plus que Gabe sortait avec Monica, l'ancienne gouvernante de la maison Cress, depuis cinq ans.

Cependant, puisqu'elle n'était pas censée connaître tous ces détails, elle se contenta d'un hochement de tête et garda une expression parfaitement impassible.

— Les températures commencent enfin à remonter, remarqua Nicolette. Il est temps de laisser de côté les plats d'hiver. Je mangerais bien des pâtes, ce soir.

Jillian s'apprêtait à répondre lorsque Phillip Cress Senior entra à son tour dans la pièce. Sa haute taille, ses épaules larges et son sourire conquérant l'impressionnaient toujours. Il lui accorda un bref hochement de tête avant d'aller rejoindre sa place au bout de la table, non sans avoir échangé un regard complice avec sa femme.

Nicolette et lui s'étaient rencontrés à l'école de cuisine à Paris. Même après tant d'années de mariage, ils partageaient toujours une profonde affection qu'ils n'essayaient pas de cacher en public. Jillian trouvait d'ailleurs Nicolette beaucoup moins froide et affectée lorsqu'elle discutait avec son mari. Sans aucun doute, ces deux-là s'aimaient comme au premier jour.

Jillian s'éclaircit la gorge pour tenter d'attirer l'attention de son employeuse, qui n'avait pas quitté son mari des yeux.

— Que diriez-vous d'un plat de *linguine* aux fruits de mer pour le dîner ? lui proposa-t-elle.

— *Merveilleux*[1].

Nicolette rejoignit son mari à table et Jillian lui emboîta le pas. Elle disposa rapidement les menus devant chaque convive. Lorsqu'elle passa devant Cole, celui-ci ne leva même pas les yeux, absorbé par quelque chose sur son téléphone. Elle ne chercha pas à voir ce qui retenait son attention. Après tout, elle n'avait pas de droits sur lui, et elle n'était pas près d'en avoir.

Jillian ne se faisait plus confiance en matière de relations amoureuses. Elle avait depuis longtemps cessé de rêver à un amour idéal comme celui de ses parents, ensemble depuis le lycée – un rêve qui avait précipité la fin désastreuse de ses deux mariages. En aucun cas elle

1. En français dans le texte (NdT).

ne s'autoriserait à revivre la même déception. Cole Cress et ses abdominaux parfaitement dessinés ne seraient jamais autre chose qu'un divertissement.

Et quel divertissement...

Son esprit se perdit un instant dans des souvenirs de nuits enflammées, de crème Chantilly, de balades à moto dans Manhattan, ou encore de cette soirée où ils avaient pris un bain parfumé ensemble, le corps parfait de Cole au milieu des pétales de fleurs…

— Coucou, cheffe Jillian, claironna soudain une petite voix flûtée.

Jillian revint brusquement sur terre et adressa un grand sourire à la petite Colette, qui venait d'entrer dans la salle à manger. Avec ses joues rondes, ses lunettes jaune vif et son joyeux sourire, la petite-fille des Cress était tout simplement adorable.

— Non, non, Colette, la réprimanda doucement sa grand-mère. Comment est-ce que je t'ai appris ?

— Oups, fit la petite fille en pouffant derrière sa paume. Je voulais dire : *Bonjour*, cheffe Jillian.

— *Bonjour*, Colette, répondit chaleureusement l'intéressée en prononçant le mot de son mieux.

Elle se rendit ensuite dans la cuisine pour y chercher une carafe de jus de fruits fraîchement pressés, ainsi qu'un pot de café fumant. En revenant dans la salle à manger, elle croisa Felice, la nouvelle gouvernante, qui avait pris la place de Monica dans le petit cabinet rattaché à la cuisine. Felice n'était pas aussi agréable ni aussi sociable que l'était Monica. Pour autant, elle faisait son travail avec professionnalisme, ce qui restait l'essentiel.

— Je vois que tu persistes à t'habiller comme un

délinquant, déclara soudain Phillip Senior à l'adresse de Cole.

Jillian se figea l'espace d'un instant. Sous l'accent parfaitement britannique de Phillip perçait un mépris qu'elle reconnaissait bien. Tous ses autres fils s'habillaient comme lui et adoptaient une attitude professionnelle en sa présence, mais Cole refusait de se laisser dicter sa conduite, ce qui irritait profondément son père.

— Si « m'habiller comme un délinquant » signifie pour toi porter les vêtements qui me plaisent, ou faire mes choix librement en tant qu'adulte, alors oui, répliqua Cole d'un ton glacial.

Jillian eut l'impression de passer du jour à la nuit en l'espace d'une seconde. Cole était en général quelqu'un d'enjoué et d'agréable, mais, lorsqu'il parlait à son père, il devenait complètement différent. On aurait presque cru qu'il se plaisait à le contredire.

— Dans la vie, tout est une question de choix… comme tu devrais le savoir, poursuivit Cole.

Les yeux de Phillip se plissèrent, et Nicolette jeta un coup d'œil vers Jillian avant d'intervenir :

— Phillip, je suis sûre que cette conversation peut attendre.

Traduction : pas devant les employés, songea Jillian.

En s'approchant de la table, elle remarqua que Cole s'était déjà replongé dans son téléphone. Il ne semblait jamais prendre ces querelles avec son père au sérieux. D'ailleurs, lui arrivait-il de prendre quoi que ce soit au sérieux ? Jillian en doutait

Leur relation était fondée sur la spontanéité, sur des rendez-vous impromptus pour passer des nuits enflammées ensemble. Cole était parfait pour cela. Il savait exactement comment la satisfaire, et semblait se délecter de lui faire plaisir…

Jillian réprima un frisson de désir. Rien qu'à repenser à ces moments passés avec Cole, elle mourait d'envie de se retrouver à nouveau seule avec lui. S'obligeant à se concentrer sur la situation présente, elle s'éclaircit la gorge et annonça :

— Aujourd'hui, je vous propose des omelettes avec un large choix d'ingrédients. Elles seront accompagnées de pommes de terre à la lyonnaise. J'ai aussi une salade de fruits frais au miel et plusieurs sortes de toasts.

— Juste une omelette blanche avec un peu d'épinards pour moi, déclara Lucas en se servant un verre de jus de fruits.

Jillian ne fut pas surprise par son choix. Le plus jeune des Cress venait de perdre une bonne vingtaine de kilos et, se sentant plus en forme que jamais, il semblait bien décidé à ne pas les reprendre.

En prenant la commande de toute la famille, Jillian ne put s'empêcher d'observer Cole à la dérobée. Une imperceptible raideur dans ses épaules lui apprit qu'il était sous tension. D'habitude, il chantait les louanges de ses pommes de terre sautées aux oignons, mais quelque chose disait à Jillian qu'il n'en mangerait pas beaucoup ce jour-là.

— Cole, quels ingrédients souhaiteriez-vous dans votre omelette ? demanda-t-elle.

Lorsqu'il leva les yeux vers elle, son sourire éclairait tous ses traits – une nouvelle métamorphose.

— Juste un café, merci. Je vais faire l'impasse sur le petit déjeuner.

S'efforçant d'ignorer la justesse surprenante de son

intuition à propos de Cole, Jillian retourna dans la cuisine et prépara sept petites poêles sur la gazinière. Une fois les œufs versés, elle baissa légèrement la température et ouvrit son étui à couteaux en cuir monogrammé. Une note cartonnée portant le logo de Cress Inc. tomba alors à ses pieds.

Se doutant de la provenance du petit mot, elle le porta à ses narines et inspira longuement l'odeur d'eau de Cologne si familière, celle de Cole.

Cette nuit, avant de partir, je t'ai volé le string que tu portais. J'aime avoir ton odeur avec moi.

Jillian se mordit la lèvre, parcourue par une vague de désir qu'elle ne chercha pas à maîtriser. Elle jeta un coup d'œil vers la salle à manger. Cole lui rendit son regard, puis tapota la poche de sa veste avant de lever son verre dans sa direction.

Se souvenant alors de ses omelettes, elle courut baisser le feu et ajouter les ingrédients dans les poêles, mais ses joues brûlantes n'avaient rien à voir avec la chaleur de la cuisinière. Son cœur battait à tout rompre dans sa poitrine. Cole se tenait à quelques mètres d'elle… avec son tanga en dentelle rouge dans la poche.

Cole suivit discrètement Jillian du regard lorsqu'elle sortit de la salle à manger. Sa silhouette élancée et son teint magnifiquement cuivré ne cessaient jamais de le fasciner. Il aimait particulièrement ses cheveux auburn, très bouclés, même si elle les attachait en un chignon serré pour travailler.

Lorsqu'elle cuisinait, elle portait également des

lunettes, qui ne parvenaient pas à cacher les cils longs et épais qui ornaient son regard noisette. Son visage en forme de cœur attirait l'attention sur sa bouche parfaite aux lèvres rebondies. Souriant dans sa tasse de café, Cole épia le mouvement des hanches de la cheffe, de ses fesses arrondies sous le tissu moulant de son pantalon. Dire qu'elle était encore plus belle sans vêtements, dans ses bras…

Jillian était magnifique, de ses courbes splendides jusqu'à son sourire sensuel. Elle était aussi drôle, intelligente, joyeuse, insatiable au lit, mais surtout, elle ne cherchait pas le prince charmant.

Bref, parfaite pour moi.

Cole adorait chaque moment avec Jillian, des longues heures passées à flirter en cachette jusqu'aux nuits où ils pouvaient enfin laisser libre cours à leur désir. En revanche, jamais il n'aurait songé à parler d'amour avec elle. Il avait banni ce mot de son esprit depuis sa dernière année à l'école de cuisine.

Lorsqu'il avait rencontré Traci Mason, une apprentie cuisinière comme lui, Cole en était aussitôt tombé amoureux. Traci avait en apparence tout pour lui plaire : belle, intelligente, avec des valeurs qui correspondaient aux siennes – du moins l'avait-il cru. Il avait rapidement envisagé son avenir avec elle, acheté une superbe bague et organisé une demande en mariage surprise dans une montgolfière.

Son frère Gabriel l'avait averti du danger au dernier moment. Au cours d'une soirée, il avait entendu Traci se vanter du superbe poisson qu'elle avait ferré en la personne de Cole. Elle avait notamment raconté en détail à ses amies comment elle comptait se servir de la célèbre famille Cress pour lancer sa propre carrière de cheffe.

Cole ne l'aurait peut-être pas cru si son frère ne lui avait pas montré une vidéo, prise à l'insu de Traci, où elle répétait exactement les propos entendus par Gabriel, et plus encore. Visiblement, elle n'avait jamais rien éprouvé pour lui. Il n'avait représenté pour elle qu'un moyen comme un autre de parvenir à ses fins.

Après Traci, Cole n'avait jamais voulu d'une relation sérieuse avec personne. Ses escapades avec Jillian le satisfaisaient pleinement. De plus, elles lui permettaient d'échapper à un quotidien familial devenu pesant.

Son père avait récemment annoncé qu'il prendrait bientôt sa retraite en tant que directeur général de Cress Inc., et qu'il nommerait un de ses cinq fils pour lui succéder. Un climat de méfiance régnait depuis dans la famille. La belle unité que Cole avait toujours connue n'existait plus. Chacun de ses frères se battait pour essayer d'accéder au trône, et lui-même reconnaissait que le royaume en valait la peine.

Ses parents avaient passé leur vie à asseoir leur position dans le monde de la cuisine. Leurs restaurants étaient presque tous étoilés et acclamés par la critique, tout comme leurs livres de cuisine qui se vendaient dans le monde entier. Une fois leur réputation établie, ils avaient pris le risque de fonder Cress Inc. et de diversifier leurs activités : d'abord une émission culinaire, puis une ligne d'ustensiles haut de gamme, un magazine en ligne, une école de cuisine, et pour finir une organisation de charité.

Cole et ses quatre frères étaient à leur tour devenus de grands chefs reconnus dans le monde entier. Pourtant, quatre ans auparavant, leurs parents les avaient rappelés pour leur donner à chacun un rôle dans l'entreprise familiale. Phillip Junior gérait la Fondation Cress. Gabriel avait quelque temps supervisé les restaurants familiaux, mais il venait de démissionner pour réaliser son rêve d'ouvrir son propre établissement. Sean était chargé des émissions culinaires, et quant au plus jeune, Lucas, il dirigeait la production d'ustensiles de cuisine.

Cole, lui, occupait le poste de directeur du marketing et de la publicité. Son équipe et lui faisaient notamment en sorte de maintenir une bonne image de l'entreprise dans les médias et sur les sites Internet dédiés à ses activités. Il n'avait accepté le poste que pour faire plaisir à sa mère, mais avec le temps, il avait fini par apprécier son travail. Il était même fier du développement de Cress Inc. et de sa présence en ligne toujours croissante.

En revanche, le poste de directeur général ne l'avait jamais intéressé. Il ne s'était lancé dans la compétition que parce que son père le pensait incompétent. Tout comme Gabriel, il se sentait incapable de remiser sa vocation pour rester assis derrière un bureau toute sa vie. C'est pourquoi il avait développé un *food truck* haut de gamme dans lequel il cuisinait tous les week-ends.

Ce *food truck* représentait la pire des calamités pour son père, qui jugeait ce genre de gastronomie indigne de grands chefs comme les Cress – une notion rétrograde et prétentieuse aux yeux de Cole.

Le regard de Cole suivit ses pensées et il jeta un coup d'œil à l'autre bout de la table, où son père échangeait un sourire affectueux avec sa mère.

Quel hypocrite.

Rien qu'à le regarder, il sentit une immense colère bouillonner en lui, la même qu'il ressentait depuis son adolescence rebelle. Phillip Senior avait élevé ses fils selon des principes d'un autre siècle. S'il était capable de tendresse envers son épouse, il n'en avait jamais montré à l'égard de Cole ni de ses frères. À la maison, il n'y avait de place ni pour les pleurs, ni pour le moindre écart de conduite, une conduite sévère dont on n'avait pas le droit de se détourner.

Le regard de Cole s'arrêta soudain sur la chaise vide à table, celle de Gabe. Il était fier de son grand frère pour avoir réussi à tenir tête à l'inflexible Phillip Senior. Lorsque son père avait appris que l'un de ses fils osait sortir avec une employée, il s'était montré plus qu'insultant.

Cole eut un frisson de dégoût au souvenir des mots que Phillip avait employés. Il était allé jusqu'à insinuer que Gabriel ne ressentait qu'une attirance passagère pour Monica, trouvant impossible qu'il puisse souhaiter une relation sérieuse avec elle, puisqu'elle faisait partie « des femmes qu'on met dans son lit, pas avec qui on se marie ».

Cependant Gabriel, le sage Gabriel qui ne rétorquait jamais, avait refusé que son père manque de respect à la femme qu'il aimait et décidé de partir. Cole avait pris un certain plaisir à le voir répliquer à Phillip. Si seulement lui-même avait eu assez de courage pour le faire quelques années auparavant…

Perdu dans ses pensées, Cole n'avait pas remarqué qu'il serrait la poignée de sa tasse au point de la briser. Il relâcha brusquement sa prise et la tasse retomba bruyamment sur la soucoupe, manquant de répandre son contenu sur la nappe.

Toutes les têtes se tournèrent vers lui.

— Quelque chose ne va pas, tonton Cole ? demanda la petite voix de Colette.

Assise à côté de lui, sa nièce le contemplait avec inquiétude derrière ses immenses lunettes. Il lui répondit d'un sourire rassurant.

— Ne t'inquiète pas, Collie. Tout va bien.

— Tu n'as pas l'air très en forme. Tu es sûr que tu ne veux pas manger un peu ? insista sa mère avec un sourire encourageant. D'habitude, tu adores les pommes de terre de Jillian.

— Ne le gâte pas, Nicolette, ordonna son père.

Cole se raidit aussitôt et répliqua :

— Être gâté, c'est croire que l'on peut tout avoir, quand on veut et où l'on veut. Tu devrais pourtant le savoir.

Il vit son père ouvrir la bouche pour répondre, puis secouer la tête avant de retourner à son journal. Lucas et Sean échangèrent un bref regard ; Phillip Junior fronça les sourcils, tandis que Raquel faisait semblant de ne pas remarquer l'électricité dans l'air.

Toute la famille avait l'habitude des tensions entre son père et lui. En revanche, personne ne connaissait l'origine de cette dispute. La rage que Cole ressentait n'avait rien à voir avec une rébellion tardive contre son père, mais avec une profonde déception qui remontait à des années.

Alors adolescent, Cole avait visité l'un des restaurants familiaux et surpris Phillip Senior avec l'une des serveuses. L'image de cette femme à moitié nue dans les bras de son père le hanterait probablement jusqu'à la fin de ses jours.

Revenant à l'instant présent, il posa le regard sur sa mère, si amoureuse et si loyale, et ressentit comme souvent l'aiguillon du remords. Il s'en voulait encore de ne pas l'avoir mise au courant. À l'époque, il avait trouvé plus judicieux de ne pas la blesser inutilement. Sa colère envers son père n'en restait pas moins intacte.

Après la découverte de cette trahison, il s'était juré de ne jamais devenir comme son père et d'être un bon mari pour Traci. Celle-ci l'avait trahi à son tour. Depuis, et malgré sa réputation de play-boy dans la presse, il n'était jamais sorti avec plus d'une femme en même temps. Il s'assurait simplement que les relations ne deviennent jamais sérieuses.

— Je vais faire les courses pour le dîner. Avez-vous encore besoin de moi ?

Cole leva les yeux. Jillian se tenait sur le pas de la porte. Par-dessus son épaule, il pouvait voir une partie du jardin, resplendissant sous le soleil printanier. Il aimait particulièrement la pergola recouverte de longues branches de bambou. Il s'y asseyait souvent le soir pour fumer un cigare ou boire un verre de whisky, écoutant les bruits de la ville, contemplant la fontaine illuminée à l'autre bout du jardin. Là, il pouvait laisser ses pensées suivre leur cours librement.

La plupart du temps, il finissait par se remémorer les moments passés avec Jillian. Elle lui écrivait parfois un message à l'instant même où il pensait à elle. Alors, il sautait sur sa moto, traversait les rues de New York à toute vitesse pour la rejoindre et pour…

— Ce sera tout, Jillian, merci, répondit alors sa mère.

Cole revint aussitôt à l'instant présent. Une fois Jillian sortie, son père déclara sans préambule :

— Il va nous falloir quelqu'un pour reprendre la section restaurants en l'absence de Gabe.

— Bon courage, répliqua-t-il aussitôt. Moi, en tout cas, je refuse de prendre la place de mon frère.

— Grandis un peu, Cole, lui lança Phillip Junior.

— Et toi, tu peux aller te…

— Certainement pas, interrompit vivement Raquel.

Elle se leva, prit l'assiette de sa fille et lui dit :

— Viens avec moi, Colette. Nous allons terminer le petit déjeuner à l'étage.

— Qu'est-ce qui se passe ? demanda la petite fille.

— Les adultes ont besoin de place… Ou plutôt, de se rappeler qu'ils *sont* des adultes, ajouta-t-elle avec un regard appuyé vers son mari.

Une fois sa femme et sa fille parties, Phillip Junior reprit aussitôt la parole.

— Tu sais, Cole, ton petit numéro d'enfant gâté commence à fatiguer tout le monde.

— Je ne sais pas comment tu arrives encore à parler, en passant autant de temps à lécher les bottes de papa.

De tous les frères Cress, Phillip était de loin le plus dévoué à leur père. Il persistait à croire que sa position d'aîné lui assurait un droit naturel de succession au trône.

— Ça suffit, soupira alors Sean en secouant la tête.

Sean, « la star » comme Cole l'appelait en secret, présentait la plupart des émissions de cuisine pour Cress Inc. Il était persuadé que son image seule assurait le succès de la marque.

— Qu'est-ce qui suffit, au juste ?

— Rendre toutes les discussions gênantes pour la simple raison que cela t'amuse, répondit Lucas.

Je joue l'amusement pour éviter d'exploser de rage.

Cole garda cette pensée pour lui, se contentant de jeter un long coup d'œil à son plus jeune frère. Lucas avait toujours été le favori de leur mère. Celle-ci l'avait gavé d'amour depuis son enfance, mais aussi de nourriture, et Lucas n'avait réussi à perdre ses kilos en trop que récemment.

Au fond, Cole aimait ses frères. Il leur en voulait seulement d'être aussi dévoués à leur père, mais après tout, ils ne connaissaient pas la vérité sur son caractère.

— Si je comprends bien, reprit-il, vous êtes prêts à reprendre le poste de Gabe ? À lui donner l'impression que nous n'avons ni besoin ni envie qu'il revienne ?

Il regarda chacun de ses frères tour à tour. Personne ne lui répondit. Enfin, rompant le silence, sa mère déclara :

— Gabriel finira par revenir. Il sait que nous l'attendons, autant chez Cress Inc. qu'à la maison. Son poste sera toujours là pour lui dès qu'il décidera de le reprendre, mais en attendant, il faut bien que quelqu'un fasse le travail.

— Je m'en occupe, affirma Phillip Junior. Un futur directeur général se doit de montrer l'exemple et d'assumer la charge de travail supplémentaire lorsqu'un employé quitte le navire.

— Quel comédien, murmura Cole, abasourdi par le manque de loyauté de ses frères.

Nicolette posa alors la main sur celle de son fils.

— À moi aussi, il me manque.

— Dans ce cas, fais quelque chose.

Le regard bleu gris de sa mère s'adoucit. Elle sembla réfléchir un instant, puis hocha la tête et répondit :

— Je crois que tu as raison.

— Nicolette ! rugit Phillip Senior.

— *Assez, c'est assez, mon amour.*

Cole et ses frères parlaient aussi bien français que leurs

parents, mais, plus que les mots, ce fut le ton de leur mère qui leur fit comprendre que sa décision était prise.

Lorsqu'elle parlait aussi doucement, personne ne pouvait contrer la volonté de Nicolette Cress.

- 2 -

Un mois plus tard

— Alors, as-tu apprécié ton plat ?

Jillian leva les yeux de son assiette. Lorenzo Cortez, le meilleur ami de Gabriel, se penchait sur elle du haut de son mètre quatre-vingt-dix tout en muscles. Ses cheveux noirs qui lui arrivaient à la taille soulignaient la beauté singulière de ses traits, un mélange parfait de ses origines amérindiennes et mexicaines. Cet homme était tout simplement magnifique.

— C'était délicieux, finit-elle par répondre en souriant.

À dire vrai, elle avait été surprise de recevoir une invitation pour la soirée d'ouverture du restaurant de Gabriel. Cole en était sans nul doute responsable. En tout cas, sa mère n'avait pas été mise au courant, à en juger par son expression lorsqu'elle l'avait vue arriver. Nicolette Lavoie-Cress voyait probablement d'un mauvais œil toute relation entre ses fils et une employée.

Ravalant son amertume, Jillian jeta un coup d'œil en direction de la table d'honneur. Cole la fixait d'un regard soutenu – ou plutôt, il *les* fixait, Lorenzo et elle. Elle lui sourit discrètement avant de reprendre une gorgée de champagne. Lorsqu'elle se tourna à nouveau vers Lorenzo, elle s'aperçut que ce dernier ne l'avait pas quittée des yeux.

— On dirait que tu as besoin de compagnie ce soir, Jillian.

Cette robe me va mieux que je ne l'aurais cru.

Avant même qu'elle ait eu le temps de répondre, une voix familière intervint :

— Les apparences sont parfois trompeuses, Lorenzo.

Elle fronça les sourcils, sidérée par le ton possessif de Cole. Pour qui se prenait-il ?

Aussitôt Lorenzo parti, elle se leva d'un bond et attrapa son sac à main. Le regard appréciateur de Cole sur sa robe de satin rouge au décolleté plongeant, souvenir d'une autre époque de sa vie, ne l'arrêta pas dans sa décision.

— Tu viens de dépasser les bornes. Apparemment, le côté « sans attaches » de notre relation t'a échappé.

— Jillian, attends…

Cole posa une main sur son bras, mais elle échappa à son contact et sortit du restaurant comme une fusée. Sa fidèle Cherry, une petite Mazda rouge offerte par ses parents pour ses dix-huit ans, l'attendait sagement au bout de la rue. La voiture avait quinze ans et un moteur parfois capricieux. Après deux essais infructueux, les roues se mirent enfin en mouvement.

— C'est bien, ma belle, murmura Jillian en tapotant affectueusement le volant.

Elle tourna le coin de la rue et sourit lorsqu'elle aperçut du coin de l'œil Gabriel et Monica qui s'embrassaient un peu plus loin. Après ce départ chaotique, Cherry remplit parfaitement sa mission. Jillian ne regrettait pas la BMW tape-à-l'œil qu'elle conduisait avant la débâcle de son restaurant. Après tout, sa petite Mazda était bien suffisante pour la conduire jusqu'à son appartement de Brooklyn.

Une fois la voiture bien à l'abri dans son garage, Jillian se glissa dans l'ascenseur pour monter jusqu'au neuvième étage. L'architecture de son immeuble, avec ses murs de brique apparente et ses immenses baies vitrées, lui plaisait toujours autant. Elle était tombée amoureuse de l'appartement dès sa première visite. Il n'était certes pas très grand, mais les plafonds hauts et la superbe vue sur New York amplifiaient considérablement l'espace.

Aussitôt qu'elle eut refermé la porte, Jillian commença à se déshabiller. Son sac à main, ses talons hauts et sa robe de satin rouge formèrent une piste délibérée depuis l'entrée jusqu'à la cuisine. Complètement nue, elle se versa un verre de vin rouge qu'elle commença à déguster. Sa solitude fut pourtant de courte durée.

Une minute plus tard, la porte d'entrée s'ouvrit à nouveau et Cole apparut sur le seuil, plus beau que jamais dans son costume noir sur mesure.

— J'ai failli attendre, lança-t-elle en le regardant par-dessus son épaule.

— Comment pouvais-tu être sûre que je viendrais ?

Elle le toisa d'un air entendu alors qu'il verrouillait la porte, retirant à son tour ses vêtements, jusqu'à son boxer qu'il laissa glisser au sol. Jillian laissa son regard courir de ses épaules à son torse parfaitement sculpté, le long de son ventre, jusqu'à la partie de lui qu'elle préférait. Son sexe légèrement plus foncé que le reste de sa peau se tendait un peu plus à chaque seconde. Frissonnante de désir, elle se laissa aller contre lui lorsqu'il passa un bras autour de sa taille, le visage niché dans son cou.

— Tu voulais juste t'assurer que Lorenzo ne t'avait pas devancé, fit-elle d'un ton malicieux.

Pour toute réponse, il la dévisagea, un regard assombri par le désir et presque possessif. Jillian laissa échapper un petit rire et fit tomber quelques gouttes de vin le long de sa poitrine.

— Tu as soif ?

— J'ai surtout faim de toi.

Lorsqu'il posa les lèvres contre sa gorge, elle ferma les yeux et se retint de justesse au comptoir de la cuisine. Il la souleva aussitôt dans ses bras et elle passa les jambes autour de sa taille. Cole aspira l'un de ses mamelons durcis entre ses lèvres, sa langue caressant avidement sa peau enfiévrée.

Jillian poussa un soupir de plaisir. Sans qu'elle puisse le contrôler, son corps se tendait tout entier vers Cole, ses hanches ondulaient, tout en elle répondait au moindre de ses mouvements. Aucun doute possible : même après un an, ils avaient toujours envie l'un de l'autre, et leur attirance semblait encore augmenter à chacun de leurs rendez-vous.

Presque sans qu'elle s'en rende compte, Cole l'avait portée jusqu'au centre de l'appartement, où se trouvait le canapé en cuir qu'elle dépliait pour dormir lorsqu'elle en avait le temps. Pas ce soir. Elle avait trop besoin de lui pour perdre la moindre seconde.

Il s'assit au bord du canapé sans la lâcher et Jillian resserra les cuisses autour de ses hanches. Repoussant d'une main les boucles qui tombaient sur son front, elle prit une minute pour le contempler alors qu'il la dévorait du regard – son visage, ses seins, jusqu'à son intimité pressée contre son ventre. Incapable de résister plus longtemps, elle captura son sexe incroyablement tendu au creux de sa main.

— Tu es tellement dur…

— Tout pour toi, ma belle.

Elle prit la main de Cole pour la poser là où elle le voulait vraiment. La paume pressée contre son point le plus sensible, il se mit à la caresser lentement et elle poussa un gémissement de pur plaisir. Un cri rauque s'échappa des lèvres de Cole lorsqu'elle resserra imperceptiblement l'étreinte de ses doigts – la plus belle musique du monde pour elle.

Il se pencha légèrement et déposa une pluie de baisers au creux de son cou.

— Te voir dans cette robe toute la soirée sans pouvoir te toucher était la pire torture que j'aie jamais vécue, Jillian.

Il se mit à mordiller le lobe de son oreille et elle se sentit perdre pied, haletante, incapable de parler.

— Je ne faisais que m'imaginer le moment où je pourrais enfin te voir sans. D'ailleurs, est-ce que tu portais un soutien-gorge ?

Elle secoua la tête pour toute réponse.

— C'est bien ce qu'il me semblait.

Il inclina la tête pour prendre un de ses tétons entre les lèvres, avant de caresser sa peau d'un long souffle frais qui la fit trembler de plaisir.

— Ne t'arrête pas…

Elle posa une main sur ses cheveux, pressant le visage contre sa poitrine alors que son autre main cherchait un préservatif dans la table de chevet. Brûlant de désir, elle déroula rapidement la protection.

— Déjà prête ? Moi qui voulais te goûter comme tu l'aimes…

— Comme tu l'aimes aussi, rétorqua-t-elle en se haussant sur les genoux.

— Je ne nie pas que tu es mon plat préféré, admit-il avec une lueur malicieuse dans l'œil.

Elle se laissa glisser sur lui et les mots devinrent superflus. Les yeux de Jillian se fermèrent lorsqu'elle sentit son érection pulser en elle, si dure, prenant toute la place. Il n'y avait pas de meilleure sensation au monde.

Cole plaça une main dans son dos pour l'attirer contre lui et ses lèvres se posèrent sur les siennes. Leur baiser se fit de plus en plus fiévreux à mesure qu'elle balançait les hanches pour aller à sa rencontre, se contractant autour de lui à chaque mouvement, juste comme il l'aimait. Il poussa un gémissement guttural contre ses lèvres.

Les bras serrés autour de sa taille, Cole la pressait contre lui alors que sa langue jouait avec la sienne. Elle sentait son cœur battre à tout rompre contre le sien. Lorsqu'il souleva ses fesses d'une main pour approfondir ses mouvements, elle s'entendit gémir sans pouvoir contrôler ses réactions. Elle se haussa sur les genoux et redescendit lentement, resserrant et relâchant sa prise autour de lui, profitant de chaque seconde.

— Jillian…

Il se laissa retomber contre le dossier et elle prit le contrôle, sa bouche contre la sienne, les yeux fermés, ses mouvements empreints d'une délicieuse lenteur. Leurs corps se comprenaient instinctivement et se répondaient comme s'ils avaient été faits l'un pour l'autre. Rompant doucement leur baiser, elle lui murmura :

— J'aime vraiment faire l'amour avec toi.

— Si tu savais comme moi aussi…

— Mais maintenant, j'ai envie de la meilleure partie.

— Laquelle ?

Pour toute réponse, elle appuya les mains sur ses épaules et accéléra ses mouvements autour de lui. Cole poussa un grognement contre ses lèvres et ses hanches vinrent à sa rencontre, approfondissant encore leurs caresses. Ils bougeaient à l'unisson, leur plaisir toujours plus intense, leurs corps se possédant l'un l'autre. Jillian se sentit perdre pied et elle poussa un long cri de plaisir, puis un autre, et encore un autre jusqu'à ce que Cole la rejoigne et se mette à trembler contre elle à son tour.

Elle se laissa tomber contre le dossier, encore frissonnante, tandis que Cole caressait lentement son dos. Il s'était mis à l'embrasser doucement dans le cou lorsque…

Ding-dong.

Jillian fronça les sourcils et leva paresseusement la tête. Qui pouvait bien sonner à sa porte à une heure pareille ?

— C'est peut-être Lorenzo, fit Cole d'un air taquin.

— Heureusement pour moi, tu as d'autres talents que l'humour, rétorqua-t-elle en se levant pour jeter un coup d'œil à l'écran de l'Interphone.

Elle s'était attendue à tout, sauf à y trouver le visage délicat de Nicolette Cress.

— C'est ta mère.

— Quoi ? fit Cole d'un air ahuri.

Galvanisée par le choc, elle avait déjà commencé à récupérer leurs vêtements éparpillés dans la pièce. Elle les fourra dans les bras de Cole et poussa ce dernier *manu militari* vers la salle de bains.

— Ça ne va pas, non ? protesta-t-il. Je ne vais tout de même pas me cacher de ma mère !

— Oh que si. Je n'ai pas envie de perdre mon travail parce que Mme Cress aura découvert Cole le rebelle tout nu dans mon salon…

— Cole le rebelle ?

— Tais-toi et entre là-dedans.

Alors qu'elle enfilait son peignoir à la hâte, un deuxième coup de sonnette retentit.

— Ta mère n'est pas très patiente, commenta-t-elle avant de refermer la porte de la salle de bains sur un Cole visiblement mécontent.

Cole posa la pile de vêtements sur une étagère et entrouvrit la porte de la salle de bains. De là, il pouvait voir Jillian qui jetait un coup d'œil dans le salon pour vérifier qu'elle n'avait rien oublié. Soudain, elle sursauta et courut jusqu'au canapé. L'emballage du préservatif était resté abandonné sur un coussin. Jillian le fit rapidement disparaître dans la poche de son peignoir avant d'ouvrir la porte d'entrée.

— Madame Cress, fit-elle d'un ton parfaitement surpris. Il est un peu tard pour une visite, non ? J'étais en train de me faire couler un bain.

— J'ai à vous parler.

Et de quoi donc ? se demanda Cole avec une pointe d'inquiétude.

— Je me demande ce que vous avez à me dire qui ne puisse pas attendre demain matin.

Bien joué, Jillian.

Cole étouffa un bâillement et s'adossa contre le mur, épuisé. Après un bon repas, quelques coupes de champagne et surtout après ce qu'il venait de faire avec Jillian, il avait hâte d'aller se coucher.

— Je veux vous parler de votre relation avec mon fils.

Pardon ?

Cette fois, il était complètement réveillé.

— Je suis navrée, mais vous vous trompez, répliqua Jillian froidement.

— J'ai bien vu ce qui s'est passé ce soir au restaurant. Cole et Lorenzo semblaient prêts à en venir aux mains.

Sa mère jeta un coup d'œil suspicieux autour d'elle avant de revenir à Jillian.

— De plus, mon fils a passé la soirée à vous dévorer du regard. Je ne suis pas idiote.

Dis-lui qu'elle se fait des idées pour que nous puissions enfin aller au lit…

— Écoutez, madame Cress…, commença Jillian.

Sa mère l'interrompit d'un geste.

— Je ne perdrai pas mon temps à écouter des mensonges. Je connais mes fils par cœur, et Cole ne fait pas exception. Soit il vous veut, soit il vous a déjà eue. Dans tous les cas, je veux que cela s'arrête.

Cole se retint à grand-peine de débarquer dans le salon. Il savait qu'il n'aiderait pas Jillian en intervenant, mais il avait rarement été aussi furieux contre sa mère.

— Si vous respectez mon souhait, je vous nommerai cheffe de n'importe quel restaurant de notre marque – mais le plus loin possible de New York. Vous avez le choix, Jillian. Il va sans dire que, quelle que soit votre décision, je ne veux plus vous revoir chez moi. Il est hors de question que je vous paie pour dégrader mon fils.

Cole n'en croyait pas ses oreilles. Comment sa mère avait-elle pu devenir ce personnage froid et manipulateur ?

— En revanche, vous me paierez pour diriger l'un de vos restaurants, fit Jillian d'un ton acerbe.

— Je vous estime en tant que cheffe, mais vos autres… talents resteront en dehors de ma famille.

— Madame Cress, je n'accepterai pas que vous m'insultiez dans ma propre maison. Vous pouvez être aussi méprisante que vous voulez chez vous, mais cet endroit m'appartient.

— Tout comme mon fils m'appartient, et je refuse que cette histoire entre vous prenne des proportions regrettables.

Cette fois, c'en était trop. Cole enfila hâtivement son caleçon et commença :

— C'est n'importe quoi…

Mais le son de la porte d'entrée qui se refermait l'interrompit dans son élan. Lorsqu'il sortit de la salle de bains, Jillian lui confirma ce qu'il avait déjà compris.

— Elle est partie, Cole.

Il se sentit ridicule, planté là, en caleçon, au beau milieu de sa phrase. Jillian verrouilla la porte et traversa l'appartement pour se poster devant l'une des immenses fenêtres, le regard perdu dans la nuit new-yorkaise.

— Je suis vraiment désolé, Jillian. Jamais je n'aurais cru ma mère capable de faire une telle scène.

— Ce n'est pas ta faute.

Il la rejoignit et passa un bras autour de sa taille.

— Elle est partie avant que j'aie pu dire quoi que ce soit, mais je te promets que je lui expliquerai ma façon de penser dès demain.

Le silence prolongé de Jillian ne lui disait rien qui vaille. Enfin, elle leva les yeux vers lui et déclara :

— Cole… Je vais accepter son marché.

Sous le choc, il relâcha son étreinte et recula d'un pas.

Allait-elle réellement placer son ambition avant lui ? Que lui avait-elle dit, déjà, un peu plus tôt au restaurant ?

« Apparemment, le côté “sans attaches” de notre relation t’a échappé. »

Elle avait raison sur ce point, leur relation n’avait jamais été prévue pour durer. Sa décision lui faisait pourtant l’effet d’un coup de poignard dans le dos. Il avait l’impression de revivre la trahison de Traci – une trahison moins calculée, certes, mais…

Tout aussi douloureuse.

Il se reconnut à peine dans le miroir lorsqu’il alla se rhabiller, tant il avait l’air blessé et en colère. Lissant les pans de sa veste, il s’efforça d’effacer tout sentiment de son visage. Il s’était pourtant promis de ne plus jamais se laisser atteindre par qui que ce soit après Traci. Cette fois, ce serait vraiment la dernière.

— Je te souhaite une bonne vie, déclara-t-il en se dirigeant vers la porte.

Jillian s’interposa aussitôt entre la sortie et lui.

— Cole, attends. Parle-moi, s’il te plaît.

— Tu ne m’as pas parlé lorsque tu as décidé de m’effacer de ta vie en une minute.

— Nous n’étions pas censés nous inclure l’un l’autre dans nos décisions. Pas d’attaches, seulement de bons moments. Tu t’en souviens ?

— Ne t’en fais pas, c’est très clair. Je ne pensais simplement pas que tu te servirais de moi pour relancer ta carrière avec une telle facilité.

Jillian s’écarta de lui, l’air franchement peiné.

— C’est si facile de dire ce genre de choses lorsque l’on est privilégié comme toi.

— Et quel privilège, s’il te plaît ?

— Ta famille, Cress Inc., ton argent… Ne prétends pas que ces choses-là comptent pour rien.

— Rien de tout cela ne m'a valu ma première étoile à vingt ans, et tu devrais le savoir, *cheffe*.

Il avait mis tant de froideur, tant de sarcasme sur ce dernier mot qu'il se serait excusé dans n'importe quelle autre circonstance – mais pas maintenant.

— Ne te moque pas de moi, s'il te plaît, murmura-t-elle.

— Et toi, ne te vends pas.

— Comment ça ?

— Pourquoi n'essaies-tu pas de mériter un poste grâce à ton talent, plutôt que d'entrer dans les plans de ma mère pour contrôler ma vie privée ?

— Tu as fait une scène au restaurant ce soir, Cole. Ta mère n'aurait jamais rien soupçonné si tu t'étais montré plus discret. J'ai perdu mon travail, et c'est en grande partie ta faute.

Bien sûr, elle avait entièrement raison.

— Essaie de te mettre à ma place une seconde, reprit-elle. Je comprends que tu sois blessé, mais…

— Blessé ? Sûrement pas, l'interrompit-il d'un ton froid. Déçu, énervé peut-être, mais pas blessé. Je ne ressens rien pour toi et tu ne ressens rien pour moi, comme tu l'as si justement fait remarquer tout à l'heure.

Un silence plein d'amertume succéda à ses paroles. Il enfonça les mains dans ses poches et se mit à marcher de long en large, incertain et contrarié. Pourquoi cette histoire le touchait-elle autant ? Il aurait dû rire de leur mésaventure, fêter le nouveau poste de Jillian avec une bouteille de champagne et passer une dernière nuit en sa compagnie avant de trouver la prochaine femme avec qui il aurait une aventure.

Cole se souvenait des quelques moments – beaucoup de moments, à vrai dire – où il avait cru que ce qu'il vivait avec Jillian était différent. Pour autant, elle avait toujours été claire sur la nature de leur relation et il l'avait accepté. La fin devait arriver un jour ou l'autre.

— Cole, l'appela-t-elle doucement.

Il se retourna et découvrit Jillian debout face à lui, son peignoir tombé à ses pieds, et plus belle que jamais. Son corps le trahit et il faillit céder. Il aurait été si facile de la rejoindre, de la plaquer contre un mur et de se perdre en elle pour tout oublier…

Mais les choses ne seraient plus jamais comme elles l'avaient été. Sa confiance en elle avait disparu ce soir. Pour lui, sans confiance, aucune relation ne pouvait exister. Il en avait fait l'amère expérience.

— Tu as fait ton choix, Jillian. Je ne voudrais pas t'inciter à revenir sur la parole que tu as donnée à ma mère.

Il laissa son regard errer une dernière fois le long de son corps magnifique, son terrain de jeu depuis un an. Elle allait lui manquer. L'amertume revint le submerger et il ajouta sans avoir eu le temps de s'en rendre compte :

— De toute façon, tu as largement payé ta dette envers ma famille et envers moi.

Elle sursauta et se précipita vers lui. Avant qu'il ait compris ce qu'elle allait faire, la main de Jillian atterrit avec force sur sa joue gauche.

La douleur irradia aussitôt, moins forte cependant que celle qui trouait sa poitrine. Moins forte que la honte qu'il ressentait pour l'insulte qu'il venait de prononcer. Il se mordit cependant la lèvre pour s'empêcher de s'excuser et passa enfin la porte d'entrée, laissant l'appartement derrière lui pour toujours – et Jillian.

- 3 -

Deux mois plus tard

— Ton nouvel appartement est magnifique, Jillie.

Jillian laissa encore quelques secondes son téléphone tourné vers la fenêtre, avec sa vue sur la baie de San Francisco, puis retourna l'écran pour voir sa famille. Son père, sa mère et sa grand-mère Ionie étaient installés tous les trois devant l'ordinateur de la maison familiale. Elle se réinstalla dans son immense canapé tout neuf et sourit à sa grand-mère.

— Merci beaucoup, mamie.

Ionie paraissait en forme, avec ses boucles argentées et son éternel rouge à lèvres fuchsia, mais Jillian savait que sa grand-mère souffrait d'une maladie cardiaque qui la fatiguait beaucoup. Elle se retint de lui demander de ses nouvelles, sachant à quel point sa mamie détestait qu'on la prenne en pitié. Jillian aurait pourtant bien voulu savoir ce qu'il en était réellement. Parfois, vivre loin de sa famille rendait les communications plus compliquées.

— Tu nous manques, Jillie, mais nous sommes fiers de toi, déclara son père.

Jillian sourit en voyant le regard affectueux que sa

mère posait sur lui. Ses parents étaient toujours aussi amoureux que depuis leur rencontre au lycée. Elle avait connu une enfance heureuse avec eux, et c'était leur exemple qui l'avait amenée à chercher elle aussi son prince charmant.

Elle aurait voulu connaître le même genre de mariage que celui de ses parents. Malheureusement, elle en était sortie avec deux divorces et beaucoup de désillusions.

La première fois, ça avait été avec Warren Long, son petit ami du lycée. Ils s'étaient mariés trop jeunes et trop tôt. Pendant un an, ils n'avaient cessé de se disputer à propos des finances inexistantes de leur ménage avant de se séparer. Ils avaient toutefois réussi à rester en contact une fois l'amertume du divorce passée.

Jillian n'avait en revanche plus aucune nouvelle de Chuckie Forge, son deuxième mari. Ils avaient commencé à sortir ensemble lorsqu'elle avait pris un poste de cuisinière dans le restaurant de Chuck à Manhattan. Après trois mois de passion enflammée, ils s'étaient mariés en vitesse à Las Vegas, mais Chuck était parti avec la pâtissière du restaurant quelques semaines plus tard.

Jillian n'avait aucune idée de ce qu'il devenait. Cela dit, elle n'avait aucun intérêt à le savoir non plus.

— Comment se passent les choses au restaurant ? demanda son père, interrompant sa rêverie.

— Un peu mieux. C'est vraiment différent de mon ancien travail. En tant que cheffe privée, j'avais beaucoup plus de liberté dans mes choix.

— C'est dans l'ordre des choses, non ?

— Bien sûr.

Elle s'était exprimée d'un ton rassurant, mais en réalité, elle aurait aimé pouvoir élaborer ses menus sans l’avis du manager qui dirigeait le restaurant. Elle commençait à comprendre pourquoi le chef qui avait occupé son poste auparavant était parti pour ouvrir son propre établissement.

De l’autre côté de l’écran, Jillian vit sa grand-mère étouffer un bâillement. Le décalage horaire de trois heures entre San Francisco et la côte Est commençait à se faire sentir. Pour sa famille, il était déjà neuf heures du soir, bien après l’heure de coucher habituelle d’Ionie.

Pourtant, Jillian n’était pas encore prête à leur dire bonne nuit. Elle se sentait désespérément seule.

Promenant un regard songeur autour de son appartement luxueux, elle se demanda pour la énième fois si elle avait fait le bon choix. Certes, son salaire au restaurant CRESS III lui permettrait de payer ses dettes en moins d’un an, et la notoriété de l’établissement lui offrirait sans doute bien d’autres opportunités professionnelles…

Mais rien de tout cela n’effaçait la curieuse impression de manque qu’elle ressentait depuis que Cole ne faisait plus partie de sa vie.

— Tout va bien, Jillie ? s’enquit sa grand-mère en tapotant l’écran, les sourcils froncés.

Elle dut se retenir pour ne pas éclater de rire.

— Tout va bien, mamie. Je ne me suis pas changée en statue.

— On ne sait jamais, avec ces appareils-là. Ma chérie, je suis désolée, mais mon lit m’attend. Je te rappelle demain, d’accord ?

— Bonne nuit, mamie. À demain.

Aussitôt sa grand-mère sortie de la pièce, Jillian en profita pour demander à ses parents :

— Comment va-t-elle ?

— Beaucoup mieux, ne t'en fais pas. Tout est plus simple depuis que nous avons une infirmière à domicile.

— Comme elle est à la maison toute la journée, nous nous inquiétons moins lorsque nous sommes au travail, renchérit sa mère. Merci beaucoup d'avoir pris en charge une partie des frais, Jillie. Je suis fière de toi.

— C'est normal. Tu sais à quel point mamie compte pour moi.

— Au fait, pourquoi n'es-tu pas au travail en ce moment ?

— Le restaurant ferme tous les lundis, expliqua-t-elle avant de s'interrompre en fronçant les sourcils.

La main dans la main, ses parents étaient en train d'échanger un regard qu'elle ne connaissait que trop bien. Ils allaient s'embrasser incessamment.

— Je vais vous laisser, fit-elle précipitamment. À bientôt.

— Bisous, Jillie.

Elle coupa la communication et tendit le bras pour attraper la télécommande posée sur la table basse. Pointant l'appareil vers la télévision dernier cri encastrée dans le mur, elle se mit à zapper machinalement, mais rien ne l'intéressait.

Ou plutôt, tout la ramenait à Cole.

Un film romantique, avec un couple en train de s'embrasser ?

Cole embrassait si bien.

Une publicité pour du bain moussant ?

Comme la fois où nous avons pris un bain ensemble, serrés dans ma baignoire trop petite.

La météo qui annonçait plusieurs jours de pluie ?

Je me souviens de ce week-end où il pleuvait des

cordes. Nous étions restés bien au chaud dans mon appartement, nichés sous les couvertures...

Elle secoua la tête et éteignit la télévision. Cole était dans toutes ses pensées, et aucune distraction n'y changerait quoi que ce soit. Son regard tomba alors sur son téléphone, posé à côté d'elle sur le canapé.

Mauvaise idée, intervint aussitôt la voix de la raison. *Tu as fait ton choix, assume-le. Ne recommence pas à l'espionner sur les réseaux sociaux.*

Jillian ignora royalement la petite voix et attrapa son téléphone. Le cœur battant, elle fit défiler le fil d'actualité de Cole. Il n'avait rien publié depuis plusieurs semaines. Elle finit par tomber sur une photo de lui adossé à son *food truck.* Ses yeux bleu gris à l'expression sérieuse, son teint foncé, ses épaules délicieusement musclées...

Dieu, qu'il lui manquait. Elle le ressentait particulièrement la nuit. C'était le moment où ils passaient le plus de temps ensemble, après un SMS de l'un ou de l'autre invitant à se retrouver. Ils n'avaient pas besoin de se dire ce qu'ils voulaient faire. Aussitôt que Cole passait la porte de son appartement, leurs vêtements s'envolaient et leurs corps se retrouvaient. Sur le canapé, sous la douche, contre la baie vitrée...

Jillian ferma les yeux, envahie par le souvenir des fesses parfaitement sculptées de Cole sous ses mains lorsqu'il la plaquait contre la fenêtre. Elle serrait les cuisses autour de sa taille alors qu'il venait en elle encore et encore...

Mais ces nuits appartenaient au passé, et son corps ne le savait que trop bien.

Plus d'une fois au cours des deux derniers mois, elle s'était demandé si elle avait eu tort de mettre un terme à leur histoire. Jamais elle n'aurait cru blesser Cole à ce point en prenant cette décision. Elle avait essayé de l'appeler plusieurs fois depuis son déménagement, mais il n'avait jamais décroché.

Elle aurait au moins voulu lui faire comprendre que tout l'argent qu'elle gagnait à San Francisco n'était pas pour elle. Son salaire astronomique servait en premier lieu à payer les soins de sa grand-mère, ensuite à rembourser ses dettes. Elle n'aurait jamais accepté l'offre de Nicolette Cress si elle n'avait pas eu besoin de cet argent. Contrairement à Cole, elle ne pouvait pas se permettre de retirer cette donnée de l'équation, ni de faire passer sa vie sentimentale en priorité.

Sentimentale ? Oui, certainement. Elle se rendait compte, à présent que Cole ne faisait plus partie de sa vie, à quel point leur relation était allée au-delà de l'aspect sexuel. Tout lui manquait en lui : son humour incisif, son intelligence, les petites notes manuscrites qu'il lui laissait un peu partout.

Jillian se leva du canapé avec lassitude et entra dans sa chambre. Sur la table de chevet se trouvait la petite boîte en bois sculpté qui avait toujours contenu des préservatifs, dans son salon à New York. À présent, tous les petits mots de Cole s'y trouvaient soigneusement rangés.

Elle en avait retrouvé dans chaque recoin de son ancien appartement lorsqu'elle avait déménagé. Dans un livre, au milieu de ses factures, dans la poche arrière d'un jean… Malgré toute sa volonté, elle n'avait pas réussi à les jeter.

S'asseyant au bord du lit, elle prit la boîte et commença à déplier les notes. L'odeur du parfum de Cole en imprégnait encore quelques-unes. Elle sourit en lisant les plus drôles, mais la plupart étaient purement excitantes.

Tu es la meilleure chose que j'aie jamais goûtée.

D'une main tremblante, elle traça les mots qu'il avait formés de son écriture fine et précise. Peut-être n'avait-elle pas mesuré la chance qu'elle avait eue de recevoir ces petits mots. La chance qu'elle avait eue, surtout, d'avoir Cole dans sa vie.

Bzzz. Bzzz. Bzzz.

Ignorant délibérément les vibrations de son téléphone dans la poche de sa veste, Cole plaça un nouveau paquet de billets sur la table de jeu. Il se trouvait à Monaco, dans le casino historique de Monte-Carlo, et passait une fois de plus la nuit à jouer des sommes vertigineuses.

Le croupier fit un geste de la main, signifiant que les paris étaient clos, et lança la roulette. Cole prit une gorgée de whisky et observa calmement la bille s'arrêter sur le numéro gagnant.

— La chance m'accompagne, ce soir, commenta-t-il en récupérant ses billets.

— Dans ce cas, j'aimerais bien être la chance.

Cole se retourna pour voir qui avait parlé. Il découvrit, juste derrière lui, une femme splendide à la peau couleur de chocolat noir. Sa robe bustier très courte aux reflets métalliques mettait à la fois son teint et sa silhouette longiligne en valeur. À son accent mélodieux et ses pommettes hautes, il devina qu'elle venait probablement d'un pays d'Afrique de l'Ouest – mais lequel ?

— Vous êtes ici depuis un mois, et je vous vois toujours seul. Il est temps que vous vous fassiez de nouveaux amis, déclara la beauté brune en lui tendant la main. Lesedi Osei, enchantée.

— Cole Cress.

Lesedi garda la main dans celle de Cole une seconde

de plus que nécessaire. En temps normal, ou plutôt avant Jillian, il serait volontiers entré dans son jeu. Il lui aurait offert un petit déjeuner aux aurores avant de la conduire jusqu'à sa chambre d'hôtel.

— Si vous savez que je suis là depuis un mois, c'est que vous aussi, j'imagine.

— Ma famille passe l'été à Monte-Carlo.

— Et vous êtes… nigérienne, peut-être ?

— Bien joué.

Elle replaça une mèche de cheveux derrière son oreille et fit mine de regarder ailleurs, un geste de séduction que Cole connaissait bien. Décidément, elle était intéressée.

Et moi ?

Il continua à la regarder, mais, à son grand mécontentement, c'était Jillian qu'il imaginait dans cette robe minuscule. Il ne pouvait s'en empêcher. S'il passait la nuit avec cette belle jeune femme, il ne ferait rien d'autre que l'utiliser pour oublier sa frustration.

Lesedi se tourna à nouveau vers lui avec un sourire déçu.

— Qui qu'elle soit, elle a bien de la chance, murmura-t-elle.

— Elle ne le mérite pas.

— Eh bien… Si vous changez d'avis ou si vous l'oubliez, voici ma carte, fit-elle en lui tendant un petit rectangle de carton.

Cole rangea la carte dans sa poche et regarda la jeune femme s'éloigner. Décidant qu'il avait eu assez de whisky et de jeux d'argent pour la nuit, il se dirigea vers l'ascenseur et pressa le bouton du dernier étage, où il occupait une suite depuis près d'un mois.

Après le départ de Jillian, il s'était d'abord réfugié dans

la maison que sa famille possédait à Paris. Le personnel avait fini par avertir sa mère qu'il s'y trouvait. Dès lors, les appels sur la ligne fixe de la maison s'étaient ajoutés à ceux qu'elle tentait sur son portable, et Cole était rapidement devenu fou. Il avait donc pris le premier avion pour Monaco. Là, bien caché de sa famille, il profitait des journées tranquilles et de la vie nocturne déchaînée de la principauté monégasque.

Profitant du long trajet en ascenseur jusqu'à sa suite, Cole sortit son téléphone pour vérifier ses messages. Il ne fut pas surpris d'y trouver deux appels manqués de sa mère. Visiblement, Nicolette s'était donné pour mission de ramener le fils prodigue dans le giron familial. Elle tenait à ce que les membres de sa famille restent proches, d'où l'immense maison de New York, sans compter le fait que chacun d'entre eux travaillait pour l'entreprise.

D'ailleurs, Cole savait que sa mère avait réussi à redonner sa place chez Cress Inc. à Gabriel. Il avait accepté de reprendre son poste à temps partiel tout en gérant son restaurant. De son côté, Nicolette avait compris que la relation de Gabe avec Monica resterait inchangée et elle avait fini par capituler sur ce point.

Contrairement à son mari, Nicolette n'usait jamais de la force pour plier son entourage à sa volonté. Elle n'en avait pas besoin. Pourtant, après ce qu'elle avait dit à Jillian, Cole s'était senti incapable de lui pardonner. Il était même allé jusqu'à prendre une chambre d'hôtel à Manhattan ce soir-là pour ne pas dormir sous le même toit qu'elle.

Ensuite, à Paris comme à Monaco, il avait catégoriquement refusé de prendre ses appels. Il restait en contact avec ses frères, ce qui assurait à sa mère qu'il était vivant et qu'il allait bien, mais jamais il n'aurait accepté de lui parler directement. Toutes ses décisions concernant l'entreprise se prenaient par mails interposés. Si sa famille savait pertinemment qu'il était en désaccord avec sa mère, personne ne connaissait l'origine de leur discorde.

Jillian.

Cole poussa la porte de sa suite luxueuse. Les épais rideaux en lin blanc étaient ouverts sur le balcon, avec sa vue magnifique sur la baie. Les meubles aux teintes naturelles faisaient écho à celles de la mer. Tout ici invitait au calme.

Malgré l'heure tardive et sa fatigue, Cole ne put résister à l'envie de faire un tour sur le balcon. Il retira ses chaussures et sa montre, déboutonna sa chemise et traversa l'immense salon pour rejoindre la terrasse. L'odeur de la mer l'apaisa aussitôt. La lune brillait doucement sur les crêtes des vagues, les bâtiments Belle Époque de Monte-Carlo et les collines vertes qui se perdaient au loin.

Même dans ce paysage serein, le souvenir de Jillian finit par le rattraper. Elle lui manquait terriblement. Aussi vraie que fût cette pensée, elle ne l'en irritait pas moins. Il était toujours en colère contre elle – et contre lui-même.

Poussant un soupir exaspéré, il se dirigea vers le bar et se servit une bonne dose de whisky. Il aurait dû être au lit depuis bien longtemps. S'il restait éveillé, c'était pour éviter le plus possible de la retrouver dans ses rêves, où elle le poursuivait inlassablement.

Si seulement il avait su tout cela le jour où il l'avait rencontrée, jamais il n'aurait fait le premier pas…

Ce jour-là, plus d'un an auparavant, Cole, ses frères et leur père s'étaient retrouvés dans la salle de cinéma, au deuxième étage de l'hôtel particulier de New York. C'était l'une des rares soirées où ils étaient tous les six à la maison.

Ravie d'avoir ses oncles pour elle, la petite Colette avait exigé que tout le monde regarde son dessin animé préféré, *Moana*, avec elle. Personne ne refusait jamais rien à la petite préférée de la famille.

Cole avait été le dernier à descendre de sa suite au quatrième étage. Lorsqu'il arriva dans la salle, tout le monde était déjà installé dans l'un des confortables sièges en cuir. Colette s'était assise au premier rang avec une impressionnante provision de bonbons, auxquels elle avait rarement droit.

— Viens vite, tonton Cole. Le film va commencer.

Il traversa la salle jusqu'à la réserve de friandises, bien approvisionnée avec toutes les sortes de bonbons imaginables. Il y avait aussi une machine à pop-corn, une fontaine de soda et une sorbetière dernier cri. Cole choisit un paquet de ses bonbons préférés et dégusta une poignée de confiseries avant de demander :

— Où est maman ?

— Elle fait passer un entretien à la nouvelle cheffe, répondit son père en inclinant son siège vers l'arrière.

— J'oubliais qu'elle venait aujourd'hui. En tout cas, elle aura du travail pour égaler Franco.

Leur ancien chef avait passé dix ans dans la maison avant de retourner vivre dans sa ville natale au Brésil. Il cuisinait les plats traditionnels brésiliens comme personne. Même Phillip Senior avait fini par admettre, à contrecœur certes, que la *feijoada* de Franco était meilleure que la sienne.

Curieux de voir la nouvelle cheffe, Cole tapa un code sur la tablette encastrée dans le mur et accéda aux vidéos des caméras de surveillance. Il repéra rapidement sa mère, installée sur le canapé en velours gris du salon, en face d'une jeune femme.

L'inconnue se tenait assise bien droite dans une attitude à la fois confiante et maîtrisée. Elle regardait la mère de Cole droit dans les yeux et semblait lui répondre avec assurance. Vêtue d'un tailleur-pantalon noir élégant, elle portait des lunettes rondes et avait relevé ses cheveux bouclés en chignon. Ses lèvres rebondies étaient mises en valeur par un rouge à lèvres carmin. Cole ne put s'empêcher de penser qu'elle avait l'air d'une bibliothécaire sexy.

— Cole, ferme les rideaux et éteins la lumière, lui lança alors Lucas.

Il détourna le regard de l'écran, non sans peine, et se dirigea vers l'interrupteur qui commandait la fermeture des rideaux. Il manipula également un autre bouton pour tamiser les lumières et plonger la pièce dans la pénombre. Les crédits d'ouverture du film s'affichèrent sur l'écran géant. Pourtant, il ne parvint pas à s'asseoir avec les autres.

Il hésita un instant et finit par s'éclipser discrètement, descendant l'escalier de fer forgé qui débouchait directement sur le salon du premier étage. Il s'arrêta à mi-chemin et s'appuya à la rampe pour mieux observer la nouvelle cheffe.

Elle était incroyablement belle. Dans sa voix veloutée,

il distingua une évidente confiance en elle qui lui plut aussitôt.

— Très franchement, Jillian, je suis impressionnée par la liste de vos précédents employeurs.

Jillian.

— J'apprécie le fait que vous soyez habituée à un certain décorum, et surtout à la discrétion.

— Bien sûr, madame Cress. Je comprends.

Le regard de Jillian passa alors par-dessus l'épaule de sa mère et tomba droit sur lui. La surprise écarquilla légèrement ses yeux. Il lui offrit son meilleur sourire, celui qui avait séduit tant de femmes auparavant, et il eut le temps de remarquer l'étincelle dans son regard avant qu'elle reporte son attention sur sa mère.

Il lui avait plu, c'était certain.

L'idée avait fait battre son cœur plus vite, anormalement vite. Il avait aussitôt décidé qu'il la voulait dans son lit…

Et je l'ai eue, songea Cole avec amertume.

Il aurait préféré ne jamais l'avoir rencontrée. La décision que Jillian avait prise lui donnait l'impression qu'elle l'avait utilisé. Certes, ils avaient convenu que leur relation ne serait jamais sérieuse, mais il avait pourtant cru qu'il comptait davantage à ses yeux après un an…

Bzzz. Bzzz. Bzzz.

Cole jeta un coup d'œil à l'écran de son téléphone, où s'affichait le nom de Gabe. Il était neuf heures et demie du soir sur la côte Est. Son frère ne sachant pas où il se trouvait, il ne pouvait pas se douter qu'il l'appelait au beau milieu de la nuit.

— Allô ?

— Salut, cher disparu.

Cole sourit avant de reprendre une gorgée de whisky. Gabe était son aîné de deux ans, ils avaient grandi ensemble et c'était de lui qu'il se sentait le plus proche.

— Que puis-je faire pour toi ? finit-il par questionner.

— J'imagine que ce serait inutile de te demander pourquoi tu t'es volatilisé.

Cole sentit ses phalanges se crisper autour de son verre. D'habitude, il était toujours honnête avec Gabe. Son aîné était d'ailleurs le seul au courant de sa relation avec Jillian. Il savait que jamais Gabriel n'irait répéter quoi que ce soit au reste de la famille, mais il ne se sentait pas prêt à lui révéler à quel point la scène entre Jillian et sa mère avait bouleversé son univers depuis deux mois.

— Si tu es parti à San Francisco, je te comprends, affirma Gabe.

— San Francisco ? répéta-t-il, confus.

— Avec Jillian, je veux dire.

Alors, c'est là qu'elle est partie.

— C'est fini entre nous.

Même à ses propres oreilles, sa voix sonnait trop froid.

— Tu veux en parler ?

Oh ! rien de spécial, elle a juste mis un terme à notre histoire pour avancer dans sa carrière…

— Non.

— Tu es sûr ?

— Complètement sûr.

Il y eut un long silence à l'autre bout du fil.

— Gabe ? Tu es toujours là ?

— Une seconde, répondit son frère d'une voix absente.

Il le connaissait suffisamment pour comprendre ce qui allait se passer : l'esprit brillant de son frère, qui aurait dû devenir le directeur de Cress Inc. s'il n'avait pas refusé le poste, était en train d'assembler les pièces du puzzle.

— Laisse tomber, Gabe, fit-il d'un ton d'avertissement.

— Tu ne parles plus à maman, qui a ouvertement appuyé Jillian pour le poste à San Francisco…

— Gabe. Stop.

— D'accord, d'accord, capitula son frère. Puisque tu ne veux rien me dire… Je t'appelais pour te demander de venir au Gala des chefs la semaine prochaine.

Tous les ans, la famille Cress organisait un dîner somptueux pour les chefs de tous les restaurants du groupe. En tant que directeur de la section Restaurants, Gabe avait un rôle capital dans cet événement et Cole aurait voulu pouvoir le soutenir, mais cela l'obligerait à passer la soirée dans la même pièce que les deux femmes qu'il souhaitait éviter à tout prix – sa mère et Jillian.

— Hors de question.

— S'il te plaît, Cole. Monica et moi allons annoncer nos fiançailles ce soir-là. J'ai besoin de toi.

Depuis trente ans que son frère était son frère, jamais ils n'avaient cessé de s'entraider. Pas une seule fois Gabe ne l'avait laissé tomber. Quelles que soient ses propres raisons, il ne pouvait pas décevoir son frère.

Cole se resservit un verre de whisky, en but plusieurs gorgées et finit par répondre :

— Je serai là, Gabe. C'est promis.

- 4 -

Il me déteste vraiment, songea Jillian en reprenant une gorgée de champagne.

Elle ne savait pas vraiment à quoi s'attendre lorsqu'elle était entrée un peu plus tôt au CRESS, le premier restaurant de la famille, pour le Gala des chefs. Elle se doutait que les choses seraient peut-être un peu tendues entre Cole et elle. Pour autant, jamais elle n'aurait pensé qu'il serait encore fâché contre elle au point de refuser de la regarder lorsqu'ils s'étaient croisés.

Elle avait eu l'impression d'être pire qu'une inconnue pour lui. Son « Bonjour, Jillian », lapidaire, glacial, lui avait fait l'effet d'un coup de couteau dans le dos.

Pour ne rien arranger, il était particulièrement beau ce soir-là avec ses cheveux coupés de frais et la barbe qui ombrait à peine le bas de son visage. Élégant, mystérieux, toujours aussi musclé. Elle aurait préféré se souvenir de son corps avec moins de précision.

— Jillian ! s'exclama soudain une voix juste derrière elle. Je suis contente de te revoir.

Elle se retourna et aperçut Monica qui venait vers elle, magnifique dans une robe de satin blanc qui flattait ses courbes généreuses.

— Waouh, s'exclama-t-elle. Tu es superbe, Monica. On dirait que l'amour te va bien.

Elle prit la jeune femme dans ses bras, heureuse de trouver un visage amical parmi la trentaine d'invités présents. Monica et elle n'avaient pas été particulièrement proches lorsqu'elles travaillaient ensemble chez les Cress, mais Jillian l'appréciait, et elle avait besoin de soutien aujourd'hui – surtout depuis que Cole la traitait comme une étrangère.

— Et toi, alors, répliqua Monica en s'écartant pour mieux la regarder. J'adore ta tenue.

Jillian portait un bustier lacé en soie noire incrustée de sequins, assorti à un pantalon évasé en satin qu'elle avait choisi pour accompagner ce petit haut délibérément provocant. Elle l'avait acheté dans une boutique de San Francisco en se demandant ce que Cole en penserait. Visiblement, elle aurait mieux fait de ne pas se poser tant de questions.

— Au fait, félicitations pour ton nouveau poste, reprit Monica en attrapant une coupe de champagne sur le plateau d'un serveur.

Jillian s'apprêtait à la remercier lorsque son regard tomba sur une splendide rousse qui venait d'entrer dans le restaurant. Sa poitrine, mise en valeur par une robe bustier vert émeraude, semblait défier toutes les lois de la gravité. Jillian ne la quitta pas des yeux lorsqu'elle mit le cap sur Cole pour lui planter un baiser sur la joue, un bras passé autour de sa taille avec possessivité.

— Ooooh, commenta Monica avec un regard entendu.

— Mais encore ?

— Alors, ce petit mot que j'ai trouvé dans ton étui à couteaux l'année dernière… C'était Cole.

En effet, Monica était tombée en faisant le ménage sur l'une des notes coquines que Cole écrivait souvent à Jillian. Celle-ci ne lui avait jamais avoué lequel des frères Cress en était l'auteur.

— Comment le sais-tu ? finit-elle par demander.

— J'ai bien vu comment tu regardais Cole et Kimber il y a une minute. J'imagine que tu as promis de mettre un terme à votre histoire en quittant la maison Cress.

— Quelque chose dans ce genre.

— En tout cas, il va y avoir du grabuge, ce soir, déclara Monica en jetant un coup d'œil vers la fameuse Kimber. Nicolette n'apprécie pas particulièrement les minirobes, ni les chasseuses de portefeuille.

— Je suis sûre que cela ne dérange pas Cole, grommela Jillian.

Elle releva la tête, mais, comme pour la démentir, Cole n'était déjà plus aux côtés de la belle rousse. Jillian promena son regard sur la décoration élégante du restaurant. Les tons chromés et ivoire s'y affrontaient sous des jeux de lumière parfaitement étudiés. *Un vrai chef-d'œuvre,* songea-t-elle en professionnelle.

Tout comme les autres chefs invités, elle logeait dans une suite de l'hôtel cinq étoiles le plus proche du restaurant. Phillip Senior et son épouse avaient prévu un somptueux dîner de sept plats. On était lundi soir, jour de fermeture des restaurants, et cette soirée constituait une occasion parfaite pour fêter les succès de l'entreprise et motiver les troupes.

Jillian finit par repérer un invité qu'elle connaissait bien, Lorenzo Cortez. Il portait un costume gris clair sur un T-shirt en soie de la même nuance qui lui allait à merveille. Autour de son cou, un collier en cuir traditionnel orné d'une turquoise venait mettre une note de couleur dans sa tenue. Ses cheveux longs attachés en arrière mettaient en valeur ses pommettes et la ligne de sa mâchoire.

— Waouh, murmura Jillian. Il est magnifique.

— Qui, Lorenzo ? demanda Monica en suivant son regard. C'est le meilleur ami de mon futur mari, alors je vais prendre un joker, si tu permets.

— Tu aurais tout simplement pu dire que tu ne le trouvais pas spécialement beau.

— J'aurais pu, mais je n'aime pas mentir, répondit Monica en s'éloignant avec un clin d'œil.

Jillian se souvint de la réaction de Cole lorsque Lorenzo s'était intéressé à elle, le soir de l'ouverture du restaurant de Gabe. Elle n'hésita pas longtemps. Se frayant un chemin à travers les invités, elle le rejoignit de l'autre côté du bar et lui décocha son sourire le plus charmeur.

Moi aussi, je peux t'énerver, Cole Cress.

— Bonsoir, Lorenzo.

Il but une gorgée de son apéritif et la toisa d'un air amusé.

— Si j'en juge par la tête que fait Cole, j'imagine que tu es là pour le rendre jaloux ?

Jillian se sentit aussitôt très puérile.

— On dirait que ça fonctionne, conclut Lorenzo avec un petit rire avant de s'éloigner.

Une seconde plus tard, elle fut parcourue par une sensation familière – un éveil de tous ses sens à la fois. Elle sentit la présence de Cole avant même d'entendre sa voix.

— À quoi joues-tu ? siffla-t-il, l'air furieux.

— Tiens ! Tu me connais, maintenant ?

— Je croyais te connaître, mais j'ai appris récemment que je m'étais trompé, lâcha-t-il d'une voix glaciale.

Elle sentit les larmes lui monter aux yeux, mais elle s'endurcit aussitôt et se retourna pour lui faire face.

Il est tellement beau. Il me manque. J'ai envie de lui. Je...

Je l'aime.

Elle sursauta sous le choc de ce qu'elle venait de comprendre. Lorsque Cole accrocha son regard dans le sien, elle ferma les yeux, empêchant à grand-peine les mots de s'échapper de ses lèvres.

Je t'aime, Cole.

— Jillian ?

Lorsqu'il prononça son nom, elle faillit s'effondrer devant lui. Elle ouvrit brusquement les yeux et s'enfuit aussi vite que ses talons hauts le lui permettaient. Son cœur battait à tout rompre. Cole lui manquait, elle avait envie de lui, tout cela était normal. Mais *l'aimer* ? Les sentiments n'avaient jamais fait partie de leur équation.

Elle atteignit la porte des toilettes sans savoir comment elle y était arrivée. Avant d'y entrer, elle jeta un coup d'œil par-dessus son épaule. L'invitée de Cole avait fini par le rejoindre. Pourtant, ses yeux cherchaient toujours les siens à travers la salle du restaurant. Lorsqu'il les trouva, elle ne put soutenir l'intensité de son regard.

Jillian referma la porte et s'agrippa au rebord du lavabo, les jambes tremblantes. Elle ne savait pas si elle était heureuse ou terrifiée. La seule chose dont elle était certaine, c'était que tout, absolument tout, allait être différent.

Cole termina son café arrosé et se renfonça dans son siège. Le dîner pour vingt-six invités que son père avait élaboré touchait à sa fin. Au bout de la table, ses parents étaient assis côte à côte, tandis que Phillip Junior et Raquel occupaient l'autre extrémité. Quant à Jillian, elle discutait à bâtons rompus avec Xin Lao, le chef du CRESS VIII, situé dans la Napa Valley. Elle leva la tête et il s'empressa de détourner le regard.

Quelque chose s'était passé lorsqu'il l'avait rejointe au bar tout à l'heure. Il avait cru lire un bouleversement dans les yeux de Jillian, quelque chose d'indéfinissable qui lui avait donné envie de la rattraper, de lui parler, de la prendre dans ses bras…

… De l'embrasser.

Sa gorge se serra en repensant à ce moment où elle l'avait regardé depuis l'autre bout du restaurant. Il avait failli la rejoindre, mais s'en était empêché. Il le regrettait à présent. En tout cas, s'il n'en était pas encore sûr, il avait désormais la confirmation que Jillian Rossi l'obsédait toujours autant.

Lorsqu'il l'avait vue entrer dans la salle avec ce bustier audacieux, ce pantalon au tissu fin qui soulignait la courbe de ses fesses, il avait dû déployer des trésors de sang-froid pour passer devant elle sans la toucher. Elle était tout simplement splendide.

Pendant tout le reste de la soirée, et alors que son invitée s'accrochait à lui avec application, il avait observé Jillian sans en avoir l'air – une compétence qu'il avait développée lorsqu'elle travaillait pour sa famille et qu'ils devaient rester discrets. Rien ne lui avait échappé, pas un sourire, pas une poignée de main, pas un éclat de rire. Son désir pour elle et sa colère se livraient une bataille sans merci.

— Cole ? Tout va bien ?

Kimber Locke le regardait avec inquiétude. Il se pencha légèrement vers sa cavalière d'un soir, au physique de mannequin, mais aussi agréable et intelligente. Son rôle pour la soirée ? Paraître insupportablement énamourée de Cole et agacer Nicolette Cress. Cole le lui avait demandé comme une faveur et elle avait gentiment accepté.

Kimber et lui étaient brièvement sortis ensemble quelques années auparavant, et ils étaient restés en bons termes. Elle n'appréciait guère le dédain que la mère de Cole lui avait toujours montré et n'avait pas rechigné devant l'idée de lui jouer un mauvais tour.

Lorsque Cole avait fait son entrée au bras de Kimber, l'expression de sa mère avait dégringolé en l'espace d'une seconde. Toute sa joie de revoir son fils s'était évanouie dans un dégoût mal dissimulé à l'encontre de la femme qu'il avait invitée. La façade de sa mère s'était rapidement remise en place, mais elle avait bien failli craquer.

— Tout va bien, ne t'en fais pas, finit-il par répondre.

Kimber lui décocha un clin d'œil complice et retourna à son café.

Les invités avaient terminé leurs tartes aux fruits exotiques. Le discours de Phillip et Nicolette s'était déroulé sans heurt, puis Gabe et Monica avaient annoncé leurs fiançailles. Pourtant, sous ces airs joyeux, la catastrophe couvait. Chaque membre de la famille Cress le sentait aussi bien que lui, Cole en était certain.

Ding, ding !

— Nous aimerions vous remercier à nouveau pour votre présence ce soir, commença son père.

Debout à côté de lui, Nicolette évitait soigneusement le regard de Cole.

— Je vous suis profondément reconnaissant, ainsi que Gabriel et l'ensemble des équipes de Cress Inc., pour votre dévotion à la gastronomie. C'est grâce à votre talent que nous avons pu accomplir notre année la plus fructueuse jusqu'à ce jour.

Une salve d'applaudissements salua son discours. Cole dut se retenir pour ne pas lever les yeux au ciel lorsque sa mère sourit amoureusement à Phillip, qui se pencha alors pour l'embrasser.

Quel menteur.

Certes, il était fâché contre sa mère, mais elle n'aurait pas moins mérité d'avoir un mari fidèle.

— Merci encore à tous, et bonne fin de soirée, conclut Phillip. Je vous souhaite un bon retour demain matin.

— Je demanderai seulement aux membres de ma famille de rester bavarder un instant, ajouta Nicolette avec un sourire forcé.

Bavarder, en langage Nicolette, signifiait invariablement « se faire disputer ». Cole se prépara à l'orage tout en regardant ses parents et Gabe dire au revoir aux invités. Il ne put s'empêcher de chercher le regard de Jillian lorsqu'il la vit enfiler sa veste pour sortir, mais elle ne se retourna pas.

Il eut l'impression qu'elle le laissait tomber. Une fois de plus.

— Je devrais peut-être m'en aller aussi, tu ne crois pas ? lui demanda Kimber.

— Certainement pas.

Jillian serra la main de Phillip et Nicolette avant de passer les portes du restaurant. Une fois dehors, elle s'arrêta, jeta un coup d'œil par-dessus son épaule et, enfin, leurs regards se rencontrèrent.

Cole sentit tout son corps se tendre vers elle lorsqu'elle lui offrit un petit sourire hésitant. Il aurait voulu que ce regard dure une éternité, mais sa mère referma la porte, sans nul doute dans l'intention délibérée de couper le contact entre Jillian et lui. Il lui jeta un regard mauvais alors qu'elle s'adossait contre le mur d'un air las. Lorsque ses yeux bleu gris affrontèrent les siens, il y lut un message parfaitement clair.

Fais-la partir ou je m'en occupe moi-même.

Connaissant les capacités destructrices de sa mère, il se résigna, peu désireux de faire subir sa colère à Kimber.

— Merci pour ce soir, Kim. Je t'en dois une belle.

Kimber lui répondit d'un sourire avant de l'embrasser avec une passion exagérée, les mains plaquées de chaque côté de son visage. Cole fit de son mieux pour ne pas éclater de rire lorsqu'elle rompit leur baiser et essuya les traces de rouge à lèvres qu'elle avait laissées sur sa bouche.

Jusqu'à la fin, Kimber démontra un talent d'actrice indéniable lorsqu'elle marcha vers la porte en balançant exagérément les hanches. Nicolette avait l'air prête à cracher du feu d'un instant à l'autre.

— J'attends de tes nouvelles, Cole, susurra Kimber en lui décochant un clin d'œil.

Cette fois, sa mère n'y tint plus : oubliant son sens des convenances, elle se rua vers la porte et poussa Kimber dehors sans ménagement.

Cole se cacha derrière sa tasse pour rire. Qu'en pensaient donc ses frères ?

Phillip Junior avait l'air très amusé, même si les yeux

de sa femme lui lançaient des éclairs. Sean avait rejoint son père au bar et se servait un whisky. Gabe et Monica échangeaient des regards incertains – elle était probablement surprise d'être admise pour la première fois dans l'envers du décor, songea Cole. Quant à Lucas, il faisait les yeux doux à la tarte aux fruits dont il n'avait mangé qu'une part minuscule au moment du dessert.

Bref, tout le monde aurait voulu se trouver ailleurs.

— *Bienvenue*, Coleman, attaqua sa mère tellement furieuse qu'elle en oubliait de parler anglais. Je constate que tu as eu le temps de ramasser les poubelles.

— Contrairement à ce que tu penses, Kimber n'est pas un déchet, et Jillian ne l'était pas non plus.

Sa mère eut un sursaut à peine perceptible.

— Qu'est-ce que tu veux dire ?

Incapable de contenir sa colère plus longtemps, il se leva et la toisa de toute sa hauteur.

— J'étais chez elle le jour où tu es venue lui faire ta petite scène. J'ai tout entendu depuis la salle de bains. Je sais ce que tu as fait.

Les yeux écarquillés de surprise, sa mère resta muette sous le choc.

— Qu'est-ce que c'est que cette histoire ? finit par demander Phillip Senior.

— Jillian, hein ? commenta Lucas avec un sourire appréciateur. Bien joué, Cole. Très bien joué.

Cole ignora leurs questions et se planta devant sa mère.

— Tu n'avais aucun droit de te mêler de ma vie privée. Je n'aurais jamais pu imaginer que tu pouvais être aussi méprisante, mais j'aurais dû m'en douter. Tu as porté un jugement sur Monica, sur Jillian… Il serait peut-être temps de te regarder dans le miroir à ton tour.

— Cole…, murmura sa mère, les larmes aux yeux.

— Il n'y a pas de « Cole » qui tienne. Tu t'es comportée d'une manière déplorable, un point c'est tout.

— Ça suffit, intervint son père en passant un bras autour des épaules de sa femme.

Cole poursuivit comme s'il n'avait pas été interrompu.

— Nous sommes des adultes, maman. Nous pouvons mener nos vies sans que tu tires les ficelles à notre place.

— Je veux simplement ce qu'il y a de meilleur pour toi.

— Comment pourrais-tu savoir ce qui est le meilleur pour moi ? Tu ne sais même pas ce qui l'est pour *toi*, maman.

Perdue, sa mère fronça les sourcils et il s'arrêta à temps.

— Kimber m'attend dehors, prétendit-il en se dirigeant vers la sortie.

Pour ce soir au moins, il ne dirait pas un mot de plus.

Assise dans le rocking-chair dans la chambre de sa grand-mère, Jillian contemplait les photos de ses deux mariages. Elle avait l'air si jeune sur ces clichés. Si naïve, surtout…

— Coucou, Jillie, chuchota son père en passant la tête par l'encadrement de la porte. Qu'est-ce que tu fais là ?

— Je voulais passer un peu de temps avec elle, puisque je dois partir tôt demain matin.

Jillian tendit la main pour caresser affectueusement la main de sa grand-mère.

— Je comprends. J'ai pris l'habitude de passer dans sa chambre tous les soirs avant d'aller me coucher pour vérifier que tout va bien, admit son père en la rejoignant au pied du lit.

Elle lui offrit un sourire qu'elle espérait réconfortant.

En tant qu'enfant unique élevé par une mère célibataire, son père avait d'autant plus de mal à voir la santé d'Ionie se détériorer.

— Comment s'est passée ta soirée ? demanda-t-il en s'asseyant précautionneusement au bord du lit.

— C'était sympa, mentit-elle, évitant son regard.

— Dans ce cas, pourquoi t'es-tu replongée dans ces vieux souvenirs ?

— Très bien, Harry. J'allais poser la même question, intervint alors Ionie.

Son père et elle sursautèrent dans un bel ensemble.

— Eh oui, je ne dors que d'un œil, fit sa grand-mère en riant. Avec une pareille réunion dans ma chambre, ce n'est pas très étonnant.

— Désolée, mamie. Je ne voulais pas te réveiller.

— Je ne dormais pas, ma chérie. Je profitais simplement du fait de t'avoir auprès de moi. Cela me rappelle les week-ends que tu passais avec ton papy et moi. Plus d'une fois, nous t'avons trouvée endormie au pied de notre lit ou sur le tapis de la chambre, comme si tu voulais rester le plus près de nous possible.

Sa grand-mère s'était mariée peu avant la naissance de Jillian, et celle-ci avait toujours considéré le mari d'Ionie comme son grand-père. Elle se souvenait du bonheur sans limites qu'elle avait toujours connu dans leur maison. Toute son enfance, elle avait attendu les week-ends avec impatience pour pouvoir passer du temps avec eux.

— As-tu besoin de quelque chose, maman ? demanda alors son père.

— J'ai besoin que Jillie nous dise ce qui lui trotte dans la tête.

Jillian considéra un instant la possibilité d'avouer à son père qu'elle avait eu une relation sans attaches pendant plus d'un an, avant d'y mettre fin en acceptant le poste prestigieux dont il était si fier.

Je ne crois pas, non.

Elle se décida pour une demi-vérité.

— Je sortais avec quelqu'un, mais nous avons rompu et je l'ai revu ce soir pour la première fois.

— Au Gala des chefs, tu veux dire ?

— Oui.

Son père fronça les sourcils en passant les doigts dans sa barbe, signe de réflexion intense.

— J'ai compris en le revoyant que j'avais plus de sentiments pour lui que ce que je croyais, expliqua-t-elle.

— Oh ! ma chérie, fit Ionie d'une voix compatissante. Tu es amoureuse ?

— Oui, admit-elle dans un murmure, luttant contre l'émotion qui la submergeait en pensant à Cole.

— Et lui ? continua son père.

Elle secoua la tête, revoyant en pensée l'air furieux de Cole lorsqu'ils s'étaient séparés – et son expression de ce soir.

— Comment ça, non ? tonna son père, visiblement indigné.

— C'est moi qui ai rompu avec lui, papa.

— Penses-tu pouvoir arranger les choses ? demanda doucement Ionie.

— Très franchement, je ne sais pas si c'est une bonne idée. Je ne cherche pas l'amour. Regarde un peu où il m'a menée, et deux fois, soupira-t-elle en posant les photos sur la table de chevet. J'ai toujours voulu une histoire comme celle de papa et maman, le genre d'histoire qu'on peut raconter à ses enfants trente ans plus tard, mais ce n'est pas pour moi.

— Tu sais, déclara son père, la vie, c'est comme une bibliothèque. Il y a une infinité de livres parce que toutes les histoires sont différentes. La tienne n'a pas besoin de ressembler à la nôtre pour être belle, Jillian. C'est à toi de l'écrire.

— Quelle sagesse, mon nounours, répliqua-t-elle d'un ton malicieux en utilisant le surnom que sa mère avait toujours donné à son père.

— Ne te moque pas trop de mon fils, intervint Ionie. Avant de devenir nounours, il était « mon petit sucre ».

— Incroyable, commenta Jillian en éclatant de rire.

Harry leur décocha un regard faussement indigné.

— Puisque c'est comme ça, je vais là où on me laissera tranquille.

— Tu as raison. Ni ta mère, ni ta fille ne pourraient te *laisser tranquille* aussi bien, rétorqua Ionie en gloussant.

— Je t'adore, mamie, fit Jillian en se nichant contre elle.

Elle finit par s'endormir au son de la berceuse que lui chantait sa grand-mère, ses pensées et son cœur inexorablement tournés vers Cole.

— Garde seulement ton bustier.

Sur l'ordre de Cole, Jillian fit tomber son pantalon de soie jusqu'au sol avant de lui décocher un regard provocateur. Lentement, elle glissa les doigts sous l'élastique de son tanga en dentelle et se mit à onduler des hanches pour le faire glisser le long de ses cuisses.

Fasciné, Cole s'était assis au bord du lit pour mieux la contempler. Les ombres du feu dans l'âtre dansaient sur sa peau alors qu'elle le captivait par ses mouvements sensuels. Ses yeux se rivèrent aux siens, un miroir parfait du désir qui tendait tout son corps vers elle.

Nue depuis la taille jusqu'à ses talons hauts, Jillian s'amusa à faire glisser son sous-vêtement de dentelle entre ses doigts, avant de s'approcher de lui pour l'enrouler autour de son érection. Il retint son souffle lorsqu'elle se planta entre ses cuisses et commença à se pencher, lentement, vers son entrejambe. Saisissant délicatement le tanga entre ses dents, elle l'envoya valser au sol avant de prendre enfin son sexe douloureusement tendu entre ses lèvres.

Il sentit ses hanches s'arquer contre le matelas et poussa un grognement de plaisir. Incapable de résister plus longtemps, il prit son visage entre ses mains pour l'écarter de lui. Jillian comprit aussitôt et le rejoignit sur le lit. Un bras passé autour de sa taille, il la fit asseoir sur ses cuisses et l'embrassa longuement, passionnément, sa langue explorant sa bouche avec avidité.

— Maintenant, Cole, supplia-t-elle contre ses lèvres. J'ai besoin de toi.

— Je suis tout à toi, ma belle.

Elle prit appui sur ses épaules pour se laisser glisser sur lui avec une lenteur délicieuse.

— Tout à moi, vraiment ?

Pour toute réponse, il la serra contre lui et s'enfonça brusquement en elle, encore, et encore…

Cole se réveilla en sursaut et poussa un juron. Encore une fois, il avait rêvé de Jillian. Il fronça les sourcils et jeta un coup d'œil mécontent à son érection.

Bzzz. Bzzz. Bzzz.

Ignorant pour la énième fois la sonnerie de son

téléphone, qui l'avait tiré du sommeil au pire moment possible, il comprit que l'image de Jillian dans ce petit haut corseté n'avait pas fini de le poursuivre. Il fit la grimace et pressa un oreiller contre son ventre dans l'espoir de calmer son excitation. Devant le peu de succès de son entreprise, il se laissa retomber sur le lit avec un grognement exaspéré.

Il n'arrivait pas à comprendre s'il était frustré par la fin précoce de son rêve ou par le fait qu'il avait toujours désespérément envie de Jillian.

- 5 -

Deux semaines plus tard

Jillian agrippa fermement la poêle et fit sauter les petits légumes avant de les arroser d'un long trait d'huile d'olive. Baissant légèrement le feu, elle ajouta une pincée de sel rose et mélangea les carottes, les panais et les rutabagas soigneusement coupés en lamelles.

— La soupe de légumes racines est prête, cheffe, lui cria son sous-chef depuis l'autre bout de la cuisine.

Elle disposa les petits légumes à la surface des trois bols de soupe dont elle avait elle-même élaboré l'assaisonnement, à base de bouillon de poulet, d'ail et de curcuma.

— Vous pouvez envoyer les plats.

Elle éteignit la cuisinière et dénoua son tablier. Sa dernière commande de la soirée était sur le point d'être servie. À présent, il ne lui restait plus qu'à superviser la préparation du lendemain avant de rentrer chez elle. Elle avait hâte de pouvoir s'installer sur le balcon avec un verre de vin, et essayer de se détendre sans trop penser à Cole.

Plus facile à dire qu'à faire.

Comment avait-elle pu se laisser tomber amoureuse

de lui ? Jamais cela n'aurait dû arriver, surtout pas avec Cole qui refusait de lui adresser la parole, sans parler de sa propre crainte d'une relation sérieuse. Elle allait devoir prendre son mal en patience et attendre que ses sentiments disparaissent d'eux-mêmes, ce qui n'était pas pour demain…

— Cheffe, pourrais-je vous parler une minute ?

Jillian se raidit instinctivement. Le ton arrogant de Clark Newsom quand il voulait « lui parler une minute » n'augurait jamais rien de bon. Plaquant un sourire forcé sur ses lèvres, elle le suivit jusqu'à son bureau situé à l'arrière du restaurant.

— De quoi vouliez-vous me parler, Clark ? demanda-t-elle tout en connaissant déjà la réponse.

Le menu.

— Je voulais que nous discutions du menu.

En plein dans le mille.

Jillian enfonça les mains dans les poches de sa veste et prit une grande inspiration avant de répondre, le plus calmement possible :

— Il s'agissait d'une demande spéciale, Clark. Lorsqu'un client me laisse carte blanche pour l'accompagnement de son plat, je prépare toujours mes pommes de terre à la lyonnaise, qu'elles soient à la carte ou non.

Pour toute réponse, Clark poussa un soupir exaspéré.

— Écoutez, je suis cheffe, tout de même…

— De votre premier restaurant au sein d'une entreprise internationale, coupa brusquement le manager.

— À quel moment cesserez-vous de me traiter comme si j'étais une débutante en période d'essai ?

— Quand vous aurez prouvé que vous ne reproduirez

pas ici les erreurs qui ont mené à la fermeture de votre propre restaurant.

En dépit de la honte qui l'aiguillonnait, elle le toisa froidement et répliqua :

— Et vous, quand vous sortirez de la protection des Cress pour prendre le risque de monter votre propre entreprise, je vous permettrai peut-être de me donner des conseils.

— Vous aussi, vous êtes sous la protection des Cress, fit-il remarquer avec un petit sourire satisfait.

Elle lui jeta un regard noir et sortit en claquant la porte. Jamais elle ne l'aurait admis devant Clark, mais ses paroles contenaient une certaine part de vérité. Elle se sentait bridée par les rênes de Cress Inc., incapable de laisser s'exprimer sa créativité culinaire, constamment surveillée et jugée.

Pourtant, j'ai choisi ce poste... plutôt que Cole.

Elle retourna dans la cuisine avec un sentiment de regret qui lui était devenu familier.

Le matin suivant, Cole traversait Manhattan sur sa Harley-Davidson vintage, profitant de la sensation de liberté que lui procuraient toujours ses escapades à moto. Il ralentissait pour s'arrêter à un feu rouge lorsque la voiture à sa droite le gratifia d'un coup de klaxon discret. Il ne s'était pourtant pas trompé de file.

Étonné, Cole tourna la tête et découvrit, au volant d'une décapotable blanche, une superbe jeune femme dont le teint mat s'ornait d'adorables taches de rousseur. Ses cheveux d'un roux foncé contrastaient d'une manière frappante avec la couleur de sa peau. Elle lui souriait, et ses lèvres s'étirèrent encore davantage lorsqu'il releva la visière de son casque pour découvrir son visage.

Lorsque le feu passa au vert, la beauté rousse lui décocha un petit clin d'œil avant de redémarrer. Cole éclata de rire, rabattit sa visière et poursuivit son chemin. Elle était déjà sortie de son esprit lorsqu'il gara sa moto dans le parking souterrain chez Cress Inc. Bien sûr, il appréciait toujours qu'on flirte avec lui, mais il n'avait pas la tête à ce genre de choses en ce moment.

Une fois dans l'ascenseur, il ouvrit son blouson et songea que sa tenue – jean, bottes de moto et chemise en lin noire – allait encore déplaire à son père. Il eut à peine le temps de vérifier ses messages qu'il était déjà arrivé au quarantième étage où se trouvaient les bureaux de la direction. Le bâtiment abritait, outre les bureaux, une cafétéria haut de gamme, une cuisine pour tester les nouvelles recettes de la marque, une salle de conférences et une salle à manger privée. Sa mère cuisinait parfois le déjeuner pour toute la famille lorsqu'elle n'enseignait pas à l'école de cuisine qu'elle avait fondée.

Cole était en train de saluer un collègue lorsque son téléphone se mit à vibrer dans sa poche. Un appel de sa mère, pour changer. Il soupira mais finit par décrocher. Leur guerre froide ne pouvait pas durer éternellement, surtout maintenant qu'il était revenu au travail.

— Bienvenue à la maison, Cole, le salua sa mère.

Quelqu'un avait déjà dû l'avertir de son retour. En matière de surveillance, Nicolette Cress aurait pu donner des leçons à Big Brother.

— Que puis-je faire pour toi, maman ?

— Toute la famille donne une interview pour *Délicieux* le week-end prochain, expliqua sa mère. Ils feront une photo pour la couverture et nous poseront quelques questions. J'ai besoin que vous soyez là tous les cinq.

Cole entra dans son bureau et prit un moment pour admirer la vue sur les gratte-ciel de Manhattan. Le soleil entrait à flots par les grandes baies vitrées. Il se souvint d'un après-midi où Jillian s'était étendue sur le tapis au pied des fenêtres, dorant sa peau nue au soleil…

— Cole ?

— Excuse-moi, j'étais dans la lune. Je ne peux pas venir à l'interview. Tu sais que je travaille au *food truck* le week-end.

Soudain, sa chaise de bureau pivota et il se trouva en face de…

Sa mère.

— Un peu théâtral, tu ne crois pas ?

— C'est un peu fort de la part de quelqu'un qui a disparu du jour au lendemain, rétorqua Nicolette.

Elle se leva et lissa les plis de son tailleur impeccable avant de lui tendre les bras.

— Je n'ai pas embrassé mon fils depuis deux mois. Je crois qu'il faut régler ça, Cole.

Mettant son ressentiment de côté, il s'avança pour prendre sa mère dans ses bras.

— Je sais que j'ai eu tort, mais je croyais bien faire, murmura Nicolette. J'espère que tu pourras me pardonner et oublier cet incident.

Cole la repoussa doucement pour s'installer à son bureau, roulant ses manches de chemise au-dessus des coudes.

— Je te pardonne, mais je ne suis pas près d'oublier quoi que ce soit.

— Pourtant, mon geste n'a fait que révéler à quel point

Jillian place son ambition professionnelle au-dessus de tout le reste…

— Stop, l'interrompit-il abruptement. Je refuse catégoriquement de parler de Jillian Rossi avec toi.

— Très bien, capitula sa mère. En revanche, j'ai vraiment besoin que tu viennes pour l'interview.

— Je suis disponible à n'importe quel moment de la semaine, mais pas le week-end, répondit-il calmement tout en allumant son ordinateur.

— Ton *food truck* ne t'importait pas tant que ça pendant les deux mois où tu as disparu.

— Justement, il est urgent que je m'en occupe, contra-t-il.

Nicolette soupira et enfonça les mains dans les poches de son tailleur.

— Quand tu étais petit, tu restais collé à moi bien plus que ne l'ont fait tes frères – même Lucas.

Cole s'endurcit dans l'attente de ce qui allait suivre. Hors de question de céder au chantage affectif de sa mère, bien qu'elle fût très douée dans ce domaine.

— Je me souviens que tu voulais toujours que je te lise des histoires. Si je t'avais écouté, tu aurais passé la journée sur mes genoux à écouter tes contes préférés, poursuivit-elle avec un sourire attendri. J'adorais ces moments rien que tous les deux. Pour être franche, je crois que je vendrais tous mes trophées de cuisine pour pouvoir les revivre.

Nicolette marqua une pause, le regard perdu au-delà de la ligne des gratte-ciel.

— Qu'est-ce qui a changé, Cole ? Pourquoi me détestes-tu ?

Il ne put retenir un ricanement incrédule.

— Tu sais très bien que je ne te déteste pas. J'étais simplement en colère contre toi pour ce que tu as fait. Je ne veux jamais, jamais que tu recommences une chose pareille. Essayer de prendre des décisions à ma place concernant ma vie privée était un manque de respect.

— Je comprends et je suis sincèrement désolée. Tu sais, c'est parfois difficile de voir mes garçons…

— Tes *fils*.

— Ça va, Cole. Je suis au courant que tu es grand.

— Je ne suis pas *grand*, maman. J'ai trente ans. Le plus jeune de tes fils en a vingt-neuf.

— Merci pour le rappel, marmonna-t-elle.

Cole ne put s'empêcher de rire, et Nicolette lui décocha le sourire maternel qui avait conquis les États-Unis.

— Je te le demande comme une faveur, Cole. L'équipe de *Délicieux* ne peut se déplacer que le week-end prochain. C'est leur seule possibilité s'ils veulent boucler le numéro à temps.

Il ne répondit rien. Comment refuser quoi que ce soit à sa mère dans ces conditions ?

— Merci beaucoup, fit-elle avec un soupir de soulagement.

Cole lui adressa un rapide signe de tête avant d'ouvrir sa boîte mail. Malheureusement, le dernier rapport d'analyse de son équipe n'était guère encourageant. Les résultats montraient une baisse de fréquentation de tous les réseaux sociaux de l'entreprise. Plus particulièrement, le site Internet semblait offrir de moins en moins de visibilité.

Cole lança la page web du site, fronçant les sourcils devant la lenteur avec laquelle elle s'affichait. Pas étonnant si les internautes finissaient par laisser tomber.

— Ça ne va pas du tout, déclara-t-il autant pour sa mère que pour lui-même. Je vais convoquer mes équipes en urgence pour organiser une refonte de ce site.

— Je sais que le poste de directeur général ne t'intéresse pas…

— Absolument pas, coupa-t-il avec emphase.

— Mon rebelle… Je suis fière de toi. C'est très bien de ta part de t'investir autant dans la communication de Cress Inc. alors que tu ne veux pas du poste de ton père. J'ai hâte de voir les changements que tu vas apporter, conclut sa mère en se levant pour gagner la porte du bureau.

À vrai dire, et bien qu'il ne l'eût jamais avoué à personne d'autre qu'à lui-même, Cole avait hâte de commencer ce nouveau projet pour une seule et unique raison : il lui permettrait de penser à autre chose qu'à Jillian. Sa récréation en Europe lui avait changé les idées. À présent, il allait devoir se concentrer sur quelque chose pour oublier à quel point elle lui manquait.

— Je te vois à la maison ce soir, mon fils ?

Nicolette avait posé la question sans se retourner, mais il se doutait de l'émotion qu'elle cherchait à dissimuler. Cole se passa une main dans les cheveux. Il aimait sa mère, avec ses qualités et ses défauts, tout comme elle aimait chacun de ses fils. Il n'avait aucune envie de lui faire de la peine. Pourtant, il n'allait pas avoir le choix.

— J'ai engagé un agent immobilier pour me trouver un appartement, annonça-t-il. En attendant, je dormirai chez Gabe et Monica.

Il vit la main de sa mère se crisper sur la poignée de la porte.

— J'ai besoin d'indépendance, maman. Je ne crois

pas pouvoir la trouver en restant vivre chez mes parents à trente ans passés.

Sans répondre, Nicolette redressa les épaules et sortit de son bureau sans se retourner. Il écouta le bruit de ses pas décroître le long du couloir et poussa un soupir de lassitude. Pourquoi la vie était-elle devenue si compliquée ?

Il aurait voulu revenir quelques mois en arrière, lorsque son seul souci était d'exaspérer son père. Ses frères et lui formaient alors une fratrie unie. Il n'était jamais en désaccord avec sa mère, passait du bon temps à cuisiner pour son *food truck* et profitait de son aventure sans complications avec Jillian.

Et maintenant ?

Tout semblait s'effondrer autour de lui. Il avait l'impression de ne plus rien contrôler. La sensation qu'il détestait le plus au monde…

Une semaine plus tard

— Vous êtes ravissante, Jillian.

— Merci beaucoup, répondit-elle à son cavalier alors qu'il la faisait tournoyer sur la piste de danse.

Elle lui offrit un sourire qui, elle le savait, trahissait sa nervosité. Miles Fairmount était le propriétaire du marché où le CRESS III se fournissait en fruits de mer. Après plusieurs demandes de sa part, elle avait fini par accepter son invitation à passer la soirée ensemble dans ce club de jazz, dans une tentative désespérée d'oublier Cole ne fût-ce qu'un instant. Son plan n'avait malheureusement pas l'air de fonctionner très bien.

Cherchant à tout prix à créer un lien avec Miles, elle

passa les bras autour de son cou et posa légèrement la tête contre sa poitrine. Rien n'y faisait.

Il avait beau être assez grand, il ne l'était pas autant que Cole, avec qui elle devait toujours rejeter la tête en arrière pour pouvoir le regarder dans les yeux. Le parfum de Miles était moins subtil, plus épicé que celui de Cole. Ses cheveux coupés très court n'avaient pas le charme des boucles en désordre dont elle rêvait la nuit. La main du jeune homme posée dans son dos lui paraissait presque déplacée, et leurs corps ne se mouvaient pas ensemble dans une harmonie parfaite.

Bref, il n'était pas Cole.

Jillian ne put retenir un soupir.

— Tout va bien ? demanda Miles en l'observant d'un air inquiet.

C'était un homme séduisant, adorable et passionné par son travail. Quel dommage que le rebelle de la famille Cress occupe toujours autant l'esprit de Jillian…

Miles la fit tourner deux fois avant de la guider doucement contre lui.

— Je n'ai pas la moindre chance, n'est-ce pas ? reprit-il d'un air amusé.

Presque soulagée, mais un peu honteuse, Jillian leva les yeux vers lui.

— Vous auriez toutes les chances du monde s'il n'y avait pas…

— Je vois. Et où est-il donc en ce moment ?

— Pas avec moi, en tout cas.

— Y a-t-il une chance qu'il y revienne ?

— Non, murmura-t-elle en prenant conscience de la douleur que cette vérité lui infligeait.

Miles la fit tomber en arrière d'une main experte,

puis la remit sur ses pieds et continua à la faire tourner, manœuvrant habilement entre les autres couples de danseurs.

Finalement, je passe un bon moment, songea-t-elle avec surprise.

— Dans ce cas, reprit son cavalier, vous devriez aller le chercher.

Et que pourrais-je lui dire ? Pardonne-moi, comprends-moi ?

Je t'aime ?

Non, bien sûr. Elle ne pouvait pas prendre le risque d'une nouvelle déception amoureuse. Elle s'était toujours interdit de le faire, et puis, Cole en valait-il la peine ?

Tu sais bien que oui...

Au fond, sa plus grande peur, celle qui la tenait éveillée chaque nuit, était simple et vieille comme le monde.

Elle craignait que Cole ne partage pas ses sentiments.

Tandis que Miles continuait à la faire danser, elle se remémora les mots furieux de Cole lorsqu'ils s'étaient séparés. Pourquoi était-il aussi en colère puisque leur relation n'avait jamais été faite pour durer ?

— Miles, pourrais-je vous poser une question ? J'aurais besoin d'un avis masculin sur quelque chose. C'est à propos de... de *lui.*

— Je vous écoute.

Elle se sentait quelque peu mal à l'aise de parler d'un autre homme à celui avec qui elle était censée passer la soirée, mais après tout, Miles l'avait déjà percée à jour.

— Imaginons que vous ayez une aventure pendant quelque temps avec une femme, rien de sérieux, et que cette femme mette un terme à votre histoire. Quelle raison pourriez-vous avoir pour être en colère contre elle – très en colère ?

— Cela dépend, commença Miles. Si j'étais particulièrement vaniteux, je pourrais me sentir vexé que cette femme choisisse de rompre avant moi.

Jillian fronça les sourcils. Non, cela ne ressemblait pas à Cole.

— Ou alors, poursuivit son cavalier, je me suis peut-être rendu compte que j'étais plus attaché à elle que je le croyais.

Bien malgré elle, Jillian sentit une petite lueur d'espoir s'allumer dans son cœur.

— Ou bien encore, j'ai eu l'impression que cette femme m'a manqué de respect dans sa manière de faire.

Sa gorge se serra et elle décida d'être franche, pour en avoir le cœur net.

— Par exemple, si cette femme avait accepté un poste prestigieux à l'autre bout du pays offert par votre famille, en échange de la promesse qu'elle ne vous reverrait plus…

Cette fois, Miles s'arrêta de danser et la regarda droit dans les yeux.

— Il pense peut-être que vous l'avez utilisé comme un tremplin pour votre carrière.

— Je vois. Je n'envisageais pas les choses ainsi, mais je comprends pourquoi il pourrait le penser.

— C'est avec lui que vous devriez en discuter.

Submergée par la lassitude, Jillian posa le front contre l'épaule de Miles. Il eut un petit rire compatissant et se mit à lui tapoter le dos. Aussitôt, elle se ressaisit.

— Je suis vraiment désolée, Miles. Je dois être le pire rendez-vous que vous ayez jamais eu.

— À mon grand désespoir, c'est loin d'être le cas, rétorqua-t-il en riant.

Elle éclata de rire à son tour et Miles la reprit dans ses bras pour la faire tourner sur elle-même.

— Profitons de la musique et de la soirée, déclara-t-il. Lorsque nous nous verrons au marché mardi prochain, nous serons bons amis et nous souhaiterons mutuellement d'être heureux, même si ce n'est pas l'un avec l'autre.

— Entendu, répondit-elle en souriant.

Décidément, cet homme était quelqu'un de bien.

Miles recula de quelques pas au rythme de la musique, l'entraînant avec maîtrise dans un pas de rock. Elle retint l'ourlet de sa robe et se laissa porter par la danse. Ce soir, l'espace d'un instant, elle oublierait tout ce qui la tracassait : Cole, son travail, sa famille qui lui manquait.

Rien que pour ce soir, elle allait s'amuser sans penser à quoi que ce soit d'autre.

Cole étouffa un bâillement et posa son ordinateur portable à côté de lui sur le matelas. Un coup d'œil à sa montre lui apprit qu'il était plus de minuit. Il avait passé la soirée à élaborer des modèles pour le nouveau site web de Cress Inc., et il n'avait pas vu l'heure défiler.

Contrairement à son habitude, Cole enfila un pyjama au cas où il croiserait Gabe ou Monica dans l'appartement, et se laissa glisser hors du lit pour aller ouvrir les baies vitrées de sa chambre. L'air au-dehors commençait à se rafraîchir, preuve que l'automne serait bientôt là.

Il contempla la foule des New Yorkais pressés qui arpentaient encore les trottoirs à cette heure tardive. À une autre époque, il aurait été parmi eux, se pressant le long des rues pour retrouver une femme ou une autre.

Les choses s'étaient passées différemment depuis qu'il avait rencontré Jillian.

Il n'avait plus eu envie de courir à droite et à gauche, ni même de sortir le soir. Il préférait l'intimité de son appartement où il avait passé des nuits entières à cuisiner à ses côtés, à regarder des bêtises à la télévision ou à lui faire l'amour – peu importait ce qu'ils faisaient, tant qu'il passait du temps avec elle.

À présent, même s'il savait qu'elle n'y vivait plus, le fait de revenir à New York lui renvoyait tous ces souvenirs en pleine figure. Il souffrait de son absence et s'en voulait de souffrir. Pourtant, la douleur était toujours bien présente.

Elle a fait son choix, imbécile. Passe à autre chose.

Cole aurait désespérément souhaité contrôler ses sentiments. Il ressentait toujours le départ de Jillian comme un abandon, une trahison. Mais de quel droit ? Jamais ils n'avaient évoqué un avenir ensemble, pas une seule fois.

Pourquoi lui en voulait-il autant ? Aurait-il préféré être celui qui mettrait fin à leur histoire un jour ? Tout cela n'était-il qu'une question d'ego ?

Il prit un moment pour considérer honnêtement l'hypothèse, mais finit par secouer la tête, convaincu qu'il ne s'agissait pas de cela. Au fond, c'était le doute qui le torturait. Il se demandait si Jillian était sortie avec lui dans l'unique intention d'obtenir un poste prestigieux chez Cress Inc. un jour ou l'autre. Si elle l'avait utilisé, depuis le début.

Sa rancœur bouillonna à nouveau en lui. Il s'aperçut qu'il avait serré les poings et s'appliqua à déplier ses phalanges l'une après l'autre, inspirant à fond pour évacuer la tension. Le dîner rapide qu'il avait avalé au bureau remontait à quelques heures et il se rendit compte qu'il avait faim. Grignoter quelque chose l'aiderait probablement à mettre de l'ordre dans ses idées.

Cole traversa la chambre d'amis sans prendre la peine d'enfiler des chaussures. Il commença à se diriger vers la cuisine, mais une fois dans le couloir, un son clairement identifiable l'arrêta net.

— Oh oui, Gabe… Plus fort…

L'estomac de Cole émit un grondement de protestation. Pourtant, la porte de Gabe et Monica était légèrement entrouverte, et il n'osait pas passer devant de peur de les gêner. Il retourna donc dans sa chambre et se résigna à s'endormir le ventre creux.

Il mit un moment à trouver le sommeil, pas tant à cause de la faim que des pensées qui tournaient en boucle dans sa tête. Il commençait à se rendre compte qu'il enviait le bonheur de son frère. Partager sa vie avec quelqu'un, prendre soin l'un de l'autre… Depuis quand avait-il envie de ce genre de choses, lui qui avait toujours été fier de ne pas faire comme tout le monde ?

Enfouissant sa tête contre l'oreiller, « Cole le rebelle » commençait à se demander s'il n'avait pas eu tort.

- 6 -

Une semaine plus tard

— Jillian ? Quelque chose ne va pas ?

Les mots lui parvinrent comme dans un brouillard et Jillian resta figée sur place, incapable d'émettre le moindre son. Elle eut l'impression que le temps s'était arrêté. Même avant de l'apercevoir, elle avait ressenti physiquement sa présence, comme un éveil de toutes les fibres de son corps.

— Cole, murmura-t-elle enfin.

Elle dut se retenir pour ne pas courir le rejoindre. Depuis son *food truck* peint en bleu marine qui détonnait sur les autres, bien plus grand et plus luxueux, Cole était affairé à servir un client. Il releva brusquement la tête comme s'il l'avait entendue prononcer son prénom. Lorsqu'il l'aperçut, ses yeux s'écarquillèrent de surprise.

Lui aussi aurait-il voulu effacer cette distance qui les séparait ? Rien qu'à y penser, Jillian en était presque malade.

— Hé, Jillian. Qu'est-ce qui t'arrive ?

— Rien, excuse-moi, mentit-elle à son ex-mari. Tout va bien.

Ce fut le moment que choisit Warren pour poser une main compatissante sur son épaule. Le geste était complètement anodin pour eux, mais Jillian nota que l'expression de Cole s'était aussitôt assombrie. Il détourna rapidement le regard pour se concentrer sur l'interminable file de clients qui faisaient la queue devant son restaurant sur roues.

— Je l'espère, répondit Warren d'un air à moitié convaincu. En tout cas, je suis content que nous ayons trouvé le temps de nous voir.

— Moi aussi, docteur Long, répliqua-t-elle en lui souriant – sincèrement cette fois.

Jillian était de retour sur la côte Est depuis quelques jours. En effet, le CRESS III devait fermer pour deux semaines en raison d'importants travaux de rénovation.

Elle avait posté une photo de sa maison natale sur les réseaux sociaux en annonçant son retour, et Warren lui avait répondu aussitôt pour lui proposer de passer un moment ensemble. Lui-même venait de quitter le Texas pour revenir vivre à New York, suite à l'invitation d'un hôpital de Manhattan à exercer comme chirurgien dans leur service de cardiologie.

La perspective d'un après-midi au festival de *food trucks* de Brooklyn, avec de la bonne musique et de la nourriture excellente dans le cadre idyllique de Prospect Park, avait rapidement convaincu Jillian. Elle souhaitait depuis longtemps renouer avec Warren. Ils s'étaient reparlé plusieurs fois au téléphone depuis leur rupture, en toute amitié, mais n'avaient pas eu beaucoup d'occasions de se revoir. Pour autant, Cole ne savait pas tout cela et elle pouvait s'imaginer ce qu'il pensait en ce moment.

Tentant de mettre ses craintes de côté, elle poursuivit la conversation avec autant d'insouciance que possible.

— Tu sais ce qui me manque pour me sentir vraiment chez moi à San Francisco ? demanda-t-elle à Warren. Une vraie, bonne pizzeria.

— Pour moi, c'étaient les *bagels*. Je suis bien content d'être de retour. Oh ! là là, reprit-il d'un air torturé après avoir jeté un coup d'œil autour de lui. Il reste tellement de choses que nous n'avons pas goûtées, et tout a l'air délicieux. Je suis désolé de t'abandonner aussi tôt, mais je suis de service ce soir et pas moyen d'y échapper.

— Ce n'est pas grave, l'assura-t-elle. Tu vois la file d'attente devant le camion bleu, là-bas ? Le cuisinier est un ami. Je crois que je vais aller lui donner un coup de main.

— Amuse-toi bien, dans ce cas. As-tu un moyen de rentrer chez toi ?

— Warren, voyons, fit-elle en éclatant de rire. Je suis une femme capable de me débrouiller. Tu me vois toujours comme l'adolescente que tu embrassais à la sortie des cours.

— Je dois admettre que tu t'es très bien débrouillée sans moi pendant toutes ces années.

— Et toi alors, contra-t-elle. C'est génial que tu aies obtenu ce poste à Manhattan. Je suis vraiment contente pour toi.

— Quant à toi, tu as réussi à vivre de ta passion et tu travailles pour le plus grand groupe gastronomique du pays. On peut dire que nous avons réussi tous les deux à réaliser nos rêves.

— Nous n'aurions probablement pas eu la moindre chance de le faire en restant dans ce cauchemar de mariage.

— Je n'aurais pas pu dire mieux, fit Warren en riant.

Prise d'une impulsion, Jillian le serra brièvement dans ses bras.

— Va vite sauver des vies, et moi, je retourne derrière les fourneaux.

— À bientôt, Jillie.

Il s'éloigna rapidement au milieu de la foule. Jillian s'arma de courage, prit une grande inspiration et se dirigea vers le *food truck* de Cole. Était-ce vraiment une bonne idée ? Elle n'en était pas certaine, mais elle avait décidé de suivre son instinct, ou plutôt son cœur.

— Excusez-moi… Pardon, fit-elle en se faufilant à travers les clients.

Sans se donner le temps d'hésiter, elle monta les marches d'accès au camion et ouvrit la porte.

— Bonjour ! Besoin d'aide ? lança-t-elle en entrant.

Cole, qui était en train d'émincer de la ciboulette fraîche au-dessus d'un plat, s'arrêta net et la fixa silencieusement pendant quelques secondes. Il se ressaisit rapidement pour refermer le contenant du plat à emporter et le tendre à une cliente avec un sourire.

Depuis combien de temps ne m'a-t-il pas souri ?

— Un instant, s'il vous plaît, dit-il au client suivant.

Le cœur tambourinant dans la poitrine, Jillian referma la porte et s'empara d'un tablier propre.

— Sors de là, Jillian. Je ne veux pas de toi ici.

Le froid polaire de sa voix faillit la décourager, mais elle se souvint de la raison pour laquelle elle était venue. Elle allait se battre pour Cole.

— On dirait pourtant que tu as besoin de moi.

Elle tenta de se glisser jusqu'au plan de travail, mais Cole s'interposa aussitôt. Il était si près qu'elle pouvait sentir son odeur. Jillian dut lutter de toutes ses forces pour ne pas lui sauter au cou ou, pire, lui ouvrir son cœur.

— Allez, chef, reprit-elle d'un ton légèrement moqueur. As-tu vraiment l'intention de perdre du temps à argumenter, avec tous ces clients qui attendent ?

Cole se détourna d'elle et se mit à faire les cent pas le long du camion. Attrapant un torchon, il s'essuya les mains avec un peu plus d'énergie qu'il n'était nécessaire.

— Es-tu sûre que tu as l'*autorisation* d'être ici ?

— L'autorisation de qui ?

— De ma mère… et de ton petit ami, grommela-t-il.

Incroyable. Il est jaloux, songea Jillian en inspectant rapidement le menu et la cuisine.

Bien loin d'un *food truck* traditionnel, l'endroit comportait une cuisine professionnelle tout équipée avec des ustensiles de grande qualité. Elle ressentit un frisson d'excitation familier à l'idée de travailler dans un tel environnement. Quelqu'un d'autre n'y aurait probablement pas fait attention, mais, en tant que cuisinière, elle appréciait ce genre de choses à leur juste valeur.

— Ta mère ne peut pas contrôler toute ma vie, finit-elle par rétorquer. Quant au monsieur qui était avec moi tout à l'heure, il s'agit de mon ex-mari, certainement pas de mon copain actuel. Bonsoir, poursuivit-elle avec un grand sourire en se tournant vers le client suivant. Qu'est-ce qui vous ferait plaisir ?

Dans les heures qui suivirent, la conversation se limita au strict minimum, tant ils étaient occupés à gérer le coup de feu. Ils travaillaient de concert pour préparer les commandes plus vite et réduire peu à peu la file d'attente. Bien après la tombée du soir, ils étaient encore en train de cuisiner côte à côte avec une efficacité hors du commun. Ils se comprenaient sans même avoir besoin de parler.

Jillian se sentait presque euphorique.

La promiscuité de la cuisine l'obligeait à rester très proche de Cole, voire à frôler par moments son bras ou son épaule. Ces effleurements suffisaient à lui rappeler à quel point elle avait envie de lui. Elle était attentive à chaque détail : les muscles de son avant-bras qui se dessinaient lorsqu'il tendait une assiette à un client, l'odeur de son parfum, le tissu de son jean moulant parfaitement ses fesses… Son sourire, surtout, lorsqu'il parlait avec les clients. Que n'aurait-elle pas donné pour que ce sourire s'adresse à elle ?

Jillian se mordit la lèvre, incapable d'enrayer le flot d'images qui défilaient dans sa tête. Elle mourait d'envie de l'attirer contre elle et d'effacer, enfin, tout ce qui les avait séparés depuis des semaines. Sa seule présence la faisait vibrer d'un amour qu'elle n'avait pas cru pouvoir ressentir à nouveau.

Elle comprit qu'elle ferait tout pour qu'il revienne dans sa vie, quelles que soient les conséquences.

— Et voilà pour vous, déclara Cole en servant leur dernière cliente. Bonne soirée.

Il ferma la vitre et pressa un bouton qui fit descendre le rideau métallique. De son côté, Jillian terminait de nettoyer le comptoir, prenant le temps de regarder autour d'elle maintenant que le service était terminé.

— Ta cuisine est vraiment géniale, remarqua-t-elle. J'ai rarement vu des ustensiles d'aussi bonne qualité.

— Je n'aime que ce qu'il y a de meilleur.

— Merci du compliment, rétorqua-t-elle d'une voix charmeuse.

Cole la fixa pendant si longtemps, d'un air si froid, qu'elle finit par se sentir complètement ridicule.

— Je parlais des choses qui m'appartiennent. Tu n'es pas une chose… et tu n'as jamais été mienne.

— Je n'ai jamais appartenu à personne, contra-t-elle.

Pour toute réponse, il secoua la tête en levant les yeux au ciel.

— Cole, tu me traites comme si j'étais une étrangère…

— Comment oses-tu être aussi hypocrite ? l'interrompit-il. Comment oses-tu, alors que c'est toi qui m'as traité de la sorte ? Tu as choisi ta carrière plutôt que moi, sans même avoir la décence de m'en parler avant.

— Ne sois pas injuste. La scène avec ta mère ne faisait pas partie du contrat, ni quoi que ce soit de sérieux entre nous, d'ailleurs.

Cole se rapprocha d'elle, trop près – dangereusement près.

— Qu'est-ce qui en faisait partie, alors ?

Jillian se mordit la lèvre et leva les yeux vers lui. Lorsque le regard bleu gris de Cole plongea dans le sien, elle sut qu'elle ne pourrait plus rien contrôler.

— Ce n'était que du sexe, murmura-t-elle. Du sexe merveilleux, et rien d'autre. Tu te souviens ?

— J'aimerais mieux pouvoir l'oublier.

Il y avait quelque chose de torturé dans ses yeux lorsqu'il la souleva par la taille pour l'asseoir sur le comptoir. Sans presque s'en rendre compte, elle passa les jambes autour de ses hanches et agrippa désespérément ses épaules. Elle eut le temps de chuchoter son prénom avant que les lèvres de Cole se posent sur les siennes.

Tout de suite, le désir se propagea en elle comme un incendie. Elle l'entoura de ses bras pour se presser davantage contre lui et entrouvrit les lèvres. Leur baiser se fit aussitôt plus sauvage, plus possessif alors qu'ils se déshabillaient l'un l'autre avec urgence. Quelques secondes plus tard, leurs vêtements formaient déjà un tas au sol.

Cole s'écarta d'elle pour reprendre son souffle et posa une main de chaque côté de ses hanches sur le comptoir, son regard brûlant caressant chaque centimètre du corps de Jillian. Joueuse, elle effleura sa bouche du bout de la langue, mais Cole en profita pour l'aspirer entre ses lèvres avant de déposer une pluie de baisers sur son cou, puis entre ses seins.

— Cole, gémit-elle lorsqu'il commença à mordiller un de ses tétons.

Chacun de ses coups de langue lui arrachait un gémissement, chaque mouvement délicieux de ses lèvres la faisait trembler. Elle se cambra en arrière comme pour s'offrir encore davantage aux caresses expertes de sa bouche.

Enfin, incapable de résister, elle tendit la main et prit son sexe incroyablement dur et chaud au creux de sa paume. Les hanches de Cole se mirent à osciller à leur tour, allant à la rencontre de ses caresses, et il poussa un grognement de plaisir.

— Maintenant, Cole, implora-t-elle.

Il obéit aussitôt et vint en elle, lentement et profondément.

Jillian s'arqua contre lui, profitant de la sensation merveilleuse de sa dureté en elle. Elle avait presque oublié à quel point le corps de Cole épousait parfaitement le sien. À quel point ils allaient bien ensemble, dans tous les sens du terme. Oubliant tout le reste, elle bougeait avec lui, lentement, une émotion insurmontable gonflant dans sa poitrine à mesure que son orgasme approchait.

— Je t'aime, Cole, murmura-t-elle en resserrant l'étreinte de ses bras autour de lui. Je t'aime tellement.

Il s'arrêta net et s'écarta légèrement pour la regarder. Haletante, Jillian plongea le regard dans les yeux de Cole, attendant les mots qu'elle espérait et redoutait à la fois…

— Ne fais pas ça, Jillian.

Cole n'avait jamais rien vu d'aussi beau que Jillian nue, le regard embrumé de désir, les pointes durcies de ses seins montant et descendant au rythme de sa respiration haletante, avec son érection toujours nichée profondément en elle. Mais elle venait de tout gâcher avec sa déclaration. La dernière chose dont il avait besoin, c'était qu'on joue avec lui.

Lorsqu'il l'avait vue un peu plus tôt en compagnie d'un homme, il n'avait pu empêcher la jalousie de prendre toute la place dans son esprit. La seule idée qu'un autre que lui puisse partager son lit le rendait fou.

— Ne fais pas quoi ? murmura Jillian, contractant le bassin autour de lui d'une manière qui faillit le convaincre d'abandonner la conversation.

— Ne prétends pas ressentir des choses qui n'existent pas. Si tu m'aimais vraiment, tu ne serais jamais partie à San Francisco.

— Je n'avais pas compris, Cole, fit-elle en se redressant pour poser un baiser sur ses lèvres. Je ne l'ai su qu'à partir du moment où nous avons été séparés. Avant, je pensais pouvoir partir sans que cela me fasse quoi que ce soit, mais j'avais tort. Je n'arrête pas de penser à toi.

Tu me manques en permanence. Et *ça* me manque aussi, ajouta-t-elle en ondulant doucement les hanches.

Les mots, les baisers, les caresses de Jillian lui faisaient perdre la raison. Son corps était prisonnier et il n'avait pas envie de s'échapper. Lorsque sa langue vint taquiner celle de Cole, il poussa un gémissement contre ses lèvres.

— Dis-moi que je t'ai manqué aussi, murmura-t-elle en pressant la poitrine contre la sienne.

Incapable de répondre, il agrippa ses hanches pour approfondir ses mouvements autour de lui. Elle aspira doucement le lobe de son oreille avant de lui chuchoter :

— Dis-moi que tu veux que je revienne.

Il dut se mordre la lèvre pour s'empêcher de répondre. Jillian recula le bassin et se pencha pour déposer un baiser sur la pointe de son érection. Un cri rauque s'échappa de ses lèvres lorsqu'elle se laissa glisser à nouveau sur lui.

Soudain, Jillian remonta légèrement les genoux et il sentit son intimité se resserrer encore autour de lui. Il lui décocha un regard d'avertissement.

— Jillian…

— Oh ! donc tu peux parler, répliqua-t-elle d'un air malicieux.

Les ondulations lentes de ses hanches étaient presque aussi excitantes à regarder qu'à sentir, et il se couvrit le visage des deux mains pour ne pas la voir. Ce n'était pas juste. Elle connaissait trop bien son corps.

Mais lui aussi la connaissait bien, et il était plus que temps de reprendre le contrôle de la situation. Il le fallait. Sinon, il risquait de lui montrer ce qu'il refusait d'admettre depuis deux mois.

La source de sa colère contre elle ne se trouvait pas dans sa tête, mais bien dans son cœur.

Il posa les deux mains sur les hanches de Jillian et elle leva la tête, plongeant son regard dans le sien. L'émotion qu'il y lut lui serra le cœur. Au-delà du désir, il y avait quelque chose de plus profond, de plus sincère, de plus vulnérable – cette vulnérabilité qu'il refusait de lui montrer. Pouvait-il réellement lui faire confiance ?

— Qu'est-ce que tu veux de plus de ma famille ? lui demanda-t-il d'une voix plus dure qu'il ne l'aurait cru.

— Je veux simplement pouvoir t'aimer.

Sa voix s'était brisée sur les derniers mots et elle avait fermé les yeux. Lorsqu'elle les rouvrit, des larmes perlaient au bout de ses cils. Sa tristesse lui brisa le cœur, non seulement pour elle, mais aussi parce qu'il ressentait exactement la même. Jillian releva la tête pour le regarder.

— Cole… Toi aussi, c'est ce que tu voudrais.

Elle encadra son visage de ses mains et l'embrassa doucement. Fermant les yeux, il s'écarta d'elle pour échapper à ses lèvres tentatrices, pour tenter de retenir sa colère qui s'évanouissait déjà.

— N'es-tu pas censée honorer ta part du contrat avec ma mère ?

— Je m'en moque. Je te choisis, toi.

— C'est trop tard.

— Cole ! s'exclama-t-elle, une note de frustration dans la voix.

Il faillit laisser échapper un éclat de rire, mais il n'en eut plus envie lorsque Jillian se remit à onduler des hanches d'avant en arrière. Il était bien obligé d'admettre qu'elle lui manquait. Pas seulement son corps, mais aussi son humour, son esprit indomptable, sa force.

— Je ne crois pas une seconde que tu sois amoureuse de moi, déclara-t-il en plaçant les mains sous ses fesses pour approfondir ses mouvements.

— J'ai bien l'intention de te le prouver.

À peine avait-elle terminé sa phrase qu'il se penchait pour l'embrasser, incapable de résister plus longtemps. Jillian poussa un long gémissement et resserra les cuisses autour de sa taille. Ils se mirent à bouger ensemble dans une harmonie parfaite, l'un suivant le rythme de l'autre, gémissant et murmurant leur plaisir.

Cole faisait de son mieux pour ralentir l'incendie mais, après ces longues semaines sans Jillian, il sentait qu'il aurait du mal à se contrôler longtemps. Il aurait eu envie d'aller plus vite et plus loin, de mordre son cou et ses seins, de laisser une marque possessive sur chaque centimètre carré de son corps. Mais il voulait par-dessus tout la voir prendre du plaisir.

Lorsqu'il sentit qu'elle commençait à se resserrer autour de lui, il accrocha le regard de Jillian et, soulevant sa jambe pour la placer sur son épaule, il accéléra ses mouvements en elle.

— Cole, oui, gémit-elle en fermant les yeux. Ne t'arrête pas.

Ses coups de reins se firent aussi secs et rapides que les battements de son cœur. Enfin, Jillian l'attira brusquement à elle et, posant les lèvres sur les siennes, poussa un long cri de plaisir alors que son dos s'arquait contre le comptoir. Il la rejoignit bientôt au sommet et s'entendit pousser un rugissement alors qu'il se perdait avec bonheur en elle.

Haletant, épuisé, il replaça délicatement la jambe de Jillian autour de sa taille et s'écarta pour la regarder. Lorsqu'il vit une larme couler le long de sa joue, il se pencha et l'embrassa avec douceur.

— Je t'aime vraiment, Cole, murmura-t-elle d'un ton suppliant.

Il ne parvint pas à lui répondre, à mettre des mots sur ce qu'il ressentait. Pas encore.

Jillian posa un instant son chiffon pour observer Cole. Ils étaient en train de nettoyer le *food truck*, et elle sentit la chaleur monter à ses joues en pensant à ce qu'ils venaient de faire sur le comptoir. Elle nota avec amusement que Cole se déplaçait avec la même lenteur qu'elle. Ils étaient complètement épuisés, et elle ne rêvait que d'aller au lit.

Cole releva alors la tête et s'aperçut qu'elle l'épiait. Lorsque son regard accrocha le sien, elle sentit une nouvelle vague d'énergie se répandre en elle. Comment pouvait-elle déjà avoir envie de lui ? À en juger par le sourire en coin de Cole, elle n'était pas la seule.

— Avoue que je t'ai manqué, le taquina-t-elle en lui prenant son balai des mains.

— Bien sûr que tu m'as manqué.

— Ce ne sera plus le cas, déclara-t-elle en passant un bras autour de sa taille pour se nicher contre lui. Je vais donner ma démission et…

— Certainement pas.

Elle se figea et s'écarta pour le regarder, mais Cole lui avait tourné le dos.

— Garde ton poste à San Francisco, reprit-il. Je n'ai jamais voulu que tu y renonces pour moi. Je souhaitais simplement avoir mon mot à dire, ne pas avoir l'impression que je ne comptais pas dans l'histoire.

— Mais moi, je suis prête à y renoncer pour nous donner une chance, contra-t-elle.

— Pas moi. Je ne suis pas encore prêt à ça, sans compter que tu pourrais bien changer d'avis.

Jillian savait que sa confiance en elle avait été détruite et qu'il lui faudrait du temps pour la reconstruire. Un jour, il pourrait à nouveau compter sur elle et l'aimer comme elle l'aimait – du moins, elle l'espérait.

— Comment ferons-nous pour nous voir ? finit-elle par demander.

— Si c'est important pour nous, nous trouverons bien un moyen pour que cela fonctionne.

Elle hocha la tête, mais tous ses doutes concernant l'amour et le couple étaient en train de refaire surface.

Il a du mal à me faire confiance, mais moi, est-ce que je ne peux pas en dire autant ?

Suis-je en train de perdre mon temps ?

Pourquoi l'amour est-il si compliqué ?

Cole l'étudia un instant et fronça les sourcils.

— Qu'est-ce qui ne va pas, Jillian ? Je vois bien que quelque chose te tracasse.

Elle eut presque le réflexe de répondre « rien », mais mentir sur ce genre de choses ne l'aiderait certainement pas à regagner la confiance de Cole. Elle se laissa aller contre lui et posa la tête sur sa poitrine.

— Je t'aime, Cole, mais rien de tout cela n'était prévu… et j'ai peur.

Elle leva la tête pour le regarder, inquiète de sa réaction, mais ses yeux bleu gris semblaient refléter son angoisse comme un miroir.

— Je ne peux pas te promettre que ça va marcher, mais s'il y a une chose que je peux t'assurer, c'est que je serai toujours honnête avec toi – et c'est la seule chose que je te demande aussi. Je ne te ferai jamais de promesse si je ne suis pas certain de la tenir.

À moitié rassurée, elle hocha la tête et se laissa aller au massage bienfaisant des mains de Cole dans son dos. Elle sentit le désir refaire surface lorsqu'il passa les mains sous son chemisier, mais trop de questions tournaient en boucle dans son esprit. Une seule chose restait sûre : Cole en valait la peine.

Elle avait été trop malheureuse sans lui pour ne pas prendre le risque.

- 7 -

Deux semaines plus tard

Cole traversa le salon de son nouvel appartement, le son de ses pas résonnant à travers les pièces encore dépourvues de meubles. Il avait seulement paré à l'urgence en achetant un grand lit double pour sa chambre. L'endroit serait magnifique une fois meublé, avec ses plafonds hauts, son plancher en teck poli et ses grandes baies vitrées.

Le design d'après-guerre, moderne et élégant, de ce petit immeuble lui avait plu tout de suite. Cependant, c'était sa situation à Chelsea qui avait décidé son choix. Le quartier offrait un mélange parfait entre culture et vie nocturne.

Son côté bruyant qui atteignait même le neuvième étage ne le dérangeait pas, puisqu'il pouvait trouver tout ce qu'il cherchait ici : des galeries d'art, des marchés gastronomiques, de bons restaurants… Il y avait toujours quelque chose d'intéressant à faire.

Et à manger, songea-t-il lorsque son estomac se mit à gronder.

La sonnerie de son téléphone suffit à lui faire oublier

sa faim, surtout lorsqu'il vit le visage de Jillian s'afficher à l'écran. Il accepta l'appel vidéo et tendit son téléphone à bout de bras pour qu'elle puisse le voir elle aussi.

— Salut, cheffe, lança-t-il en contemplant son visage adorable.

Debout sur sa terrasse, elle le dévisageait de ses pétillants yeux noisette et elle avait relevé ses boucles en un chignon haut, probablement pour aller travailler, devina Cole.

— Chef toi-même, répliqua Jillian. Comment vas-tu ?

Tu me manques...

— En ce qui me concerne, reprit Jillian comme si elle avait lu dans ses pensées, tu me manques beaucoup. J'ai eu du mal à partir hier soir.

— Moi aussi, admit-il en traversant l'appartement pour rejoindre sa chambre. C'était difficile de dormir sans toi.

— Même dans ce superbe lit ?

— Justement. Il est trop grand pour moi tout seul.

— Dans ce cas, il va falloir que je revienne vite.

— Tu as intérêt.

Depuis leurs retrouvailles dans le *food truck*, Jillian et lui ne s'étaient pratiquement pas quittés. Cole avait passé les deux meilleures semaines de sa vie. Ils avaient profité de chaque seconde, entre les balades à moto, les longues heures sous la couette, les conversations à propos de leurs familles ou de leurs carrières, les bons petits plats qu'ils s'étaient cuisinés l'un pour l'autre... Par-dessus tout, il avait aimé *ne rien faire* avec elle, simplement rester lové contre elle sous un plaid en regardant la pluie tomber.

— En tout cas, tu as fait un bon choix avec ce lit, reprit-il avec un coup d'œil au meuble imposant qui trônait au milieu de sa chambre.

— Merci beaucoup, mais je ne l'ai pas choisi que pour toi, répliqua-t-elle en riant.

Le vent fit voler quelques boucles rebelles devant le visage de Jillian et une vague d'émotion lui serra le cœur. Sans aucun doute possible, ses sentiments pour elle s'étaient encore développés au cours de ces deux semaines. Jillian avait tout fait pour cela. Désireuse de lui prouver qu'elle l'aimait, elle avait multiplié les petites attentions à son égard : préparer ses plats préférés, lui offrir de petits cadeaux… Elle lui avait surtout répété combien elle l'aimait et à quel point elle était prête à s'investir dans sa vie.

Et puis, il y avait le sexe.

Cole n'aurait jamais cru qu'il trouverait ces moments-là encore meilleurs depuis que les sentiments s'en étaient mêlés. C'était pourtant le cas, sans aucun doute. Rien n'était plus merveilleux que de regarder Jillian droit dans les yeux lorsqu'il venait en elle et d'y découvrir tout son amour pour lui. Il aurait pu faire cela toute la journée.

La voix de Jillian le tira soudain de sa rêverie, et il se concentra sur la conversation.

— Je voulais juste te dire bonjour avant de retourner au restaurant, dit-elle en rentrant dans son appartement pour y enfiler une veste. J'ai hâte de voir le résultat des travaux.

— Tu me raconteras ce soir, d'accord ? Je devrais être réveillé quand tu rentreras.

Soudain, la sonnette de la porte d'entrée retentit avec enthousiasme.

— On dirait que tu as de la compagnie, remarqua Jillian.

— Gabe et Monica voulaient voir l'appartement.

— En parlant de famille… Ma grand-mère dit que tu es très beau, et elle est persuadée que je ne t'ai pas ramené plus tôt à la maison par crainte qu'elle ne te kidnappe.

Cole éclata de rire. Il avait apprécié son dîner chez les Rossi, bien que surpris que Jillian l'y invite si tôt. Nora, sa maman, s'était montrée très chaleureuse avec lui, et il s'était aussi bien entendu avec Harry. Le meilleur personnage de la famille restait la grand-mère, Ionie. Avec son rouge à lèvres rose vif et sa repartie enjouée, cette petite dame était décidément un sacré numéro.

— Alors comme ça, elle me trouve beau, reprit-il en appuyant sur le bouton de l'Interphone pour laisser entrer ses invités.

— C'est cette information que tu choisis de retenir, hein ? lança Jillian d'un ton faussement indigné.

Elle éclata de rire avec lui tout en ouvrant la porte de son appartement.

— Je dois filer, reprit-elle. Profite bien de ta visite, et *s'il te plaît*, appelle ta décoratrice pour parler des meubles.

Elle lui envoya un baiser et coupa la communication. Le temps qu'il range son téléphone dans sa poche, son frère et sa future belle-sœur étaient déjà sur le seuil.

— Est-ce que je sens quelque chose à manger ? demanda-t-il en leur ouvrant la porte, le regard attiré par les sacs en plastique que portait Monica.

— Bonjour à toi aussi, plaisanta celle-ci en lui posant une bise sur la joue.

Son frère lui tendit le poing pour un *check* et suivit sa fiancée dans ce qui serait bientôt le salon.

— Ne te fie pas à son indignation. Elle meurt de faim, mais elle fait semblant d'être polie, déclara Gabe en jetant un coup d'œil amusé à Monica.

Celle-ci se tenait au milieu du salon, les yeux rivés au plafond.

— Cet appartement est magnifique, Cole.

— Il le sera dès lors que Jaime s'en sera occupée.

Il guida ses invités jusqu'à la cuisine et sortit les plats à emporter de leurs sacs, attrapant au passage des assiettes dans un placard. Heureusement, il était déjà équipé de quelques ustensiles de base, Jillian et lui ayant passé beaucoup de temps à cuisiner ces derniers jours.

— Attends une minute, fit Monica en retirant son imperméable élégant pour le poser sur le comptoir. Tu veux dire Jaime, de Jaime Pine Design ?

— J'ai toujours apprécié son travail chez mes parents.

— En as-tu parlé à maman ? s'enquit Gabe en ouvrant l'un des plats.

Une délicieuse odeur de nourriture thaïe se répandit dans la cuisine. Cole remplit joyeusement son assiette de nouilles épicées au bœuf, de salade à la papaye verte et de *pak boong* sauté. Il y ajouta une pile conséquente de petites omelettes aux crevettes et à l'oignon vert.

— Non, je ne lui en ai pas parlé, finit-il par répondre. Elle s'est assez mêlée de ma vie comme ça.

Gabe et Monica échangèrent un regard entendu.

— Tu veux nous raconter ce qu'elle a à voir dans l'histoire « Jillian et toi » ? insista Gabe avant de mordre dans une brochette de porc.

— Elle a essayé de s'interposer entre nous, commença Cole en parlant la bouche pleine tant il avait faim – une attitude que sa mère détestait.

Monica ouvrit une bouteille de vin blanc et lui décocha un sourire malicieux.

— Qui aurait pu croire que tu étais le fameux auteur des Post-it ? Pour être franche, j'ai trouvé ça très romantique.

Cole écarquilla les yeux, surpris qu'elle soit au courant de ce détail.

— J'en ai trouvé un dans la cuisine l'année dernière, expliqua Monica. Je l'ai lu machinalement, mais je l'ai vite remis à sa place quand j'ai vu ce qui était écrit.

— Et où était-il, ce Post-it ? demanda-t-il, évitant soigneusement le regard amusé de Gabe.

— Dans son étui à couteaux, répondit Monica en lui décochant un clin d'œil.

Alors que sa belle-sœur versait le vin dans des verres qu'elle avait dénichés, il tenta de se remémorer de quelle petite note il pouvait s'agir. Le souvenir de ce qu'il lui écrivait en ramena d'autres, plus récents, de ce qu'il lui avait fait la veille au soir. Il avait passé près d'une heure entre ses cuisses, la goûtant encore et encore, profitant d'un orgasme après l'autre…

— Tu ne m'as jamais raconté cette histoire, dit Gabe à sa fiancée d'un air de reproche.

— Et toi, tu ne m'as jamais raconté ce que ton petit frère faisait avec la cheffe de la maison.

— Touché, s'exclamèrent-ils en chœur avant d'éclater de rire.

Ces deux-là étaient vraiment adorables, songea Cole. Monica avait réussi à rendre la bonne humeur à son frère, qui paraissait plus heureux que jamais depuis leurs fiançailles. Jillian aussi semblait avoir cet effet sur lui. Lorsqu'il était avec elle, ses accès de colère et de révolte se faisaient beaucoup moins fréquents.

Dire que sa mère avait failli le priver de tout cela…

— Maman a offert le poste de San Francisco à Jillian

en échange de la promesse qu'elle cesserait de me voir, finit-il par expliquer à son frère.

Gabe fronça les sourcils.

— Tu en es sûr ?

— J'étais chez Jillian lorsqu'elle le lui a proposé, mais elle ignorait que je me trouvais là, bien sûr.

— Je crois qu'il est temps que je vous avoue quelque chose, moi aussi, intervint Monica.

Elle passa un bras autour de la taille de Gabe, qui avait déjà l'air soupçonneux.

— Ta mère a tenté de faire la même chose lorsqu'elle a découvert notre relation, laissa tomber Monica avec amertume. Seulement, moi, je n'ai pas reçu d'offre d'emploi.

— Pardon ? rugit Gabe, l'air profondément écœuré.

— Cole, je ne sais pas si tu t'en souviens, mais je gère une association d'aide aux jeunes adultes orphelins qui deviennent trop âgés pour rester dans le système officiel.

— Bien sûr.

— Un soir, j'organisais un gala de charité au profit de l'association, et votre mère a eu le culot de s'y présenter. Elle m'a prévenue que notre relation ne survivrait jamais si je refusais de lui obéir. Heureusement, elle a eu tort.

— Tu ne m'en as jamais parlé, murmura Gabe, encore sous le choc.

— Je ne l'ai pas fait pour une seule raison. C'est ta mère qui m'a invitée à la soirée d'ouverture de ton restaurant, pendant laquelle nous nous sommes remis ensemble, expliqua-t-elle en posant doucement la main sur son torse.

— Pour moi, ça ne change rien, intervint Cole d'un ton plus dur qu'il ne l'aurait voulu. Elle s'est mêlée de nos vies sans en avoir le droit, tout cela pour une question d'ego mal placé.

Décidément, pardonner et oublier étaient deux choses bien différentes.

— Je suis d'accord, grommela Gabe en reposant sa brochette comme s'il avait l'appétit coupé. Je me demande quels autres secrets nous ignorons encore.

Songeant au secret de son père, qu'il avait toujours gardé, Cole se sentit soudain coupable.

— Monica ? demanda soudain Gabe.

Cole se tourna alors vers sa belle-sœur. Elle évitait le regard de son frère d'une façon particulièrement révélatrice.

— Au point où nous en sommes, tout ce que tu ne me dis pas est une trahison, déclara Gabe d'un ton cassant.

— Je le sais, mais j'ai signé un contrat de confidentialité au moment où j'ai été engagée, protesta Monica d'un air torturé.

Cole n'osait imaginer le genre de secrets qu'une employée comme Monica, qui avait travaillé pour les Cress pendant cinq ans, pouvait connaître à propos de la famille. Un accord de ce genre devait être nécessaire. Après tout, ils étaient célèbres à une échelle internationale, et les journalistes payaient cher pour obtenir un scoop.

Comprenant la position dans laquelle se trouvait Monica, il tenta de raisonner son frère en lui posant une main sur l'épaule, mais celui-ci continuait de la fixer impitoyablement.

— Très bien, soupira Monica, mais tu dois promettre de ne rien dire à personne. Toi aussi, Cole.

— C'est promis.

— Il y a deux ans, j'ai trouvé un dossier confidentiel

dans la chambre de vos parents. Il semblerait que vous et vos frères soyez sous la surveillance constante d'un détective privé.

— Quoi ? ! s'exclamèrent-ils de concert.

S'ils avaient été dans un dessin animé, les murs de la cuisine se seraient probablement mis à trembler. Au lieu de cela, Gabe se mit à faire les cent pas dans la pièce sous le regard anxieux de sa fiancée, tandis que Cole serrait dangereusement le pied de son verre à vin. À nouveau, l'infidélité de son père des années plus tôt lui revint en mémoire. Avait-il continué ses incartades ?

— Tu sais quoi ? finit-il par demander à son frère. Il serait peut-être temps de leur rendre la monnaie de leur pièce.

— J'aimerais bien voir la tête qu'ils feraient en apprenant qu'un détective les espionne depuis des années. J'arrive à peine à le croire. Comment, en tant que parents, ont-ils pu faire une chose pareille ? Est-ce qu'ils nous considèrent à ce point comme leur propriété, pour penser que nous n'avons pas droit à une vie privée ?

Cole se sentait indigné, humilié et trahi – encore.

Il détestait cette impression et il avait bien l'intention d'y mettre fin.

— Vous savez, c'est une détective privée qui m'a aidée à localiser ma mère, intervint Monica.

Elle faisait référence à ses tentatives pour entrer en contact avec ses parents biologiques, des années après qu'ils l'avaient placée dans une famille d'accueil.

— Je me souviens d'elle, répondit Gabe. Comment s'appelle-t-elle, déjà ? Bobbie… ?

— Bobbie Barnett.

Cole échangea un regard avec son frère.

— Tu serais prêt à la contacter ? demanda Gabe.

— Oh que oui, déclara-t-il d'un ton ferme. Je crois qu'il est temps.

Une semaine plus tard

Ce soir-là, Jillian fut soulagée de passer enfin la porte de son appartement. Il était près de minuit et elle se sentait épuisée. Heureusement, le restaurant était fermé le lendemain.

Les travaux de rénovation avaient attiré encore plus de clients et ses équipes et elle devaient mettre les bouchées doubles pour servir tout ce monde. Pendant le coup de feu du soir, l'adrénaline l'avait empêchée de sentir la fatigue, mais son énergie était retombée à l'instant même où elle avait raccroché son tablier.

Laissant tomber toutes ses affaires au sol, vêtements compris, elle détacha ses cheveux et passa les doigts dans ses boucles emmêlées. Elle traversa le hall d'entrée, puis sa chambre pour arriver à la salle de bains attenante. Une bonne douche lui ferait probablement du bien.

Jillian profita un long moment de l'eau chaude et bienfaisante qui cascadait sur ses épaules. Il ne lui restait plus qu'à appeler Cole, son rituel du soir avant d'aller dormir. Elle était bien sous la douche, mais la perspective de voir son visage, d'entendre sa voix chaude et profonde la convainquit d'en sortir.

S'enveloppant rapidement d'une serviette, elle en enroula une autre autour de ses cheveux et récupéra son téléphone dans son sac. Elle retourna ensuite dans sa chambre et s'assit au bord du lit pour consulter ses appels manqués. Elle en avait plusieurs, et aussi quelques messages.

Le premier était une photo d'un acteur aux cheveux argentés dont sa grand-mère était tombée amoureuse, et dont elle lui envoyait régulièrement des clichés accompagnés d'une légende sans équivoque. Jillian éclata de rire et ouvrit les messages suivants.

L'un provenait de son père – un simple « tu me manques » qui la rendit à la fois heureuse et nostalgique –, puis sa mère lui demandait la recette d'un plat qu'elle voulait préparer pour leur anniversaire de mariage tout proche. Enfin, Warren l'invitait seulement à le rappeler quand elle aurait une minute.

Jillian décida de répondre à tout ce monde le lendemain et de se concentrer sur l'appel manqué de Cole. Elle lança un appel vidéo, travaillant son sourire devant la caméra en attendant qu'il décroche.

Ce qui n'arriva pas.

Peut-être qu'il dort, songea-t-elle en se levant pour brancher son téléphone et le poser sur la table de chevet.

Pourtant, d'habitude, Cole attendait toujours qu'elle l'appelle pour aller se coucher. C'était même lui qui avait insisté pour qu'elle lui confirme, tous les soirs, qu'elle était bien rentrée du travail. C'était le premier soir depuis son retour qu'il dérogeait à leur rituel.

Jillian éteignit la lampe de chevet et laissa tomber sa serviette pour se glisser sous la couette. La sensation du tissu frais contre sa peau lui fit du bien, mais elle aurait préféré avoir Cole auprès d'elle. Attrapant un oreiller, elle tenta de le caler dans ses bras, mais le résultat ne fut pas très efficace. Jamais elle n'aurait cru qu'il pourrait lui manquer à ce point en si peu de temps.

Jamais elle n'aurait cru qu'elle tomberait aussi irrémédiablement amoureuse de lui.

De son humour, de son sourire, de ses conseils et de sa gentillesse. De ses étreintes, de ses baisers. De la manière dont il lui faisait l'amour.

Elle serra les cuisses l'une contre l'autre, tentant de réprimer la vague de chaleur qui montait en elle. Elle aurait tellement voulu ses caresses… Cole était expert pour l'aider à s'endormir – et pour réveiller toutes ses craintes lorsqu'il s'agissait de l'amour.

Cela dit, l'attitude de Cole commençait à la tranquilliser sur ce point. Il semblait apprécier ses attentions à son égard, et il redevenait celui qu'elle avait connu un peu plus d'un an auparavant : plus détendu, plus enjoué, le sourire aux lèvres la plupart du temps.

Quant au reste de sa vie, il n'allait pas si mal non plus, puisque son travail lui offrait des opportunités qu'elle n'avait pas eues jusqu'alors. Elle pouvait enfin rembourser régulièrement sa dette, et aider ses parents à payer les soins d'Ionie, tout en se faisant plaisir de temps en temps.

Le seul inconvénient restait son manque de liberté. Pourtant, s'il fallait payer sa stabilité financière par un petit sacrifice, cela en valait probablement la peine.

Bzzz. Bzzz. Bzzz.

Son cœur eut un sursaut de joie lorsqu'elle vit le visage de Cole s'afficher sur son téléphone. Elle alluma aussitôt la lampe de chevet et accepta l'appel.

— Déjà au lit ? lui demanda-t-il avec un petit sourire en coin.

— Mais pas endormie. Et toi, où es-tu ? s'enquit-elle lorsqu'elle remarqua que Cole était habillé de pied en cap.

— Ouvre la porte de ton appartement.

Elle se redressa d'un bond, le cœur tambourinant dans la poitrine.

— Tu n'es pas… ? Ne plaisante pas avec ces choses-là, Cole. Ce n'est pas drôle.

Il eut un éclat de rire avant de répondre :

— C'est vrai. Je te demande pardon.

Déçue, Jillian se laissa retomber sur les oreillers.

— Je te hais, Cole Cress.

— C'est bien dommage, parce que…

— Attends une seconde. Tu es vraiment là ?

— À ton avis ?

Jillian lâcha son téléphone et se rua jusqu'à la porte d'entrée, complètement nue, mais cela lui importait peu. Lorsqu'elle l'ouvrit cependant, le couloir était vide.

— Cette fois, je vais lui montrer de quel bois je me chauffe, marmonna-t-elle en claquant la porte derrière elle.

— Tu ferais mieux de le lui dire en face, non ?

Elle se retourna et découvrit Cole qui se tenait sur le seuil, le bras tendu pour empêcher le battant de se refermer.

Faisant de son mieux pour masquer son état de choc, elle s'appuya négligemment contre le mur et lui jeta un coup d'œil appuyé.

— Puisque tu as fait tout ce chemin, tu peux venir un peu plus près, lui susurra-t-elle.

Le regard de Cole la caressa avec tant d'intensité qu'elle faillit lui sauter au cou, là, sur le palier.

— Tu me manquais, alors j'ai pris le premier avion pour venir passer ton jour de congé avec toi.

— Je n'arrive pas à croire que tu sois vraiment là.

— Alors, viens le vérifier, fit-il en lui ouvrant les bras.

Elle parcourut les quelques pas qui les séparaient, consciente du regard brûlant de Cole sur ses seins et ses hanches qui se balançaient au rythme de ses pas. Lorsqu'il referma la porte derrière lui et laissa tomber son sac, puis ses vêtements, elle le gratifia du même regard.

Son attention fut cependant vite capturée par l'érection qui naissait entre ses cuisses. Elle la prit au creux de sa main tandis que Cole la serrait contre lui, l'embrassant avec une avidité qui n'avait d'égale que la sienne.

Il la prit dans ses bras et la porta jusqu'à sa chambre pour la déposer sur le lit. Une fraction de seconde plus tard, il était en elle. Toutes les craintes de Jillian s'évanouirent alors qu'il lui faisait l'amour de manière exigeante, possessive, et elle ne put s'empêcher d'espérer qu'il serait bientôt à elle comme elle était à lui.

Longtemps après qu'ils eurent joui ensemble, Jillian resta allongée contre lui, la tête posée sur sa poitrine.

— Qu'est-ce qu'on va faire demain ? lui demanda-t-elle d'une voix ensommeillée.

Cole arrondit la main sur ses fesses avant de déposer un baiser sur son front.

— C'est comme tu veux. J'ai seulement une visioconférence à 9 heures, mais ensuite, je suis à toi pour le reste de la journée.

Et pour bien plus longtemps j'espère.

Sa propre pensée la surprit tant qu'elle faillit sursauter. D'accord, elle avait accepté l'idée qu'elle aimait Cole, mais penser à un engagement – au mariage ? Voilà qui était encore une autre histoire !

— Comment se passe la refonte du site Internet ? demanda-t-elle pour tenter de changer le cours de ses pensées.

— Très bien, à vrai dire. Tu sais, j'ai accepté ce poste par sens du devoir envers ma famille, mais je dois admettre que ma mère avait raison sur certains points. Ce travail me plaît et je suis bon pour ça. J'ai envie de réussir, non pas pour obtenir le poste de directeur général, mais pour pouvoir aider l'un de mes frères lorsqu'il le deviendra.

Cole... Toujours loyal, et désireux de trouver la même loyauté chez les autres, songea Jillian.

Je ne te décevrai plus jamais, mon amour.

Elle tendit la main pour lui caresser la joue.

— Alors, tu as vraiment décidé que tu ne voulais pas du poste de ton père ?

— Je n'en ai jamais voulu, en réalité, mais je suis prêt à y renoncer officiellement. Je n'irai pas bien loin en passant ma vie à essayer d'embêter mon père. J'ai peur qu'à force de nourrir cette rancœur, je finisse par devenir comme lui.

Elle déposa un baiser au coin de ses lèvres et résista à la tentation de l'interroger. Elle-même était si proche de sa famille qu'elle ne comprenait pas comment Cole et son père avaient pu se déchirer à ce point. Il ne pouvait pas s'agir d'une simple querelle, pas depuis si longtemps.

— Si tu veux m'en parler un jour, je serai là, lui chuchota-t-elle.

Cole leva la tête pour plonger son regard dans le sien pendant ce qui lui parut une éternité. Il l'étudia avec intensité, comme s'il cherchait la réponse à ses questions dans ses yeux. Elle espérait qu'il pouvait y lire tout l'amour qu'elle avait pour lui.

— Tu ne me facilites pas les choses, admit-il avec un petit sourire.

Elle lui sourit en retour et répondit, juste avant de sombrer dans le sommeil :

— J'espère bien.

Une semaine plus tard

Un silence accablant tomba sur le salon joliment meublé de Cole. Gabriel, Monica et lui fixaient la jeune femme assise en face d'eux sur le canapé de cuir bleu foncé. Bobbie Barnett était très jolie, avec ses cheveux noirs ondulant jusqu'à la taille et sa silhouette élégante. Pourtant, ce n'était pas l'apparence de la détective qui les laissait sans voix, mais bien la nouvelle qu'elle venait de leur révéler.

— Eh bien… Je ne sais pas quoi dire, murmura Gabe, sa main agrippant fermement celle de Monica.

Cole se leva pour faire les cent pas le long de la salle à manger. Il avait besoin d'espace et de mettre de l'ordre dans ses pensées. Certes, il n'avait pas su à quoi s'attendre en demandant à Bobbie d'enquêter sur ses parents, mais la dernière chose à laquelle il aurait pensé était celle qu'elle venait de leur apprendre.

Son père avait un sixième fils. Leur demi-frère.

D'après Bobbie, il avait eu ce garçon en Angleterre lorsqu'il avait à peine dix-huit ans, avant même de rencontrer leur mère.

Qu'est-ce qu'on fait, maintenant ?

— Comment s'appelle-t-il ? finit par demander Gabe.

— Lincoln Cress, répondit Bobbie avec douceur.

— Est-ce qu'il est au courant ? interrogea Cole d'une voix éraillée. Notre père, je veux dire.

— J'en doute. Son nom figure sur le certificat de naissance, mais pas sa signature, expliqua Bobbie en sortant un dossier de son attaché-case.

— J'ai pu me procurer quelques informations sur Lincoln. Est-ce que cela vous intéresse ?

Ils se regardèrent tous les trois, incertains. Cole prit une grande inspiration et leva les yeux vers Bobbie.

— Moi, j'aimerais savoir.

— Moi aussi, approuva aussitôt son frère.

Bobbie rejeta sa longue chevelure derrière son épaule et sortit une photo de son dossier, qu'elle posa sur la table basse en pierre brute du salon.

— Il vit en Angleterre où il tient un restaurant étoilé, commença-t-elle en les regardant tour à tour. Comme vous, finalement. Il a reçu une bonne éducation, il est célibataire et il n'a pas d'enfants. À part cela, lorsque j'ai pu lui parler, et sans même révéler le motif de ma visite, il m'a paru un peu… Enfin, disons qu'il a du caractère.

— C'est-à-dire ? demanda Cole en prenant la photo pour l'étudier de plus près.

Leur frère aîné avait un air de Lenny Kravitz, musclé, les traits marqués et réguliers. Il ne tarda pas à trouver une ressemblance entre son père et lui.

— Il est plutôt revêche, pour ne pas dire carrément malpoli, mais je l'ai peut-être croisé à un mauvais moment. On ne sait jamais.

L'expression de Bobbie semblait dire qu'elle ne croyait pas un seul de ses propres mots. Visiblement, l'entrevue n'avait pas été très agréable pour elle.

— Je pense que nous devrions attendre d'en savoir un peu plus sur lui avant de décider quoi que ce soit, déclara Cole.

— À terme, ce serait probablement une bonne idée de faire un test ADN, suggéra Monica.

Gabe et lui hochèrent la tête de concert.

Bobbie reposa discrètement le dossier sur la table. Ses honoraires se trouvaient sur le dessus de la pile de documents.

— Si vous souhaitez en savoir davantage, je crois qu'un deuxième voyage à Londres sera nécessaire.

Ni Cole, ni son frère ne bronchèrent devant la facture exorbitante de la détective, ni devant la perspective de celle qui suivrait prochainement.

— D'accord, répondirent-ils à l'unisson.

— C'est entendu.

Bobbie se leva pour leur serrer la main tour à tour.

— Je vous tiendrai au courant régulièrement. Dès lors que vous en aurez assez, je rentrerai à New York. Je ne vous facturerai pas sa mauvaise humeur, ne vous inquiétez pas.

Monica raccompagna la jeune femme à la porte. Gabe et Cole restèrent paralysés, incapables d'émettre le moindre son, ne pouvant que se regarder et attendre que le choc passe.

- 8 -

Un mois plus tard

— Six mois, déclara Jillian à son reflet dans le miroir. Six mois que je suis arrivée au CRESS III.

Elle s'était donné ce laps de temps pour tenter de s'acclimater à son nouveau poste. Cependant, elle le détestait toujours autant. Bien sûr, sa passion pour la cuisine n'avait pas disparu – elle ferait partie intégrante de son être jusqu'à la fin de ses jours. Mais elle ressentait cette passion, cette créativité comme un fardeau puisque les règles de Cress Inc. l'empêchaient de les exprimer.

Cette restriction l'irritait d'autant plus que l'entreprise était gérée par deux chefs professionnels à la réputation internationale, et non par des bureaucrates n'y connaissant rien à la cuisine. Phillip Senior et Nicolette Cress auraient dû savoir mieux que quiconque à quel point les chefs avaient besoin de liberté pour évoluer, pour créer des plats toujours plus savoureux.

Au CRESS III, le manager fronçait les sourcils au moindre changement qu'elle proposait, ne fût-ce qu'ajouter une épice à l'assaisonnement d'un plat.

Jillian adressa une grimace à son reflet et attrapa

sa sacoche. Elle y glissa son téléphone et son étui à couteaux, enfila son manteau et descendit l'escalier jusqu'au rez-de-chaussée de son immeuble. Il faisait bon et, plutôt que de prendre sa voiture, elle marcha jusqu'au restaurant, inspirant à fond la brise iodée qui venait du port.

Au fond de sa poche, elle sentit l'enveloppe qu'elle avait préparée une semaine plus tôt et la fit glisser entre ses doigts. Ce pli contenait sa lettre de démission. Elle ne s'était toujours pas résolue à la remettre au manager.

Pourtant, plus elle approchait du CRESS III, plus elle se sentait mal à l'aise. Elle en était arrivée à appréhender ses journées de travail. Jamais elle n'avait ressenti ce manque de motivation, pas même lorsque son restaurant avait fait faillite. Mais serait-ce vraiment sage de quitter un poste aussi bien rémunéré ?

L'échec de sa première tentative d'indépendance lui avait appris à rester prudente. À l'époque, elle avait dépensé ses premiers profits avec insouciance, sans mettre un centime de côté pour de possibles périodes creuses. Elle s'était promis de ne plus jamais recommencer une pareille bêtise.

Dans un sens, son expérience au CRESS III lui avait aussi apporté certaines connaissances. Elle avait appris à être plus efficace dans son travail, mais aussi à quel point un bon marketing était important pour un restaurant. Elle savait désormais que de bons cuisiniers ne suffisaient pas à faire tourner un établissement : il fallait également une équipe en coulisses pour gérer quotidiennement la partie administrative.

Son appréhension resurgit lorsqu'elle arriva au bout de la jetée du port, où se trouvait le restaurant. Le parking était encore vide, à l'exception des emplacements réservés au personnel. Elle ne put s'empêcher de lever les yeux au ciel en apercevant la Mercedes jaune poussin de Clark.

Dans la poche de son manteau, la lettre semblait peser plus lourd qu'un rocher. Les choses seraient probablement différentes cette fois. Elle avait bien géré ses finances, sa dette était remboursée et elle avait même un peu d'argent de côté. Tout ne serait pas perdu. Elle pourrait utiliser ces six mois d'expérience pour obtenir un nouveau poste, voire réessayer d'ouvrir son propre établissement.

Cette dernière pensée lui fit ralentir le pas alors qu'elle poussait la porte de la cuisine. Était-elle réellement mieux préparée cette fois ? Elle n'en avait aucune idée, mais elle était certainement malheureuse à San Francisco, et pas seulement sur le plan professionnel.

Cole et sa famille se trouvaient à New York. Son cœur lui disait qu'elle aurait dû être avec eux.

Mais... et mes rêves de carrière ?

Tous ceux qu'elle aimait avaient réussi leur vie exactement comme ils l'entendaient. Sa grand-mère avait exercé le métier d'institutrice, son rêve d'enfance, pendant toute sa vie active. Sa mère avait toujours eu envie d'élever un enfant et de se consacrer à sa famille, ce qu'elle avait fait, ne reprenant des études que lorsque Jillian était partie à l'université. Elle travaillait à présent comme huissière au tribunal du comté.

Quant à son père, il était passionné de voitures depuis qu'il savait marcher, et il avait mis ses talents en pratique en choisissant la carrière de mécanicien. Et Cole ? Il excellait dans tout ce qu'il faisait. Qu'il s'agisse de la cuisine, des motos ou de son poste chez Cress Inc., il se donnait toujours à corps perdu pour réussir.

Si je rentre chez moi maintenant, que vont-ils penser, eux qui ont réalisé tous leurs rêves ?

Jillian s'adossa contre la porte de service du restaurant, hésitant sur la décision à prendre. Après tout, peut-être était-il temps pour elle de former de nouveaux rêves.

— Bonjour, cheffe, la salua un des serveurs qui arrivait en même temps qu'elle.

Elle lui souhaitait bon courage pour son service lorsque son téléphone se mit à vibrer dans sa poche.

— *Bonjour, monsieur Cress. Je suis contente d'avoir de tes nouvelles,* déclara-t-elle dans un français qu'elle imaginait peu compréhensible.

— Pas mal du tout, apprécia Cole en riant.

— Cela pourrait être pire, étant donné que tu ne m'as appris que deux phrases. Celle-ci, et comment te demander de retirer tes vêtements…

— Je suis sûr que tu l'as oubliée.

— *Déshabille-toi pour moi.*

Cole lui adressa un sourire plein de fierté.

— Je t'obéirais volontiers si j'étais dans un endroit plus privé.

— En effet, on dirait qu'il y a pas mal de monde autour de toi. Où es-tu ?

— Je supervise les préparatifs pour la soirée de demain, fit-il en jetant un coup d'œil par-dessus son épaule.

— Oh. Je vois.

— Qu'est-ce qui ne va pas ? demanda-t-il aussitôt.

— Rien, tout va bien.

Ils avaient convenu de garder leurs retrouvailles secrètes pour le moment, mais Jillian aurait adoré pouvoir se rendre à la soirée de lancement du nouveau site Internet au bras de Cole, dans une robe neuve et de préférence affriolante.

— Tu es la bienvenue si tu as envie de venir, déclara Cole comme s'il avait lu dans ses pensées. Je n'osais pas te le proposer. J'aurais eu l'impression de te demander de choisir entre ton travail et moi – une nouvelle fois.

— Et… si je te choisissais ? poursuivit-elle d'une voix hésitante, terrifiée en songeant qu'elle n'était pas sûre de la réponse qu'il lui donnerait. Est-ce que tu accepterais que j'y aille avec toi ?

— Bien sûr, Jillian.

— Dans ce cas, j'ai toutes les cartes en main pour prendre ma décision.

Un immense soulagement l'envahit et elle se retint pour ne pas prononcer une autre phrase en français, apprise grâce au traducteur automatique de son téléphone.

Je t'aime de tout mon cœur.

Cole promena un regard satisfait sur la foule des invités qui profitaient de sa soirée. La salle de bal de l'hôtel cinq étoiles était décorée avec raffinement, tout le monde trouvait les amuse-bouches délicieux, et les invités semblaient passer un bon moment. La salle resplendissait de l'éclat des bijoux et des robes de gala. Journalistes comme chefs cuisiniers de renom attendaient le lancement du nouveau site Internet de Cress Inc., prévu à minuit pile. Un investissement important qui en valait la peine, Cole en était convaincu.

Curieusement nerveux, il passa une main sur son menton rasé de frais et se mit à lisser les pans de sa veste avec application. Son équipe et lui avaient pourtant répété le moment du lancement un nombre incalculable de fois. Il n'aurait pas dû appréhender cet instant, mais si quelque chose allait de travers, il serait la risée de tous.

— Ne t'inquiète pas, lança une voix féminine juste derrière son épaule. Tu es impeccable et tu le sais.

Il se retourna et découvrit que Barbara, une collègue qui ne faisait pas partie de son service mais qu'il connaissait bien, s'avançait vers lui avec deux coupes de champagne à la main. Barbara avait passé de longs mois à faire des avances à Gabe avant que sa relation avec Monica ne soit exposée dans les journaux. À présent, il semblait qu'elle avait mis le cap sur lui.

— Non merci, Barbara, dit-il fermement en refusant le verre qu'elle lui offrait et le reste par la même occasion.

La jeune femme haussa l'une de ses épaules dénudées par une robe bustier avant de vider une coupe de champagne, puis l'autre. Elle venait de s'éloigner – au grand soulagement de Cole, d'ailleurs – lorsqu'un serveur lui apporta une enveloppe sur un plateau. Il sut instinctivement qu'il s'agissait d'une lettre de Jillian.

Elle ne viendra pas.

Déçu, il s'éloigna de quelques pas, abandonnant sa position près de la porte. Il ne s'était pas placé à cet endroit uniquement pour accueillir les invités, mais aussi pour être le premier à la voir entrer. L'écriture sur l'enveloppe était sans aucun doute celle de Jillian. Cependant, ce n'était pas logique, songea-t-il en fronçant les sourcils. Comment lui aurait-elle fait parvenir une note manuscrite si elle était à l'autre bout du pays ?

Il ouvrit l'enveloppe à la hâte, sourit en lisant les quelques mots inscrits sur la carte.

Tu es sans aucun doute le plus bel homme dans cette pièce.

Cole se retourna vivement et sentit une immense joie l'envahir. Sublime dans une robe vaporeuse couleur chocolat, dont le décolleté en V mettait délicieusement sa poitrine en valeur, Jillian lui souriait depuis le hall d'entrée. Elle avait jeté un boléro en dentelle assorti sur ses épaules et, une fois n'était pas coutume, relevé ses cheveux en une queue-de-cheval lissée qui accentuait les lignes de son visage. Un trait d'eye-liner noir soulignait la courbe de ses cils. Quant à ses lèvres, elles étincelaient sous une couche légère de gloss de leur couleur naturelle.

— Magnifique, murmura-t-il en traversant le hall à grandes enjambées pour la rejoindre.

Dès qu'elle fut près de lui, le cœur de Cole se mit à battre plus vite. Il aurait été idiot d'essayer de nier ses sentiments pour elle. C'étaient ces sentiments qui lui donnaient envie de la prendre dans ses bras, de poser ses lèvres sur les siennes, de pousser un gémissement qui le surprit lui-même lorsqu'elle répondit à son baiser.

— Je crois que ton gloss est parti, remarqua-t-il après s'être écarté d'elle à contrecœur.

— Je me moque de mon gloss.

— Et moi, je me moque de cette soirée, murmura-t-il contre son oreille.

Il sentait déjà son entrejambe se rappeler à son souvenir. Comment Jillian s'y prenait-elle pour l'exciter à ce point avec un seul baiser ?

— J'espère bien que ce n'est pas vrai, contra-t-elle. C'est *ta* soirée, Cole.

Elle se hissa sur la pointe des pieds pour l'embrasser à nouveau, ce qui ne fit rien pour calmer son érection.

— En effet, c'est *ma* soirée, répliqua-t-il avec un coup d'œil entendu vers le bas.

Jillian suivit son regard et éclata de rire. Lorsque leur hilarité se fut calmée, elle posa doucement une main contre sa joue.

— Je voulais juste te dire que j'ai vraiment pris ma décision, reprit-elle. Je te choisis, toi.

— J'espère que tu n'as pas eu l'impression que je te forçais à choisir quoi que ce soit en t'invitant ici ce soir. J'avais simplement envie de t'avoir à mes côtés, pour profiter de la soirée et danser avec moi. Je voulais célébrer ce moment avec toi et sentir que j'avais ton soutien.

Il lui avait rarement parlé avec une telle honnêteté, et il nota que sa franchise l'avait touchée. Comme il aurait voulu pouvoir lui épargner le moment désagréable qui ne manquerait pas de suivre…

— Ma mère ne va pas être très contente, la prévint-il.

— En tout cas, je suis là et j'y reste. Sa réaction ne dépend que d'elle, déclara Jillian en ouvrant sa minaudière pour y chercher son tube de rouge à lèvres.

Elle rectifia rapidement son maquillage et lissa sa coiffure. Lorsqu'elle eut terminé, elle referma son sac à main d'un geste décidé et le remit sous son bras.

— Prête ?

— Allons-y.

Il glissa sa main dans la sienne et, ensemble, ils entrèrent dans la salle de bal.

— Qui aurait cru qu'un jour, nous arriverions à une soirée main dans la main aux yeux de tous ? lui demanda-t-il.

— Certainement pas moi, mais je suis heureuse de m'être trompée.

Il souleva doucement sa main pour y déposer un baiser. Jillian eut un frisson et rabattit sa veste sur ses épaules.

— Tu as froid ?

— Pas exactement, fit-elle avec un regard sans équivoque en direction de sa poitrine.

— Oh… Je vois.

— Ce qui m'inquiète, c'est que tout le monde risque de voir aussi.

Il éclata de rire avec elle, mais, une seconde plus tard, il aperçut ses parents qui se dirigeaient droit sur eux.

— Les voilà, murmura-t-il à Jillian avant de l'embrasser doucement sur la joue.

Il la sentit se redresser à côté de lui et devina qu'elle se préparait à affronter l'orage. Lorsqu'il vit sa mère lisser ses mèches blondes striées de gris, puis plaquer un sourire faux sur ses lèvres, il sut que cet orage ne pourrait être évité. Les deux femmes les plus importantes de sa vie allaient s'affronter.

— Bonsoir, Cole. Je ne savais pas que tu viendrais accompagné.

— Je ne savais pas que j'avais besoin de te prévenir, contra-t-il du même ton aimable.

— Cole…, l'avertit son père de sa voix la plus maussade.

Il toisa Phillip froidement. Dans un moment pareil, il aurait presque été capable de lui révéler qu'il avait un fils inconnu, mais il respectait trop sa mère pour lui faire de la peine devant tout ce monde. Gabe et lui attendraient le prochain rapport de la détective pour décider quoi faire.

Pourtant, lorsque son père lui rendit son regard avec mépris, il sentit son ancienne colère bouillonner en lui comme aux jours où il vivait encore sous son toit. Rien à faire : il la ressentirait probablement toujours.

Sans cesser de sourire et d'agiter la main en direction

de ses connaissances, Nicolette déclara à l'adresse de Jillian :

— Il est inutile de dire que vous êtes licenciée.

Sans répondre, Jillian prit deux coupes de champagne sur le plateau d'un serveur et en offrit une à la mère de Cole. Elle sortit son téléphone de son sac et tapa rapidement un numéro.

Mais qu'est-ce qu'elle fabrique ?

— Allô, Clark ? C'est Jillian Rossi. Je me trouve avec Mme Cress en ce moment…

Clark ? Comme le manager du CRESS III ?

— Oui, oui, cette Mme Cress-là, poursuivit Jillian. Pourriez-vous lui confirmer que je vous ai donné ma démission hier en vous offrant deux semaines de préavis ?

Jillian enclencha le haut-parleur et Cole se mordit la lèvre pour ne pas sourire. Si c'était possible, il l'aimait encore plus en ce moment.

— Je n'ai pas de temps à perdre avec vos plaisanteries, fit la voix de Clark dans le combiné. Je travaille, contrairement à vous.

— Très bien, Clark. Je n'ai pas de temps à perdre avec vous, moi non plus. Mme Cress ayant choisi de me congédier, vous pouvez oublier les deux semaines de préavis. Je m'en vais dès à présent.

Elle coupa la communication et entrechoqua son verre avec celui de Nicolette, d'un air à la fois moqueur et victorieux. Cole eut peur que sa mère ne fasse une attaque tant elle était blême de rage.

— Merci beaucoup, madame Cress, lança Jillian avec un sourire chaleureux. Vous m'avez donné la possibilité de partir encore plus tôt que prévu.

— D'abord Gabe, et maintenant toi avec cette moins-que-rien, rugit Phillip Senior.

— Je n'aurais pas pu dire mieux, renchérit froidement Nicolette.

Cole se sentit frémir de colère. Il avait l'impression de revivre le dédain que son père avait manifesté envers Monica, « une de ces femmes qu'on met dans son lit, pas avec qui on se marie » comme il l'avait si bien dit. Cependant, cette fois, il s'agissait de Jillian et cela le mettait hors de lui.

— Jillian est exactement le genre de femme que *moi*, je veux. Je la respecte. J'ai envie de la chérir et d'être loyal envers elle parce qu'elle le mérite, pas moins qu'une autre… Pas moins que maman, par exemple.

Cole vit son père pincer les lèvres, signe qu'il avait très bien compris l'allusion. Sa main se crispa dans celle de Jillian alors qu'il revivait le moment, des années auparavant, où il avait à jamais cessé de respecter son père…

Encore vêtu de son uniforme du lycée, Cole remonta son sac à dos sur ses épaules et sortit de la limousine qui venait de le déposer devant le restaurant.

— Merci, Jerry, lança-t-il au chauffeur avant que la voiture se perde dans le trafic bruyant de Manhattan.

Il avait laissé ses frères faire leurs devoirs à la maison tandis que, au risque de s'attirer les foudres de ses parents, il s'était échappé au restaurant en espérant pouvoir donner un coup de main à la cuisine. Son frère aîné, Phillip, en était le sous-chef. Sean était à Paris où il terminait son apprentissage au Cordon-bleu, et Gabe, à tout juste dix-sept ans, venait de commencer l'école de cuisine.

Cole avait deux ans de moins et mourait d'envie de s'y mettre à son tour. Ses parents lui avaient appris les bases de la cuisine dès son plus jeune âge, comme à ses aînés, et il aurait volontiers séché les cours toute la journée pour venir travailler en cuisine.

Montant les quelques marches du perron, il entra dans le restaurant et traversa la salle sans un regard pour son superbe mobilier Art déco. Ce qui l'intéressait, c'était d'arriver le plus vite possible dans la cuisine.

Victor, le chef pâtissier, l'aperçut et appela aussitôt son père.

— Hé, chef ! Je crois qu'un de vos fils est là. Lequel es-tu, toi, déjà ?

— Coleman.

La mère de Cole sortit alors de son bureau et lui décocha l'un de ses regards bleu acier.

— J'ai fini mes devoirs à l'école, s'empressa-t-il d'expliquer. Je pensais que je pourrais venir donner un coup de main.

Sa mère leva les yeux au ciel, mais ne put s'empêcher de l'embrasser sur la joue.

— Mon beau rebelle. Tu ne changeras jamais, n'est-ce pas ? Demande à ton père d'abord.

Il s'était bien douté qu'il n'aurait pas d'ennuis avec sa mère. Avant la naissance de Lucas, il avait toujours été son préféré.

Cole se lava soigneusement les mains, conscient que son père en vérifierait la propreté. C'était toujours la première chose qu'il lui demandait de faire. Anxieux, il traversa la cuisine et monta l'escalier qui conduisait au petit appartement que ses parents possédaient au-dessus du restaurant. Il leur servait à la fois de bureau et de pièce de stockage. Il avait déjà répété son discours.

Papa, est-ce que je peux donner un coup de main à la cuisine ? J'ai terminé mes devoirs et maman est d'accord.

Prenant une grande inspiration, il s'arma de courage et ouvrit la porte.

Il aurait préféré ne jamais voir ce qu'il découvrit alors.

Son père, le pantalon baissé jusqu'aux chevilles, s'affairait entre les jambes d'une femme assise sur le bureau.

Fou de colère et de déception, il se rua à l'intérieur et asséna un immense coup de poing dans le flanc de son père, ce père qu'il avait toujours idéalisé et placé au-dessus de tout dans son estime. Phillip et celle qu'il reconnaissait à présent comme l'une des serveuses du restaurant poussèrent un cri de surprise et se séparèrent.

Il n'attendit pas qu'ils aient fini de se rhabiller pour dévaler l'escalier en sens inverse, souhaitant n'être jamais venu au restaurant ce jour-là, espérant qu'il pourrait oublier ces images qui resteraient pourtant gravées dans sa mémoire…

— Ne t'avise pas de me juger, gronda-t-il à l'adresse de son père.

Il attira Jillian plus près de lui et ils s'éloignèrent ensemble, main dans la main.

Quelques heures plus tard, Jillian s'étira dans le lit de Cole et s'étonna de le trouver vide. Elle se redressa sur les oreillers et promena un regard circulaire autour d'elle. Cole se tenait derrière les portes vitrées de la terrasse, regardant au-dehors, toujours nu. Elle s'offrit un moment pour profiter de la vue. Ses épaules larges, son dos musclé et ses fesses parfaitement dessinées valaient le spectacle.

Enfin, elle le rejoignit silencieusement et passa les bras autour de sa taille, pressant sa poitrine nue contre son dos. Cole posa les mains sur les siennes comme pour lui signifier qu'elle était la bienvenue.

La soirée de lancement avait été un réel succès. Pourtant, elle sentait que leur conversation avec ses parents parasitait l'esprit de Cole et lui gâchait sa réussite. Lorsqu'ils étaient rentrés chez lui, il était resté longtemps allongé dans le noir, sans même chercher du réconfort dans le sexe qui lui plaisait tant d'habitude.

— Pourquoi as-tu démissionné ? lui demanda-t-il tout à trac.

Elle fronça les sourcils, espérant que son retour ne faisait pas partie des choses qui le tracassaient.

— La structure de l'entreprise ne me convenait pas, et c'était difficile pour moi de ne pas être à New York alors même que je n'aimais pas mon travail, expliqua-t-elle en relâchant son étreinte pour venir se placer devant lui. J'ai quand même hésité un moment avant de prendre ma décision. J'avais besoin d'argent, c'est pourquoi j'avais accepté le poste.

— Pardon ? Je ne comprends pas.

— Je ne te l'ai jamais raconté, mais avant de travailler pour tes parents, j'ai essayé d'ouvrir mon propre restaurant. Ça a été une catastrophe. Je croyais que j'étais prête à me lancer après mon expérience de cheffe privée, mais j'étais loin du compte. Cette histoire m'a ruinée financièrement. Grâce au poste au CRESS III, j'ai pu rembourser ma dette et aider mes parents à payer les soins médicaux d'Ionie.

— Tu n'as jamais évoqué tout ça, murmura-t-il.

— J'étais gênée. Je ne voulais pas en parler avant d'avoir réglé une partie de mes problèmes financiers.

Cole plaça une main sous le menton de Jillian pour lever son visage vers lui.

— Dans ce cas, pourquoi as-tu réellement démissionné ?

Pour être ici avec toi.

La peur l'empêcha de lui avouer la vérité. C'était pourtant bien ce qu'elle ressentait : elle avait besoin d'être avec lui, comme jamais elle n'en avait eu besoin pour aucun homme auparavant, mais comment pouvait-elle le lui dire alors qu'elle ne savait même pas s'il avait des sentiments pour elle ?

— Jillian ?

Elle baissa les yeux pour éviter son regard, mais Cole la souleva contre la vitre, positionnant son visage à hauteur du sien.

— Es-tu revenue pour moi ? lui demanda-t-il de sa voix la plus chaude, la plus caressante.

Incapable de résister, elle enfouit le visage dans son cou et murmura :

— Oui.

— Dans ce cas, tu as eu raison. Je suis à toi.

Elle sursauta alors qu'il la serrait contre son torse musclé, hésitant encore à croire à son bonheur. Cole l'embrassa avec ferveur avant de murmurer contre ses lèvres :

— Je suis à toi, ma Jillian. Ma si belle Jillian.

Il l'emporta alors dans ses bras pour la déposer sur le lit. Écartant doucement ses cheveux de son visage, il l'étudia avec intensité comme s'il voulait en graver chaque détail dans sa mémoire. Ses yeux la dévoraient et elle se sentit non seulement désirée, mais aussi quelque chose de plus…

Adorée.

— Ma Jillian, répéta Cole en déposant un long baiser sur sa joue. Je suis à toi.

Il embrassa chaque centimètre carré de son visage avec une lenteur exquise avant de poser enfin les lèvres sur celles de Jillian. Il prit son temps, goûtant sa bouche comme s'il voulait savourer chaque seconde. Jamais encore il ne l'avait embrassée de cette manière.

Lorsque Cole approfondit leur baiser, elle dénoua ses jambes encore accrochées à sa taille et entrouvrit les cuisses, ondulant les hanches pour s'approcher de lui. Il obéit à l'urgence qui couvait en elle et s'inclina pour placer la pointe de son érection entre ses cuisses.

— Cole, gémit-elle lorsqu'il vint profondément en elle.

Il poussa un grognement contre ses lèvres et plaça une main sous ses fesses pour approfondir ses mouvements. Là, sur son lit, si près du bord qu'ils auraient pu tomber au sol sans même s'en rendre compte, ils firent l'amour comme jamais ils ne l'avaient fait auparavant : lentement, sensuellement, profitant de chaque instant.

Physiquement, les sensations étaient toujours aussi délicieuses. Émotionnellement, tout avait changé. Un nouveau lien semblait s'être tissé entre eux, incroyablement fort, et Jillian en fut bouleversée. C'était donc cela, faire l'amour avec quelqu'un qu'on aimait et qui vous aimait en retour… Elle espérait de tout son cœur que ce ne serait pas la dernière fois qu'elle vivrait ce moment avec lui.

— Ma Jillian…, murmura Cole contre son oreille, encore et encore.

Elle s'accrocha à lui de toutes ses forces. Elle aurait voulu le sentir en elle pendant des heures, mais son corps prenait le contrôle et une première vague de plaisir déferla sur elle. Elle cria son prénom et Cole vint en elle à son tour en poussant de longs gémissements.

Rien ne pouvait être meilleur que cela, songea Jillian en tremblant de plaisir contre lui.

- 9 -

Un mois plus tard

Le cœur battant d'anxiété, Cole gara sa moto sur le parking de l'hôpital et se rua vers l'entrée. Il maudit l'ascenseur qui montait bien trop lentement au troisième étage. Depuis l'appel de Jillian, il avait désespérément besoin d'entendre que tout allait bien se passer.

Aussitôt arrivé, il se dirigea vers l'infirmière de service au bureau d'accueil.

— Bonjour. Chambre 304, s'il vous plaît.

Occupée à quelque chose sur son ordinateur, l'infirmière ne leva même pas les yeux.

— Hé, Olive, l'interpella une de ses collègues qui passait par là. Lève un peu les yeux.

L'intéressée s'exécuta aussitôt. Lorsqu'elle aperçut Cole, elle lui adressa un sourire qu'il ne reconnut que trop bien.

— Excusez-moi, monsieur. Que puis-je faire pour vous ?

Il s'aperçut que tous les regards féminins étaient rivés sur lui et leva les yeux au ciel. Aujourd'hui moins que jamais, il n'avait de temps pour flirter.

— Je cherche la chambre 304, répéta-t-il.

— Au fond du couloir à droite.

— Merci.

— Non, merci à *vous*, contra l'infirmière en gloussant – mais il était déjà loin.

En tournant l'angle du couloir, il découvrit Jillian qui se tenait derrière une vitre. Warren était à côté d'elle, encore vêtu de sa blouse blanche et de son calot. L'inquiétude de Cole se doubla alors d'une bonne dose d'irritation.

Il n'aurait pas dû être surpris de trouver l'ex-mari de Jillian ici. Après tout, celui-ci travaillait dans cet hôpital, et Cole savait que leur amitié avait repris depuis que Jillian s'était réinstallée à New York. L'homme des cavernes en lui poussa un grognement et lui suggéra de trouver un objet contondant quelconque pour en frapper le docteur.

Il tenta de se rappeler qu'il était un homme civilisé qui respectait les relations passées et présentes de sa petite amie. Il n'obtint cependant qu'un succès très limité.

Cole poussa un soupir de frustration et enfonça les mains dans les poches de son jean. Il savait qu'il aurait dû accepter sans peine la présence de Warren. Pourtant, quelque chose n'allait pas dans l'équation. Il semblait se trouver partout où Jillian allait : chez ses parents, dans son quartier, sur son téléphone lorsqu'il l'appelait ou lui envoyait des messages humoristiques…

C'est normal qu'ils soient proches. Ils étaient amis d'enfance avant de sortir ensemble, non ?

De loin, il vit Jillian croiser les bras sur sa poitrine et se pencher pour regarder à travers la vitre. Le regard de Warren se posa immédiatement sur elle et, toute jalousie mise à part, Cole nota sans peine l'expression ardente de ses traits. Lorsque Jillian se tourna à nouveau vers

Warren, il sembla se maîtriser et son visage redevint simplement amical.

Il en était désormais certain : l'ex-mari de Jillian aurait bien voulu être son futur.

À ce moment précis, Jillian aperçut Cole et son visage s'illumina aussitôt. La manière dont elle accourut pour se lover dans ses bras le rassura, et il la serra contre lui avant de déposer un baiser sur son front. Enfin, il put poser la question qui le taraudait.

— Comment va Ionie ?

— Son état se stabilise. Le docteur dit qu'il s'agissait bien d'une attaque.

Les yeux de Jillian s'emplirent de larmes, et Cole sentit son cœur se serrer.

— Hé là, lui murmura-t-il. Tout va bien se passer. Ta grand-mère est une guerrière, non ?

— Je n'aimerais pas être à la place de l'infirmière qui s'occupera d'elle à la maison, ajouta Jillian.

Ils échangèrent l'un de ces sourires de complicité qui lui plaisaient de plus en plus.

— Je suis soulagée que tu sois là. J'ai besoin de toi, admit-elle en passant les bras autour de sa taille.

Il l'embrassait avec douceur lorsqu'une voix désagréablement familière prononça :

— Bonjour, Cole.

— Warren, le salua-t-il en forçant un sourire sur ses lèvres.

Le docteur remonta ses lunettes sur son nez et lui décocha un regard aussi peu aimable que devait l'être le sien.

— Merci d'être venu voir ma grand-mère, Warren,

déclara Jillian. Je t'ai assez retenu. Tu devrais retourner dans ton service avant que tout le monde te cherche.

— Oui, je vais y aller. J'ai une opération dans quelques minutes.

— Elle est entre de bonnes mains, assura Cole en passant un bras autour des épaules de Jillian.

Warren se contenta d'un hochement de tête.

— Je repasserai plus tard, dit-il à Jillian avant de disparaître dans l'ascenseur.

Choisissant de se concentrer sur Ionie, Cole remisa ses doutes sur Warren dans un coin obscur de son esprit et suivit Jillian jusqu'à la chambre de sa grand-mère.

— Bonsoir, tout le monde, lança-t-il en entrant.

Il fit un signe de tête à Harry et Nora avant de s'installer près de la tête de lit. Ionie n'avait vraiment pas l'air en forme, mais elle entrouvrit les yeux en entendant le son de sa voix.

— Cole, tourne-toi vers le mur jusqu'à ce que Jillie me mette du rouge à lèvres, articula-t-elle avec lenteur.

— Quelle bêtise, Ionie. Vous êtes aussi belle que d'habitude.

La vieille dame sourit largement et sembla reprendre des couleurs. Ils discutèrent avec elle pendant un bon moment, sa repartie légendaire nullement diminuée par son débit plus lent que d'habitude. Le regard de Cole croisait souvent celui de Jillian. Il y lisait les mêmes sentiments qu'il ressentait pour elle, la même intensité, le même désir de sincérité.

Mais réussirait-il à lui faire confiance alors même que son ex mari tentait de regagner une place dans son cœur ?

Au cours des années, Cole avait vu un nombre incalculable de couples se briser à cause d'une infidélité, qu'elle soit physique ou émotionnelle. Il n'était pas prêt à vivre une pareille souffrance. Lui qui avait évité pendant des années de se montrer vulnérable, pourrait-il accepter de prendre un tel risque ?

Et Jillian, se pouvait-il qu'elle ressente la même chose pour Warren ?

Il se mit à épier son profil du coin de l'œil, le doute assaillant de plus belle son esprit. Il voulait par-dessus tout que leur relation fonctionne… Mais sa peur d'être trahi l'empêchait d'y croire.

Assise à la table de la cuisine chez ses parents, Jillian faisait défiler des offres d'emploi sur sa tablette. Cole avait emmené dîner toute la famille après leur visite à sa grand-mère. Il aurait voulu que Jillian reste dormir chez lui, mais elle savait que, si elle acceptait, elle ne pourrait jamais se concentrer sur sa recherche d'emploi ce soir-là. Elle était incapable de penser à autre chose qu'à lui lorsqu'elle se trouvait seule avec Cole.

Jillian savait qu'elle avait fait le bon choix. Trouver un nouveau poste commençait à devenir une urgence pour elle. Après son attaque, Ionie allait avoir besoin de séances de physiothérapie pour réapprendre à marcher normalement. L'argent pour ses soins ne tomberait malheureusement pas du ciel.

— Et zut, fit Jillian en plongeant le visage dans ses mains, découragée par la perspective des prochaines factures.

Elle ne regrettait pas d'avoir choisi l'amour, mais celui-ci ne payait pas encore les notes des médecins.

Jillian prit son téléphone pour relire les messages que Gunther Red, le célèbre chanteur, lui avait envoyés un peu plus tôt. Elle avait failli accepter son offre de cuisiner sur son yacht pendant deux semaines pour ses amis et lui. Hélas, il lui avait également demandé si elle avait « aussi bon goût que sa cuisine »…

Elle laissa tomber son portable et passa les mains dans ses boucles, à court d'idées. Comment allait-elle s'y prendre pour retrouver du travail si toutes les propositions ressemblaient à celle-ci ?

Le téléphone posé près d'elle se mit alors à vibrer, affichant un SMS de Cole.

Mon cœur dit : j'ai mal à la tête.

J'espère que tu as des antalgiques.

Pardon, je me suis trompé. C'était un peu plus bas que mon cœur.

Jillian éclata de rire, l'échange lui rappelant leurs aventures coquines du début, lorsqu'ils n'étaient encore que des amants.

— Qu'est-ce qu'il y a de si drôle ? demanda sa mère en entrant dans la cuisine.

Jillian reposa hâtivement son portable et répondit :

— Rien d'intéressant. Et toi, que fais-tu encore debout ?

— Ton père avait soif, expliqua sa mère en remplissant un verre d'eau au robinet. Tu devrais aller dormir, Jillie.

— J'épluche les petites annonces.

— Je suis sûre que tu finiras par trouver. Veux-tu que je jette un œil à ton CV, demain ?

— Pourquoi pas, accepta Jillian. Merci, maman.

— Pas de problème. Bonne nuit, ma chérie.

Jillian reprit son téléphone où s'affichait un message de l'homme qu'elle aimait, et un autre du musicien qui avait visiblement besoin d'une thérapie.

— Hum… Jillie ?

Elle jeta un coup d'œil par-dessus son épaule, surprise de trouver sa mère encore dans la cuisine. Nora hésita un instant et vint s'asseoir à côté d'elle.

— Qu'y a-t-il, maman ?

— Que se passe-t-il entre Warren et toi ?

— Comment ça, entre Warren et moi ? répéta-t-elle en fronçant les sourcils. Il ne se passe rien. Nous sommes simplement amis. Je suis avec Cole, maintenant. Je sais que tu vieillis, reprit-elle d'un ton joueur, mais tu devrais tout de même t'en souvenir.

Loin de partager sa taquinerie, sa mère l'observa d'un regard inquisiteur qui ne lui dit rien qui vaille.

— Je voulais juste m'assurer que *toi*, tu t'en souvenais, finit par dire Nora. Si tu as envie d'autre chose, c'est ton droit, mais sois toujours claire sur tes intentions. Les gens méritent que l'on soit sincère avec eux.

— Warren et moi ne sommes qu'amis, et Cole est un grand garçon capable de le comprendre. Ne t'inquiète pas, je contrôle la situation.

Sa mère lui répondit d'une moue incrédule.

— Bonne nuit, maman, lui dit-elle d'un ton appuyé.

Une fois Nora sortie, Jillian rouvrit sa tablette et se demanda si elle ne ferait pas mieux d'accepter l'offre de Red. Elle tapa son nom dans un moteur de recherche. Le dernier article à son sujet relatait la plainte d'une jeune femme pour séquestration sous l'emprise de drogues dures.

— Oh que non, murmura-t-elle en déclinant, poliment mais définitivement, le travail sur le yacht.

Quelques secondes après, elle recevait un nouveau message de Cole. Elle frémit en regardant la photo qu'il lui envoyait, allongé sur son lit, visiblement prêt pour elle si elle le voulait… Une invitation trop tentante pour songer à résister.

Elle éteignit les lumières du rez-de-chaussée et monta silencieusement l'escalier jusqu'à son ancienne chambre, redevenue la sienne depuis qu'elle vivait à nouveau chez ses parents. Retirant son pyjama confortable, elle se glissa sous la douche, enduisit ses jambes de lait pour le corps parfumé et enfila une nuisette de soie vert émeraude.

Arrangeant ses boucles du bout des doigts, elle appliqua une légère touche de gloss, passa un kimono par-dessus sa nuisette et attrapa son sac. La caresse du satin contre sa peau était déjà une promesse. Elle se sentait attirante, puissante et elle voulait Cole – maintenant.

Lorsqu'elle ouvrit la porte d'entrée, un coup de vent la surprit, ramenant ses boucles en arrière et faisant durcir la pointe de ses seins. Elle écarquilla les yeux en apercevant la voiture de luxe garée devant chez elle. Il s'agissait d'un van Mercedes vintage que Cole utilisait rarement, mais qu'elle reconnut sans peine.

Cole descendit la vitre du côté conducteur, aussi surpris de la voir sortir de la maison qu'elle l'était de le trouver là. Jillian descendit les marches du perron sans se soucier du froid qui mordait sa peau. Elle lui fit signe de se garer dans l'allée et il obtempéra le plus silencieusement possible.

Le temps qu'elle atteigne la portière, Cole se trouvait déjà installé à l'arrière. Il lui ouvrit la porte et la referma aussitôt pour préserver la chaleur à l'intérieur. Elle avait déjà laissé tomber son kimono, et elle se délecta du regard avide de Cole sur sa poitrine alors qu'elle venait se placer entre ses cuisses.

— J'allais t'écrire de me rejoindre en bas, dit-il en agrippant les fesses de Jillian des deux mains.

Elle releva lentement l'ourlet de sa nuisette, lui laissant le temps de constater qu'elle ne portait rien dessous, avant de s'asseoir à califourchon sur ses genoux.

— Et moi, j'allais venir directement à toi, murmura-t-elle contre ses lèvres.

Elle lui donna un léger coup de langue, auquel il répondit en glissant un doigt en elle. Il ferma les yeux et poussa un gémissement en la découvrant déjà trempée.

N'y tenant plus, elle défit le bouton de son pantalon et le fit glisser jusqu'au sol. Son érection enfin libérée était prête pour elle. Elle la garda serrée dans sa main alors que Cole mordillait ses tétons à travers le tissu soyeux de son sous-vêtement. Enfin, il passa un bras autour de sa taille et la souleva pour la laisser retomber sur lui.

Ils se perdirent l'un dans l'autre avec une brutalité, une urgence que Jillian avait rarement ressentie. Avant que l'orgasme vide son esprit de toute pensée cohérente, elle eut le temps de se dire que l'endroit où ils se trouvaient n'était pas étranger à son plaisir – bien au contraire…

Cole se renfonça dans son fauteuil de bureau, attendant patiemment que Gabe termine de lire le dernier rapport que leur avait envoyé Bobbie. Le dossier contenait un récit détaillé de la rencontre entre leur père et la mère de Lincoln. Bobbie avait aussi fait des recherches sur le passé de celle-ci et sur la vie présente de leur demi-frère. Rien n'avait été laissé au hasard.

— On peut dire qu'elle a fait du bon travail, déclara Gabe en reposant le rapport sur son bureau.

— Du bon travail qui a un prix, mais cela en vaut la

peine, admit Cole en arrangeant la manche de sa veste pour laisser dépasser sa montre.

— Dis donc, fit Gabe qui tentait difficilement de masquer son amusement. Voilà une jolie veste.

Cole se leva de derrière son bureau pour tirer sur les ourlets de son costume tout neuf, puis se tourna d'un côté et de l'autre pour le faire admirer à son frère.

— Jillian a suggéré que je devrais m'habiller d'une manière plus professionnelle pour venir au bureau.

— Une main de fer dans un gant de velours, commenta Gabe. Je t'en prie, laisse cette cravate tranquille. J'ai l'impression de parler avec Sean.

Cole éclata de rire. Ils se moquaient souvent de leur frère aîné, « la star » de la famille, qui accordait souvent un peu trop d'importance à son image.

— Et puis, ce n'est pas comme si je ne t'avais jamais vu porter un costume, reprit Gabe.

— Peut-être, mais pas au travail. Je ne m'y fais pas, d'ailleurs, conclut Cole en jetant la veste sur le dossier de sa chaise.

Il se réinstalla derrière son bureau et attendit que son frère lui donne son avis sur le rapport, ce qui ne tarda pas.

— Bon… À part le test ADN, il ne nous manque rien pour être certains que Lincoln Cress est bien notre frère.

— Notre grand frère, ajouta Cole.

— Voilà qui ne va pas plaire à Phillip Junior, fit Gabe en secouant la tête.

Tant pis pour lui.

De ses quatre frères, Phillip était probablement le plus compétitif et le plus venimeux. Il avait toujours eu la conviction qu'en tant qu'aîné, il aurait dû naturellement hériter du trône de son père. Il s'était progressivement retourné contre ses frères lorsque Phillip Senior avait annoncé qu'ils pouvaient y prétendre tous les cinq.

Cole sortit son portefeuille de sa poche et y compta sa part de la facture de Bobbie, qu'il tendit ensuite à son frère.

— Merci. Je lui enverrai un chèque cet après-midi.

Cole hocha la tête et s'accouda au dossier du fauteuil pour réfléchir à la suite. Le poids du secret qu'il partageait avec Gabe lui semblait déjà trop lourd à porter.

— Il faut que nous le disions aux autres. Nous allons devoir demander une réunion de famille.

— D'accord, mais est-ce qu'on ne ferait pas mieux de l'annoncer aux parents d'abord ? Je sais que papa a été dur avec nous, mais il a quand même fait de son mieux pour nous élever selon ses valeurs. Je n'ai aucun doute sur le fait qu'il nous aime et qu'il a toujours pensé faire ce qu'il y avait de mieux pour notre éducation.

Cole laissa son regard errer au-dessus des gratte-ciel, incertain sur la conduite à tenir. Aurait-il dû informer Gabe de l'incartade passée de leur père ? Rien ne figurait à ce sujet dans le rapport de Bobbie, ce qui le rendait méfiant quant au fait qu'il ne semblait pas infidèle aujourd'hui.

— Réfléchissons-y et prenons une décision le plus vite possible, conclut-il en rangeant soigneusement le dossier dans son coffre-fort.

— En tout cas, encore un frère Cress sur cette planète, remarqua Gabe avec un petit rire incrédule.

— Peut-être… ou peut-être pas.

Le regard de son frère croisa le sien et ils se comprirent aussitôt. Cole sortit une dizaine de billets de son portefeuille et Gabe l'imita, posant les rectangles de papier vert sur le bureau à côté des siens.

— Mille, annonça Cole.

— Très bien, mais tu dois admettre qu'il nous ressemble. C'est notre frère, Cole, que tu le veuilles ou non.

— Je ne dis pas que tu as tort, seulement que je ne suis pas aussi sûr que toi. J'ai assez de doutes pour miser sur le contraire.

Depuis leur enfance, Cole et Gabe avaient toujours parié l'un contre l'autre : sur le menu du dîner, sur celui des deux qui sortirait avec la jolie fille du lycée ou sur n'importe quelle autre bêtise. L'habitude de jouer leur était restée depuis.

Cole glissa les billets dans une enveloppe monogrammée de Cress Inc. et la scotcha avec soin.

— J'aurais dû parier que Jillian et toi alliez tomber amoureux, déclara Gabe. Je serais probablement riche grâce à vous, aujourd'hui.

Cole fronça les sourcils lorsqu'il rangea l'enveloppe dans le tiroir de son bureau. Une autre s'y trouvait déjà, avec 5 000 dollars à l'intérieur.

— Qui te dit que je suis amoureux ? contra-t-il tout en essayant de se souvenir d'où sortait l'argent.

— Parce que tu ne l'es pas, peut-être ?

Éludant soigneusement la question, il agita l'enveloppe sous le nez de son frère et demanda :

— Aurions-nous parié sur quelque chose et oublié ensuite ?

— *Tu* as oublié, fit Gabe en riant. Moi, j'ai perdu. Ta soirée de lancement s'est passée sans accroc.

— Si on peut dire, grommela Cole en rangeant les billets dans son portefeuille.

Il marqua une pause, puis rappela son frère qui se trouvait déjà sur le pas de la porte.

— Gabe, j'ai une question à te poser. Comment réagirais-tu si Monica était très amie avec son ex ?

— Aïe. Je suis loin d'être un homme parfait, donc je n'ai aucune idée de la réaction que j'aurais et je suis bien content de ne pas être dans cette situation. Cela dit, si ça t'embête à ce point, il serait peut-être temps que tu admettes tes sentiments pour Jillian.

— Elle est très importante pour moi.

— Ça ne se voit presque pas, rétorqua son frère avec un clin d'œil avant de sortir de son bureau.

Les premières notes de la chanson *All night long*, de Beyonce, résonnèrent dans la cuisine de l'appartement de Chelsea. Jillian esquissa un pas de danse tout en vérifiant la cuisson des *« macaroni and cheese »* derrière la vitre du four haut de gamme. De bonne humeur ce soir-là, elle avait décidé de faire plaisir à Cole et à elle-même en cuisinant des plats traditionnels du sud des États-Unis, de ceux que sa grand-mère lui avait appris avant qu'elle parte à l'école de cuisine en France.

Au menu du jour figuraient les traditionnelles ailes de dinde rôties dans une sauce à l'oignon épaisse, puis du riz pilaf, du chou mijoté au porc et enfin les fameux *« macaroni and cheese »*. Tout cela serait accompagné de pain de maïs fait maison.

En sortant son plat du four, Jillian se demanda si Cole avait déjà mangé de vrais plats du Sud. Il était fort possible que non. Ses parents appartenaient à l'école française de cuisine, et elle-même n'avait rien préparé de ce genre pendant qu'elle était leur employée.

— Eh bien, il en aura ce soir, déclara-t-elle à mi-voix.

— Qu'est-ce que j'aurai au juste ?

Elle sursauta, surprise de voir Cole apparaître au beau milieu de la salle à manger. Il traversa la cuisine pour déposer un baiser sur son front.

— De bons petits plats du Sud comme ceux de ma grand-mère, répondit-elle en désignant les assiettes qui s'alignaient sur le comptoir.

— Ça a l'air délicieux.

— As-tu déjà vu un pareil banquet ?

— Non, et heureusement, sinon j'aurais ressemblé à Lucas il y a quelques années.

Elle lui fit goûter une bouchée de patate douce caramélisée avant de répondre :

— Peut-être, mais il s'est bien rattrapé.

— Que veux-tu dire par là, exactement ? demanda-t-il en lui assénant une tape joueuse sur les fesses.

Pour toute réponse, elle haussa les sourcils d'un air entendu. Cole éclata de rire avant de la soulever pour l'asseoir sur le comptoir.

— Ne t'en fais pas, j'ai eu le frère Cress que je voulais.

Cole l'embrassa brièvement et attrapa ses jambes pour les passer autour de sa taille.

— Y a-t-il une raison particulière à ce festin ?

— J'ai reçu de bonnes nouvelles de ma grand-mère. Elle a enfin obtenu une place au centre de rééducation qu'elle préférait.

— C'est génial, s'exclama Cole en défaisant sa cravate et les premiers boutons de sa chemise.

— Quant à moi, j'ai trouvé un poste de cheffe privée…

— *Brava*, ma belle !

— … pour Warren.

Cole se figea brusquement et s'écarta d'elle, les sourcils froncés.

— Cole ? Que se passe-t-il ?

Il se retourna pour couper le son de l'enceinte, arrêtant Beyonce au beau milieu d'une phrase, et se mit à faire les cent pas devant la cheminée. Choquée, elle se laissa glisser de l'îlot de cuisine pour venir le rejoindre.

— Qu'est-ce qui t'arrive ? Je ne comprends pas où est le problème.

— N'as-tu pas encore compris que Warren avait toujours des sentiments pour toi ? Ou, pire, tu l'as peut-être compris sans que cela te déplaise ?

— Warren n'a absolument pas de sentiments pour moi, fit-elle en agitant la main comme pour chasser ses paroles.

Elle se souvint alors qu'elle avait adressé le même geste à sa mère, lors de la même conversation.

— Il t'aime, Jillian. Il veut te récupérer. Comment comptes-tu gérer ça ?

— Attends une seconde. Es-tu sérieusement en train de me demander de refuser ce travail ? De rester sans revenus, de contracter de nouvelles dettes ?

— Jamais je n'essaierais de contrôler ta vie de cette manière. Seulement, j'aimerais que tu sois consciente que tu te mets dans une position compromettante.

— Une position compromettante, sérieusement, répéta-t-elle en levant les yeux au ciel. Ne te laisse pas aveugler par la jalousie, s'il te plaît. Je ne savais même pas que tu avais un problème avec Warren jusqu'à maintenant.

— Je ne crois pas que le problème soit ma jalousie.

— Et pourtant, rétorqua-t-elle en retournant dans la cuisine, suivie de près par Cole.

Elle commença à sortir des assiettes et des couverts

pour mettre la table, ignorant consciencieusement le regard courroucé de Cole posé sur elle.

— La question est simple, finit-il par répondre. As-tu envie de retourner avec ton ex ?

— Lequel ? demanda-t-elle d'un ton caustique.

— Jillian, s'il te plaît.

Elle posa les assiettes sur la table et leva les yeux vers lui.

— As-tu envie de te remettre avec Warren ?

— Bien sûr que non. Je le considère comme un vieil ami, et c'est ce qu'il serait toujours resté si nous n'avions pas fait la bêtise de nous marier.

— Visiblement, il n'est pas d'accord avec toi.

— Tu te trompes, Cole. Tu ne le connais pas. Quant à moi… Cela ne te dérange pas d'imaginer que je pourrais avoir une attitude déplacée avec mon patron.

— C'est ce que tu as fait avec moi.

Touché.

Elle releva la tête vers lui, résistant difficilement à l'envie de lui jeter un torchon à la figure.

— C'est ce que tu penses, alors ? Que ma cuisine est livrée avec certains services, quel que soit l'employeur ?

Cole expira lourdement et se pinça l'arête du nez dans un geste d'exaspération.

— Ce n'est pas ce que j'ai dit.

— Et pourtant, tu as dit beaucoup de choses.

Cole s'adossa au mur et reprit d'une voix posée :

— Que feras-tu si tu découvres que j'avais finalement raison, et que Warren t'aime toujours ?

— Je ne ferai rien parce que ce n'est pas le cas, rétorqua-t-elle froidement.

— Mais si ça l'était ? Accepterais-tu le poste ?

— Oui.

Cole hocha la tête, le regard dénué de toute émotion.

— Au début, je n'appréciais pas que tu ailles travailler chez lui par peur qu'il se passe quelque chose entre vous. Maintenant, j'ai plutôt pitié de lui. C'est cruel de ta part de faire semblant d'ignorer ses sentiments, de continuer à passer du temps avec lui tout en sachant très bien qu'il n'arrivera rien.

— Alors maintenant, tu te préoccupes de ce qu'il ressent ? demanda-t-elle d'un ton sarcastique.

Cole secoua la tête d'un air las.

— Je me souviens du moment où tu as accepté l'offre de ma mère en ignorant le fait que j'étais attaché à toi.

— Je pensais que nous avions dépassé cette histoire.

— Moi aussi, je le pensais. On dirait que j'avais tort.

Elle resta comme paralysée, incapable d'articuler un son. Ils échangèrent un long regard et Cole fut le premier à détourner les yeux.

Aïe.

Espérant de toutes ses forces qu'il la contredirait, qu'il la supplierait de rester, elle suggéra :

— Je devrais peut-être te laisser tranquille.

— On devrait peut-être se laisser tranquilles mutuellement.

Quelque chose en elle se brisa au son de sa voix cassante. Elle avait besoin de s'éloigner de lui – et vite.

Faisant le tour de l'appartement, elle récupéra rapidement ses affaires, luttant de toutes ses forces pour ne pas lui montrer une seule larme.

— Et le dîner ? demanda Cole qui n'avait pas bougé, toujours adossé contre le mur, là où il lui avait brisé le cœur.

Elle laissa échapper un rire amer.

— Ne me pousse pas à te dire où tu pourrais le mettre.

Elle sortit en prenant sur elle pour ne pas claquer la porte. Sa respiration se mit à accélérer d'une manière incontrôlable et elle appuya la tête contre le mur, tentant vainement de reprendre son souffle.

De l'autre côté de la porte, un bruit formidable de vaisselle brisée emplit le silence. Jillian posa une main impuissante contre la paroi qui les séparait.

Quelle immense bêtise venaient-ils de faire ?

- 10 -

Deux semaines plus tard

— Tu es prêt, Cole ?

— Une minute.

Il leva les yeux des factures du centre de rééducation d'Ionie, diligemment procurées par Bobbie Barnett, et signa un chèque correspondant à l'intégralité de la somme qui restait à payer. Il ne lui restait plus qu'à fermer l'enveloppe. Son assistant s'occuperait de l'affranchir et de la faire partir par le prochain courrier.

Durant sa brève relation de couple avec Jillian, il avait commencé à bien s'entendre avec sa grand-mère, et il refusait qu'Ionie manque de quoi que ce soit faute de moyens. Il avait donc résolu de prendre en charge tous ses frais médicaux en rééducation. La somme ne faisait pas une grande différence pour lui, mais il était conscient que les choses étaient différentes pour les Rossi.

Heureusement, il avait réussi à obtenir du centre qu'ils ne révèlent pas d'où provenait l'argent. Jillian ne serait donc jamais au courant.

Il ne lui avait pas reparlé depuis la débâcle dans sa cuisine, et il ne voulait pas lui laisser croire que son geste avait pour but de se réconcilier avec elle. Elle lui manquait terriblement. Pourtant, ses doutes concernant Warren et elle ne pouvaient pas s'effacer d'un coup de baguette magique.

Soit elle ne s'avouait pas qu'elle avait encore des sentiments pour son ex-mari, soit elle ne faisait aucun cas de ceux qu'il avait pour elle. Aucune de ces deux situations ne plaisait à Cole. Elles évoquaient de trop près sa haine de l'infidélité.

Voilà exactement pourquoi je n'ai eu aucune relation sérieuse depuis Traci.

— Cole, qu'est-ce que tu fabriques ? l'interpella Gabe derrière la porte de son bureau.

— C'est bon, je suis prêt.

Il enfila sa veste en cuir couleur cognac, assortie à ses bottes, et posa sur sa tête un bonnet de laine du même bleu marine que son jean.

— L'ancien Cole est de retour, commenta Gabe.

— Ce n'était pas trop tôt. Si seulement le ciel pouvait se dégager quelques heures et me laisser ouvrir le *food truck*, je serais un homme heureux.

— Ça, ce n'est pas vrai.

Il s'abstint de toute réponse, conscient qu'il n'y avait rien à dire. Son frère avait raison. Il était malheureux sans elle, et cette fois, c'était sa faute.

Gabe et lui prirent place à bord de l'une des voitures de l'entreprise, remerciant Harvey, le chauffeur, qui leur tenait la porte. Un silence lourd régnait dans l'habitacle. Ils s'apprêtaient à révéler l'existence de Lincoln à leur famille, et son frère comme lui auraient préféré s'en abstenir.

Ça ne pourra pas bien se passer.

La voiture ralentit et s'arrêta devant la bâtisse de cinq étages qui avait été sa maison pendant tant d'années. Déchiré par des sentiments conflictuels, Cole ouvrit le portail en fer forgé et laissa passer son frère devant lui avant de monter les marches du perron. Il tendit alors la main pour faire retentir la sonnette.

— Tu n'as pas tes clés ? lui demanda Gabe, qui fourrageait lui-même dans la poche de son manteau pour trouver les siennes.

— Nous n'obtiendrons jamais leur respect si nous n'en montrons pas à leur égard, déclara Cole. Comment le prendrais-tu si maman ou papa débarquait chez toi quand bon lui semble ?

— Tu as raison, admit Gabe en rangeant dans sa poche le trousseau qu'il avait fini par retrouver.

— Comme d'habitude, non ?

— Certainement pas ces derniers temps.

Une autre référence peu subtile à Jillian.

— Je vais finir par regretter de t'avoir parlé d'elle, marmonna-t-il.

La porte d'entrée s'ouvrit alors sur Felice, la nouvelle gouvernante.

— Bonjour, messieurs Cress, s'exclama-t-elle avec un grand sourire. Je suis contente de vous revoir.

Ils traversèrent le hall d'entrée, et Gabriel lui tendit son manteau, et Cole, sa veste.

— M. Cress vous attend dans la bibliothèque, les informa-t-elle.

— Merci, Felice.

Ils se dirigèrent vers l'arrière de la maison pour atteindre l'ascenseur, passant nécessairement par la cuisine. Cole fut envahi par un flot de souvenirs du temps où il avait flirté avec Jillian, avant même qu'elle partage son lit, des moments tout aussi excitants que ceux qu'ils avaient connus ensuite. Il ne put s'empêcher de sourire en passant devant la porte de la réserve. Dieu merci, personne d'autre qu'eux ne saurait jamais ce qu'ils y avaient fait.

Gabe et lui empruntèrent l'ascenseur jusqu'au deuxième étage, où se trouvaient la salle de cinéma et la bibliothèque. Ils échangèrent un dernier regard avant de descendre. Leur père se tenait au fond de la pièce, près de l'immense mur en verre qui composait la façade de ce côté de la maison.

— Entrez, les garçons.

Sa voix de basse avait une autorité naturelle qui ne diminuait pas avec le temps. Cole nota que son regard s'était fixé sur le dossier que tenait Gabe et qu'il avait subtilement redressé les épaules, comme pour s'armer de courage.

— Est-ce que vous restez pour dîner ? Le chef a prévu un canard à l'orange. Je n'en ai pas mangé depuis des années.

— Écoute, papa, commença Gabe en prenant place dans l'un des fauteuils en cuir. Ça ne va pas être une conversation facile, mais elle est nécessaire.

— On peut dire que tu vas droit au but, répondit Phillip Senior avec un petit rire. J'imagine que ce dossier est la raison de votre visite, et du fait que nous ne pouvions pas en parler au bureau.

Cole lui jeta un regard noir, cherchant vainement une trace du respect que lui avait inspiré son père avant ses quinze ans.

— As-tu fait suivre les membres de cette famille par un détective privé ?

— Cole !

Son frère avait toutes les raisons d'être en colère contre lui. Ils avaient établi un plan d'attaque qu'il venait de flanquer par terre.

Phillip Senior s'assit en face de Gabe et toisa Cole d'un air mécontent.

— J'aurais dû me douter que la politesse ne durerait pas longtemps, avec toi dans l'histoire.

— Ma question reste valable.

— Ta haine envers moi s'apaisera-t-elle un jour, Cole ? lui demanda son père.

— Si je pouvais te détester, tout serait plus simple. Tu ne m'aurais pas autant déçu.

Gabe restait silencieux, comprenant sans doute que cette explication entre son frère et son père avait attendu des années pour sortir. Cole observa attentivement le visage de son père. Le regard de Phillip évitait le sien, mais il y lut une étrange émotion qu'il ne parvint pas à définir.

— Quoi qu'il en soit, je ne sais pas d'où proviennent tes accusations. Je n'ai jamais engagé de détective privé.

Comme si on pouvait te faire confiance…

— Eh bien, nous, si, intervint alors Gabe.

Son frère posa le dossier sur la table basse entre son père et lui avant de poursuivre :

— Nous nous sentions autorisés à le faire, puisque tu as toi-même…

— Je n'ai moi-même rien fait du tout, interrompit Phillip.

— Peut-être, mais le mal est fait, à présent. Ce n'est peut-être pas un mal, d'ailleurs. Nous avons découvert quelque chose que tu aimerais probablement savoir.

Gabe marqua une pause pour échanger un regard

avec Cole. Le moment qu'ils avaient préparé depuis des semaines allait arriver.

— Papa, tu as un fils que tu n'as jamais connu, annonça enfin Gabe. Il s'appelle Lincoln et…

— Mensonges ! rugit Phillip.

Il se leva d'un bond et envoya valser le dossier à l'autre bout de la pièce.

— Comment peux-tu m'accuser d'une chose pareille ? Cole déteste jusqu'à l'air que je respire, mais toi, Gabe ? Est-ce vraiment l'opinion que tu as de moi ?

Cole laissa échapper un ricanement.

— Tu te souciais moins de *mon* opinion lorsque je t'ai surpris en train de tromper maman avec une serveuse, alors même qu'elle se trouvait dans le restaurant à l'étage au-dessous.

Il se rendit compte de la satisfaction mal placée qu'il avait ressentie en prononçant ces mots, mais il ne s'en souciait guère. Son secret n'en était plus un.

— Quoi ? ! hoqueta Gabe, sous le choc.

Phillip Senior renversa son fauteuil d'un geste furieux, puis traversa la pièce à grandes enjambées et agrippa Cole par le devant de sa chemise. Il se mit à le secouer tout en lui hurlant à la figure :

— Tu dis n'importe quoi !

— Menteur, répondit Cole d'un ton glacial.

— Ça suffit, intervint Gabe en s'interposant entre eux pour les séparer.

— En effet, je crois que nous en avons vu assez.

Les trois Cress se retournèrent comme un seul homme et découvrirent Nicolette, plantée au sommet de l'escalier. Ils se figèrent un instant avant de s'éloigner chacun dans une direction différente pour reprendre leur souffle et leurs esprits.

Cole se posta derrière la fenêtre. La neige tombait sur le petit jardin potager, désormais à l'abandon, que Jillian avait cultivé avec amour tout au long de l'année passée. La nature n'avait pas tardé à reprendre ses droits. En l'absence de Jillian, lui aussi se sentait négligé et les mauvaises herbes commençaient à envahir à nouveau son cœur.

Un mouvement dans le reflet de la vitre attira alors son attention. Il fit volte-face et découvrit que sa mère avait rejoint son père, lui caressant tendrement la joue. Se pouvait-il qu'elle n'ait pas entendu ce qu'il avait dit une minute plus tôt ?

— Cole, j'étais au courant de cette histoire au restaurant, admit Nicolette.

Il ne put s'empêcher d'écarquiller les yeux. Il avait cru révolutionner toute la maison aujourd'hui en révélant les secrets qu'il connaissait, et pourtant, c'était lui le plus surpris. Dire qu'il avait cru protéger sa mère toutes ces années en lui cachant une infidélité qu'elle avait déjà pardonnée… Il ne savait plus ce qu'il ressentait, mais le ridicule et la frustration y tenaient une bonne part.

— Quand cela s'est-il passé ? finit par demander Gabe.

— Il y a quinze ans, répondit Nicolette en faisant asseoir son mari dans un fauteuil.

— Et… tu savais que Cole était au courant ? Combien y a-t-il encore de choses que j'ignore sur cette famille ?

— Non, je l'ignorais, soupira Nicolette.

Voilà qui nous avance bien, songea Cole avec amertume.

— J'en ai assez, déclara-t-il en se dirigeant vers la porte. Il faut que je sorte d'ici avant de devenir fou.

— Oh que non, intervint Gabe en lui bloquant le chemin. Ne les laisse pas s'en sortir comme d'habitude. Pour une fois, essayons de leur faire comprendre que leurs actes ont des conséquences.

Il se tourna vers ses parents avant de poursuivre :

— Vous avez toujours eu cette espèce d'alliance, comme si c'était vous deux contre le reste du monde. Mais regarde les choses en face, maman. Tu es en train de protéger un homme qui t'a trompée tout en ignorant ton propre fils, qui, lui, a tenté de te préserver pendant des années.

Nicolette sembla réfléchir un instant, puis son expression s'adoucit, comme si elle partageait soudain le point de vue de Gabe.

— Mon beau rebelle, murmura-t-elle en cherchant le regard de Cole.

Mais celui-ci ne se laisserait pas prendre par les sentiments. Pas cette fois. La culpabilité de sa mère arrivait trop tard.

— Je m'en vais, annonça-t-il, la main sur la poignée de la porte. Je n'ai plus rien à faire ici. À partir de demain, je ne garderai plus aucun secret pour personne. Je vous laisse la soirée pour prévenir les autres de l'existence de Lincoln. Sinon, c'est moi qui le ferai.

Il dévala l'escalier jusqu'au rez-de-chaussée et arracha sa veste de la penderie avec tant de force que le cintre vola à l'autre bout de la pièce.

— Ça va, petit frère ? lui demanda Gabe en descendant l'escalier à son tour.

— Ça va. Et toi ?

— Pas du tout, répondit son frère, plus honnête que lui. Je viens d'apprendre que mon père a trompé ma mère, que tu étais au courant depuis tout ce temps sans rien me dire, et j'ai un demi-frère que je n'ai jamais vu. Je ne vois pas comment ça pourrait aller bien.

Cole fut soulagé de voir que Harvey les attendait déjà devant la maison.

— Je l'ai appelé avant de descendre, expliqua Gabe, répondant à son interrogation muette.

Cole se glissait à l'arrière du SUV aux vitres fumées lorsque son téléphone se mit à vibrer dans sa poche. Son cœur rata un battement, comme chaque fois qu'il recevait un appel le soir. Pourtant, il savait très bien qu'il ne pouvait s'agir de Jillian, mais les habitudes avaient du mal à disparaître. Il ne pouvait s'empêcher d'espérer.

Lorsqu'il vit que l'écran affichait le nom de sa mère, il secoua la tête et renvoya directement l'appel sur la boîte vocale.

— Finalement, je n'ai pas réussi à lui faire admettre qu'il nous avait espionnés, reprit Cole tandis que le portable de son frère se mettait à sonner à son tour.

— Je parierais plutôt sur un coup de maman. Après ce qu'elle a fait avec Jillian et Monica, cela ne me surprendrait pas, fit Gabe en tirant son téléphone de sa poche. En tout cas, je suis bien content d'en avoir fini. Je veux juste rentrer chez moi, dîner et m'endormir dans les bras de ma fiancée. La dure réalité attendra demain.

Cole secoua la tête lorsque son frère lui montra l'écran de son téléphone – sans surprise, l'appel émanait de leur mère.

— *Re-bonjour,* fit Gabe avant d'entamer une conversation animée avec Nicolette.

Ils s'exprimaient en français tous les deux, comme souvent lorsque Nicolette était bouleversée par quelque chose. Cole se désintéressa rapidement de la discussion et posa le front contre la vitre. Il n'arrivait toujours pas à croire que sa mère avait été au courant pendant tout ce temps, plus encore, qu'elle avait pardonné à son père et qu'ils avaient réussi à construire une relation solide.

Depuis combien de temps est-elle au courant ? Qu'est-ce qui a pu l'inciter à lui pardonner ?

Cole n'avait pas de réponses à ses questions. En revanche, il savait que sa mère n'avait jamais été la victime naïve de l'infidélité de son père, comme il l'avait toujours cru.

Le ton semblait monter dans la conversation entre Gabe et sa mère. Cole soupira, pensant déjà à la bouteille de whisky de premier choix qu'il allait ouvrir en rentrant chez lui.

— Tu ne t'attendais tout de même pas à ce que nous restions, pour nous mettre à table avec les autres en faisant semblant que tout allait bien ? demanda son frère.

Cole l'approuvait tout en regrettant de ne pas avoir parlé à ses frères. Ils avaient dû se demander pourquoi Gabe et lui étaient repartis aussi vite. Tout particulièrement, il aurait aimé prendre le temps d'aller embrasser Colette.

— Non, je suis d'accord avec Cole, répondit Gabe à une question de sa mère. Soit tu leur dis ce soir, soit nous nous en chargeons. Les secrets, ça suffit.

Cole approuva de la tête avant de sortir son téléphone pour chercher la photo qu'il regardait presque tous les jours. Il avait essayé de la supprimer sans parvenir à s'y résoudre. Il s'agissait d'un cliché de Jillian pendant la soirée de lancement du site Internet, souriante, magnifique dans cette robe qui était restée gravée dans sa mémoire. Où pouvait-elle bien être en ce moment ?

Avec un peu de chance, pas dans les bras de Warren, songea-t-il alors que sa main se crispait autour de l'écran.

— Je vais lui demander, fit alors Gabe en jetant un coup d'œil dans sa direction.

— Me demander quoi ?

— Papa et maman souhaitent contacter Lincoln pour demander un test ADN. Si le résultat est positif, ils s'engagent à en parler aux autres.

— Hors de question, refusa-t-il. Nous attendrons le résultat tous ensemble et en connaissance de cause. Je veux que les autres soient au courant le plus tôt possible, que ce soit par l'intermédiaire de papa ou le nôtre.

Gabe transmit le message à sa mère et mit fin à leur conversation.

— Réunion de famille demain soir à 20 heures, annonça-t-il en remettant son téléphone dans sa poche. Avec tout le monde, cette fois.

Cole se contenta d'un hochement de tête et constata que Harvey venait de se garer devant son immeuble. Il salua son frère et s'empressa de monter retrouver son chez-lui.

Même là, installé devant un bon feu avec son whisky préféré, les pensées ne cessèrent pas un instant de tourner en boucle dans son esprit. Il ne s'agissait pas seulement de ses parents. À vrai dire, Cole se repassait les images de sa dernière conversation avec Jillian.

Comment une relation qui les rendait si heureux avait-elle pu tourner à la catastrophe en l'espace d'une soirée ?

Se pouvait-il que le traumatisme causé par l'infidélité de son père, quinze ans auparavant, ait influencé son jugement sans même qu'il en ait eu conscience ?

Les bras croisés sur la poitrine, Jillian faisait les cent pas dans son nouveau studio du quartier de Meatpacking District, au sud de Manhattan. L'appartement n'avait rien de commun avec le loft où elle avait vécu avant son départ pour San Francisco. Malgré ses moyens limités, elle avait préféré chercher un logement indépendant, loin de ses parents et des murs très mal isolés de leur chambre. La situation finissait par devenir gênante dans la maison familiale.

Toc-toc.

Elle s'empressa d'ouvrir la porte aux déménageurs, reconnaissante qu'une entreprise se soit déplacée une heure à peine après son coup de fil pour transporter ses cartons depuis le garde-meubles jusque chez elle. Vivre dans une grande ville comportait parfois certains avantages.

— Je vous offre le déjeuner lorsque vous aurez terminé, annonça-t-elle en désignant le pot de chili maison et le pain de maïs qu'elle avait posés sur le comptoir.

— C'est charmant de votre part, déclara l'un des deux hommes en lui décochant un sourire appréciateur.

Jillian poussa une cale en bois sous la porte d'entrée pour faciliter les allers-retours, puis elle alla s'asseoir sur l'appui de fenêtre, laissant les déménageurs faire leur travail. Elle observait distraitement la vie du quartier au-dehors lorsque son regard fut accroché par la silhouette d'un homme à la peau foncée qui garait sa moto au pied de l'immeuble.

Elle attendit le cœur battant, et se sentit particulièrement ridicule quand l'inconnu retira son casque, révélant un visage qui n'était pas celui de Cole.

Évidemment, idiote. Il ne sait même pas où tu habites et il s'en moque. C'est fini, un point c'est tout.

Oui, cette fois, Jillian avait bel et bien perdu au jeu des sentiments. Tout s'était terminé alors même que son amour pour Cole était plus fort que jamais. S'il revenait vers elle maintenant et lui proposait le mariage, elle serait capable d'accepter sans réfléchir une seconde.

— Et dans quelques années, tu aurais un troisième ex-mari et le cœur brisé, marmonna-t-elle en posant le menton sur ses genoux repliés contre elle.

— Vous disiez, mademoiselle Rossi ? demanda le déménageur aux épaules musclées qui lui avait souri un peu plus tôt.

— *Madame* Rossi, corrigea-t-elle d'un ton amusé. J'ai deux ex-maris qui m'ont valu ce titre.

— Ils ne savent pas ce qu'ils perdent.

Le jeune homme était très séduisant et exactement son type, avec sa peau foncée, sa silhouette mince et son sourire en coin. Juste le genre d'homme avec qui passer un après-midi en bonne compagnie… S'il n'y avait pas eu Cole.

Elle offrit un signe de tête poli au déménageur, qui comprit qu'il n'y avait pas à insister et battit en retraite d'un air de regret.

Quelques minutes plus tard, le duo avait terminé son déjeuner et la laissa seule dans l'appartement. Jillian poussa un soupir de soulagement. L'espace n'était vraiment pas assez grand pour s'y tenir avec deux déménageurs sans se sentir oppressée.

Elle referma la porte et promena un regard circulaire dans le studio. Voilà à quoi ressemblerait sa vie désormais. Quatre murs, un cœur brisé et pas mal de solitude.

Une nouvelle fois.

Jillian laissa glisser ses pantoufles au sol et se lova sur le canapé, les jambes repliées sous ses cuisses. Elle attrapa son téléphone pour regarder les nombreuses photos d'elle et de Cole qui s'y trouvaient encore. Faisant défiler lentement les clichés, elle se prit à sourire, voire à éclater de rire devant ceux où ils faisaient des grimaces à la caméra.

D'autres photos moins innocentes provoquèrent une réaction tout autre en elle. Elle s'arrêta sur une superbe image de Cole sortant de la douche et son regard glissa vers le bas, irrésistiblement attiré par la partie de son corps qu'elle préférait.

Visiblement, le sexe était le seul domaine où ils arrivaient à s'entendre tous les deux, mais elle voulait plus. Elle avait *besoin* de plus.

Rejetant son téléphone contre les coussins du canapé, elle résista une énième fois à l'envie de l'appeler.

— C'est lui qui devrait m'appeler, grommela-t-elle en se dirigeant vers la cuisine pour se servir un verre de vin. C'est lui qui a eu tort, lui qui a décidé qu'on arrête de se voir.

Lui qui m'a brisé le cœur, ajouta-t-elle mentalement.

Elle prit une longue gorgée de vin rouge, tentant de chasser de son esprit les souvenirs de leur conversation la dernière fois qu'elle était allée chez lui.

Il m'a accusée de vouloir me remettre avec Warren.

Une autre gorgée, et encore une autre.

Il a dit que j'étais cruelle d'ignorer ses sentiments. Et puis, il m'a dit de partir. Comme si j'étais capable de faire quoi que ce soit de déloyal envers lui.

Elle sentit les larmes lui monter aux yeux en se

souvenant du visage fermé de Cole lorsqu'il lui avait dit qu'elle ferait mieux de le laisser tranquille. Jamais elle n'aurait dû lui ouvrir son cœur comme elle l'avait fait. Elle avait choisi d'ignorer ses bonnes résolutions, de se montrer vulnérable et d'accueillir l'amour dans son cœur.

À présent, elle en payait les conséquences.

- 11 -

Les cinq frères Cress s'étaient réunis dans le petit salon de la maison familiale. Tout le personnel avait obtenu congé pour la journée, et un silence pesant régnait dans les pièces désertes. *Le calme avant la tempête,* songea Cole.

Ses frères vaquaient chacun à son occupation sans faire attention aux autres. Phillip Junior faisait les cent pas devant la cheminée, tandis que Sean, planté devant les baies vitrées du patio, était absorbé par ses réseaux sociaux. Gabe se resservait un whisky au bar. Quant à Lucas, affalé dans l'un des fauteuils de velours gris clair, il avait l'air de répondre à ses mails.

— Quelqu'un sait pourquoi nous sommes là ? s'inquiéta soudain Phillip Junior.

Cole et Gabe échangèrent un regard qui n'échappa pas à la vigilance de Lucas.

— Si vous êtes au courant de quelque chose, ce serait gentil de nous le dire.

Sean leur adressa un regard curieux. Quant à Phillip, il semblait obsédé par la même chose que d'habitude.

— Je me demande si papa va annoncer qui sera le nouveau directeur.

Le regard de Sean fit des allers-retours entre Cole et Gabe, et il demanda à ce dernier :

— Alors, c'est ça, la nouvelle ? Tu as eu le poste ?

— Bien sûr que non. J'ai bien assez de travail entre mon restaurant et la division gastronomique, tu le sais bien.

Tous les regards se tournèrent alors vers Cole.

— Sérieusement ? fit-il avec une moue de dédain. Vous êtes tous tombés sur la tête.

— C'est vrai, répondit Phillip Junior d'un air soulagé.

Cole aurait pu jurer que son frère aîné venait de se rappeler à quel point leur père s'entendait mal avec lui.

— Content de savoir que tu te réjouis de la relation catastrophique entre papa et moi, lâcha-t-il avec mépris. Mais je te laisse tranquille pour le moment. Tu auras déjà assez à supporter ce soir.

— Cole…, fit Gabe d'un ton d'avertissement.

— À la fin, qu'est-ce que tout cela signifie ? rugit Phillip.

Il s'interrompit en entendant un bruit de pas dans le couloir. Les cinq frères se tournèrent en même temps vers la porte alors que leurs parents entraient dans le salon main dans la main. Vêtue d'un tailleur-pantalon fuchsia, les cheveux relevés en chignon, Nicolette leur sourit avec douceur. Leur père portait quant à lui un costume trois-pièces et une expression plus sévère que jamais.

À en juger par le silence total qui pesait sur le salon depuis leur entrée, on se serait plutôt cru à une veillée funéraire. Cole fixait le bout de ses chaussures en attendant le moment où ses frères apprendraient enfin la vérité.

— Votre mère et moi avons une nouvelle à vous annoncer, commença Phillip Senior sans la moindre trace d'émotion. Nous venons d'apprendre qu'à l'âge de dix-huit ans, j'avais conçu sans le savoir un enfant – un fils.

Les réactions fusèrent aussitôt.

— Pardon ? fit Lucas, l'air complètement perdu.

— Ce n'est pas possible, murmura Sean.

— Qu'est-ce que ça signifie pour Cress Inc. ? demanda Phillip Junior.

— Ça suffit ! s'exclama Nicolette au milieu du vacarme.

Le silence revint aussitôt et Phillip Senior remercia sa femme d'un baiser. Il s'avança d'un pas pour regarder tour à tour chacun de ses fils.

— Un test ADN préliminaire a été réalisé hier. Il semble révéler que ce garçon est bien mon fils. Une fois que le test officiel aura confirmé les résultats, il deviendra aussi mon héritier.

Cette fois, ses paroles furent accueillies par une spectaculaire absence de réactions. Un silence gêné avait envahi le salon. Même Cole, qui se moquait complètement de l'héritage en question, se sentait quelque peu mal à l'aise. Il n'aurait jamais cru que son père offrirait les clés du royaume à un fils qu'il n'avait jamais rencontré.

— Juste comme ça ? finit par demander Phillip Junior d'une voix cassante.

— Exactement, juste comme ça, répliqua leur père en toisant son aîné d'un regard mécontent. Il y a peut-être même encore plus droit qu'aucun d'entre vous.

— Qu'est-ce que tu veux dire par là ? demanda Gabe.

Le regard de son père se posa aussitôt sur lui.

— Vous cinq avez profité de l'empire que votre mère et moi avons créé. Votre héritage vous a aidés à parvenir là où vous êtes aujourd'hui, mais lui, il n'avait rien et il a réussi à s'en sortir par lui-même.

La voix de son père traduisait plus d'émotion qu'il ne leur en avait jamais montré, et Cole se sentit presque jaloux. Phillip n'avait pas pour habitude de leur manifester son affection.

— Je n'ai jamais laissé tomber un de mes fils, et je n'ai pas l'intention de commencer aujourd'hui. Cela vaut pour chacun d'entre vous, conclut Phillip – mais son regard était fixé sur Cole seul.

— Tu ne veux quand même pas dire qu'un inconnu sera autorisé à briguer le poste de directeur au même titre que nous ? rétorqua Phillip Junior d'un ton accusateur.

— Un inconnu ? Cet homme est ton frère, répliqua Phillip Senior d'un ton glacial, aussi bien que les autres.

— Je ne suis pas d'accord.

Mais il n'eut pas le temps de leur exposer son mécontentement : un bruit de pas en provenance du vestibule venait d'attirer leur attention. Quelques secondes plus tard, un homme pas tout à fait inconnu faisait son apparition sur le seuil.

Grand, métis comme eux cinq, son visage évoquait les photographies de Phillip Senior une vingtaine d'années auparavant. Cole le reconnut d'après la photo que leur avait montrée Bobbie. Il supposa cependant que, même sans la preuve de l'analyse ADN, les autres ne pouvaient nier l'évidence. Il était le portrait craché de leur père.

D'un geste de la main, Phillip Senior invita le nouveau venu à entrer dans le salon.

— Phillip Junior, Sean, Gabriel, Coleman et Lucas…, je vous présente Lincoln Cress, votre frère.

Jillian passa un dernier coup de chiffon sur le double plan de travail de la cuisine avant de ranger son étui à couteaux dans sa sacoche. Sa journée de travail était terminée, et elle avait hâte de rentrer chez elle pour se glisser dans un bain moussant bien chaud. Son téléphone se mit à sonner alors qu'elle terminait de boutonner son manteau. Il s'agissait d'un appel de sa mère.

— Salut, maman, lança-t-elle en rejoignant sa fidèle Cherry sur le parking devant la maison.

Le vent du nord lui gifla le visage, mais elle fut soulagée de ne pas apercevoir de neige sur la route. Elle avait du chemin à faire pour rentrer chez elle.

— Bonjour, ma chérie. Je suis au centre de rééducation avec ta grand-mère. J'ai voulu payer la facture de ses soins comme tous les mois, mais le trésorier m'a dit qu'elle avait déjà été réglée. Est-ce toi qui t'en es occupée ?

Jillian cessa de batailler avec le thermostat récalcitrant de sa voiture et fronça les sourcils.

— Non, ce n'est pas moi.

— Bon… C'est peut-être une erreur.

— Ils ne t'ont donné aucune information sur l'émetteur du chèque ?

— D'après eux, il s'agit d'un donateur qui souhaite rester anonyme.

Cole.

— Je suis sûre que c'est Cole, lança alors la voix de sa grand-mère comme si elle avait lu dans ses pensées.

Bien sûr, une somme pareille ne représentait rien pour lui. Il aurait pu s'en défaire sans aucun problème. Mais pourquoi aurait-il eu envie de payer les soins de sa grand-mère, alors même qu'ils ne se parlaient plus ?

— Si c'est bien lui, nous allons devoir le rembourser, prévint Jillian.

— Bien sûr. Mais tout de même, c'était un geste très généreux – très chevaleresque.

Jillian éclata de rire malgré elle, amusée par le choix de vocabulaire de sa mère.

— Tu devrais l'appeler pour en avoir le cœur net. Et si c'était bien lui, Jillie, remercie-le, ajouta sa grand-mère.

— Bien sûr, mamie. Je vous tiens au courant, conclut-elle en terminant l'appel.

Elle manœuvra pour sortir de sa place de parking et s'engagea sur la route, le cœur débordant de mille émotions contradictoires. Serait-elle vraiment capable de renouer le contact avec Cole ? Elle se sentait à la fois excitée à l'idée d'entendre sa voix et inquiète de sa réaction. Pourtant, si elle voulait résoudre le mystère de la facture, elle n'avait pas le choix.

Lorsqu'elle rentra chez elle, elle trouva une foule de choses à faire pour repousser le moment d'appeler Cole. Son téléphone resta posé sur le rebord du lavabo pendant qu'elle faisait couler son bain. Peut-être se sentirait-elle plus courageuse lorsqu'elle aurait pris un moment pour se détendre. Mais ce fut peine perdue : allongée parmi les bulles de savon, elle relevait la tête toutes les deux minutes pour jeter un coup d'œil à son portable, comme s'il allait prendre vie et effectuer sa mission tout seul.

Ce qui ne me plairait pas davantage puisque, au fond, j'ai envie de l'appeler.

Exaspérée par ses propres tergiversations, elle s'essuya les mains, attrapa le téléphone et fit défiler ses contacts pour trouver le numéro de Cole.

Après quelques sonneries dans le vide, elle tomba sur sa messagerie.

Je savais que c'était une mauvaise idée, songea-t-elle, les larmes aux yeux.

À peine avait-elle reposé son téléphone qu'il se mettait

à vibrer. Jillian se redressa d'un bond et sentit son cœur tambouriner dans sa poitrine en voyant le nom de Cole s'afficher à l'écran. Elle tenta de respirer à une cadence normale, plus nerveuse qu'une collégienne recevant un appel de son premier amoureux.

— Allô ? dit-elle d'une voix étranglée qui lui fit lever les yeux au ciel.

— Jillian ?

Cole avait l'air incertain, et pourtant, son nom devait s'être affiché lorsqu'elle l'avait appelé…

À moins qu'il ait effacé mon contact.

— Oui, c'est moi. Comment vas-tu ? demanda-t-elle de sa voix la plus posée.

— Je vais bien, et toi ?

— Ça va, merci.

Jillian ferma les yeux, frustrée. Leur conversation sonnait incroyablement polie et distante. On aurait pu croire qu'ils étaient de parfaits étrangers l'un pour l'autre.

— Je ne te dérange pas ? Tu es peut-être occupé par le travail ou… avec quelqu'un ?

Un long silence lui répondit, et elle s'en voulut d'avoir posé la question.

— Excuse-moi, ce ne sont pas mes…

— Non, je ne vois personne en ce moment, l'interrompit Cole. Et toi ?

— Je ne vois pas pourquoi ça t'intéresse, puisque tu m'as demandé toi-même de te laisser tranquille.

Elle regretta aussitôt d'avoir laissé parler sa tristesse.

— Je suis désolée. Je ne t'ai pas appelé pour me disputer avec toi. Seulement, ma mère m'a prévenue que quelqu'un avait payé la facture de rééducation d'Ionie, et je me demandais si c'était à toi que nous devions ce geste.

— Tu n'as pas répondu à ma question, rétorqua Cole, probablement pour éviter la sienne. Est-ce que tu vois quelqu'un en ce moment ? Et comment se porte ton meilleur ami, au fait ?

— J'imagine que tu parles de Warren, répondit-elle en sortant du bain avant de s'envelopper d'une serviette.

— Qui d'autre ? marmonna-t-il agacé.

— Tu es toujours jaloux ? interrogea-t-elle d'un ton sarcastique.

Cole émit un petit rire désabusé, mais elle ne trouvait pas son manque d'intérêt si drôle que cela.

— Tout ça n'a pas d'importance, reprit-elle. Je voudrais savoir si je peux te remercier de la part de ma grand-mère.

Cole resta silencieux, mais elle insista :

— Ma famille et moi avons l'intention de te rembourser ces frais, s'ils proviennent bien de ta poche.

— Nous ferions mieux d'en discuter face à face.

— Eh bien… D'accord, pourquoi pas, fit-elle d'une voix hésitante. Quand serais-tu libre ?

— Le plus tôt sera le mieux. Peux-tu être chez moi dans une heure ?

— D'accord. À bientôt.

Elle n'était pas plus rassurée en raccrochant. Pourquoi Cole tenait-il à régler cette simple affaire de vive voix ? Cela dit, puisqu'elle allait le voir, autant choisir une tenue qui la mettait en valeur, décida-t-elle en terminant de se sécher.

Elle enfila un pull-over noir décolleté sur les épaules, un jean assorti et des bottes à talons en cuir qui remontaient jusqu'à mi-cuisse et lui apportaient toujours une bonne dose de confiance en elle supplémentaire. Elle prit ensuite le temps de soigner son maquillage et sa coiffure avant de terminer sa tenue par des créoles en or, des gants et un long manteau d'hiver couleur sable bordé de fausse fourrure.

Pour rien au monde elle n'aurait voulu ressembler à ce qu'elle était vraiment : une femme solitaire au cœur brisé par la rupture qu'elle venait de traverser.

Sur le trajet jusqu'à l'appartement de Cole, elle s'arma de courage, consciente que son charme ne lui rendrait pas les retrouvailles faciles. Elle croyait avoir atteint un état de flegme imperturbable jusqu'à ce qu'il lui ouvre la porte.

Dieu, qu'elle s'était trompée. Son cœur battait tellement fort que tout le quartier devait l'entendre.

— Entre, Jillian, lui dit-il en s'effaçant pour lui laisser le passage.

Elle lui sourit en passant devant lui, espérant qu'elle n'avait pas l'air trop ridicule. La senteur fraîche de son parfum emplissait le hall d'entrée. Elle se mordit la lèvre, tentant désespérément de contrôler la chaleur qui l'envahissait. Cole effleura ses épaules en lui retirant son manteau et elle sursauta brusquement.

Du calme, Jillie. Tu maîtrises la situation.

À la vérité, elle ne maîtrisait rien du tout, et les choses ne s'arrangèrent pas lorsqu'ils entrèrent dans le salon. Un bon feu ronflait dans l'âtre. Les lumières du plafonnier avaient été tamisées et quelques bougies étaient disposées autour de la pièce, sans compter Cole qui se tenait dangereusement près d'elle, plus beau que jamais.

— J'espère que tu as faim, lui dit-il en se dirigeant vers la cuisine. J'ai préparé un petit dîner.

Surprise, elle l'y suivit et fit un commentaire sur la bonne odeur qui s'échappait du four, mais elle se sentait curieusement déplacée dans cet appartement désormais. Et dire qu'elle avait rêvé d'y vivre un jour auprès de Cole…

— Qu'est-ce qui ne va pas ? Tu as l'air triste, demanda-t-il en enfilant des gants de cuisine.

Il se retourna et leurs regards se rencontrèrent, captifs l'un de l'autre. Jillian sentit son cœur manquer un battement. Leur connexion était toujours là, toujours aussi évidente, et elle ne trouvait pas les mots pour l'exprimer.

— Tout va bien, prétendit-elle, soulagée lorsque Cole lui tourna le dos pour sortir le plat du four.

— Aujourd'hui, j'ai rencontré mon demi-frère Lincoln pour la première fois.

Perdue dans la contemplation de ses fesses sous le tissu fin de son pantalon, Jillian mit une seconde à comprendre ce qu'il était en train de lui dire.

— Attends… Quoi ? finit-elle par demander faute de mieux.

— Lorsque mon père avait dix-huit ans, il a eu une aventure avec une femme en Angleterre, et il est parti sans savoir qu'elle était enceinte. Il a donc eu un premier fils avant nous. Toute la famille l'a rencontré aujourd'hui.

Muette de surprise, Jillian le regarda disposer le plat de poulet rôti aux petits légumes sur le comptoir.

— J'imagine que ça a été un choc. Comment te sens-tu ?

— Ça va. Il reste beaucoup de problèmes à régler, mais Lincoln a accepté de revenir passer un petit moment à New York le temps que nous comprenions ce que tout cela signifie pour mes frères et moi.

— Comment Phillip Junior a-t-il pris la nouvelle ?

— Il est atterré, comme tu t'en doutes. Il va probablement passer la nuit à se plaindre auprès de Raquel parce qu'il n'est plus l'héritier naturel de papa.

— Et Nicolette ?

— Elle maintient la façade.

Cole et elle échangèrent un regard entendu. Nicolette Cress était la reine de la dissimulation, et ils ne le savaient que trop bien tous les deux.

— J'ai compris pas mal de choses sur moi-même ces deux derniers jours, reprit Cole, notamment liées à ma relation avec mon père.

Il entreprit d'ouvrir une bouteille de vin rouge et le regard de Jillian glissa lentement le long de ses avant-bras musclés. Elle se ressaisit, lui emboîta le pas pour aller dans la salle à manger et tenta de se concentrer sur la conversation.

— Est-ce que cela vous aidera à améliorer les choses entre vous ?

— Non, mais j'ai compris que j'avais laissé mes problèmes avec lui interférer dans ma relation avec toi. Je le regrette sincèrement, Jillian.

Il s'arrêta brusquement et se retourna vers elle, si rapidement qu'elle faillit se cogner contre lui. Jillian inspira à fond, trop consciente de la proximité de son corps, de l'intensité de son regard sur elle. Elle devait reprendre le contrôle.

— Je suis venue pour parler des factures de ma grand-mère. Est-ce toi qui les as payées ?

— Oui.

— Pourquoi ?

— Parce que je t'aime, répondit-il avec une simplicité bouleversante.

Jillian se cacha le visage des deux mains et recula jusqu'au mur de la cuisine, tentant de réprimer la tension familière qui pulsait entre eux depuis le moment même où elle était entrée.

— Je ne peux pas te laisser dire ça, murmura-t-elle enfin.

— Oh que si, tu peux.

Elle frissonna et comprit, avant d'ouvrir les yeux, que Cole se tenait à nouveau devant elle.

— Je refuse de te laisser gâcher ton talent, accepter des boulots qui ne te plaisent pas pour payer les factures d'une personne adorable à laquelle je tiens moi aussi.

Il tendit la main pour lui caresser la joue et elle inspira brusquement.

— Tu sais, reprit Cole en la fixant du regard, l'infidélité de mon père m'a poursuivi toute ma vie. Elle a façonné tout ce que je croyais savoir de l'amour et de la loyauté. La seule petite amie sérieuse que j'ai eue n'en voulait qu'à mon nom de famille, ce qui ne m'a pas aidé à revenir sur mes conceptions. J'étais incapable de faire confiance à qui que ce soit à nouveau.

Cole marqua une pause et elle vit la tempête d'émotions qui faisait rage dans ses yeux bleu gris.

— Oh ! Cole, murmura-t-elle en lui prenant doucement la main.

— Je me suis toujours empêché de tomber amoureux pendant toutes ces années. Et puis, il y a deux ans, je t'ai aperçue pendant ton entretien avec ma mère. Tu as pris toute la place dans mon cœur avant même que j'en aie conscience. C'est pourquoi, lorsque tu as décidé de partir à San Francisco…

Jillian se haussa sur la pointe des pieds et posa ses lèvres sur les siennes, espérant effacer le souvenir de la douleur qu'elle lui avait causée. Cole l'entoura de ses bras et déposa un baiser sur son cou. Au second baiser, elle sentit ses jambes s'affaiblir et fut reconnaissante de pouvoir se raccrocher à lui.

— Moi aussi, j'ai un aveu à faire, murmura-t-elle. C'est à propos de Warren.

Cole se raidit, mais resta dans ses bras.

— Après notre dernière conversation, je suis allée lui parler et il m'a avoué qu'il espérait se remettre avec moi un jour. J'ai refusé le travail qu'il m'avait proposé et je lui ai dit que nous ferions mieux d'arrêter de nous voir pendant quelque temps.

— Ouf, soupira Cole. J'ai eu peur que tu me dises autre chose.

— Je n'ai eu envie d'être avec personne d'autre que toi depuis deux ans.

Il la souleva dans ses bras et fit passer ses jambes autour de sa taille, les yeux plongés dans les siens, sa bouche frôlant la sienne.

— Moi non plus, murmura-t-il contre ses lèvres.

Elle l'embrassa avidement comme pour dévorer ses mots. Cole approfondit leur baiser avec un grondement de désir, la langue caressant la sienne, pressant son dos contre le mur. Elle agrippa le devant de son pull pour l'attirer encore plus près d'elle. Son corps lui avait trop manqué pour perdre une seconde. Mais…

— Attends une minute, fit-elle en rompant leur baiser.

Cole avait l'air si déconfit qu'elle faillit éclater de rire.

— Si tu as eu cette grande révélation sur nous, pourquoi as-tu attendu que je t'appelle ?

— Je vais t'expliquer. J'ai une surprise pour toi, lui dit-il en se dirigeant vers sa chambre sans la lâcher.

Elle poussa un cri de surprise. L'espace était doucement

illuminé de bougies qui répondaient à la lumière des rayons de lune au-dehors. Le lit était couvert de pétales de rose, et, en son centre, elle reconnut l'une des cartes sur lesquelles Cole lui écrivait ses petits mots.

Abasourdie par le spectacle, elle sentit à peine qu'il l'avait remise sur ses pieds et commencé à la déshabiller.

— Comment as-tu pu organiser tout cela depuis que je t'ai appelé ? demanda-t-elle alors que son pull volait par-dessus son épaule.

— J'ai mes contacts, répliqua-t-il avant de pencher la tête vers sa poitrine.

— C'est génial, Cole… Et ça aussi, ajouta-t-elle d'une voix tremblante lorsqu'il aspira l'un de ses tétons entre ses lèvres. Mais pourquoi ai-je dû t'appeler ?

Pour toute réponse, il se pencha et défit la fermeture de ses bottes avant de les faire glisser le long de ses jambes. Son pantalon, puis son tanga en dentelle connurent bientôt le même sort. Il déposa une pluie de baisers le long de sa cuisse. Lorsqu'il arriva entre ses jambes, il lui donna un coup de langue qui la fit trembler de plaisir.

Cole recula d'un pas et commença à se déshabiller sans la quitter des yeux. Son érection pressée contre les coutures de son jean, il retira son pull, révélant les muscles parfaitement dessinés de son torse et de son ventre. Elle ne put résister à l'envie de tendre la main pour le caresser. Elle s'attaqua ensuite à la ceinture de son pantalon tout en déposant un long baiser sur son cou.

— Je peux lire mon courrier ? demanda-t-elle en désignant la petite note qui l'attendait sur le lit.

— Bien sûr.

Elle lui retira rapidement son boxer avant de l'attirer vers le lit. Les yeux rivés sur son érection, elle tendit la main pour attraper le rectangle de papier, mais elle eut la surprise de sentir un objet dessous.

Une minuscule boîte en forme de cœur.

— Oh ! souffla-t-elle.

Cole passa un bras autour de sa taille et l'attira contre lui.

— J'ai organisé tout cela après ton appel, mais en ce qui concerne… *ça*, je l'avais déjà achetée depuis quelques jours. Tu comprends maintenant que j'avais bien l'intention de te recontacter, ajouta-t-il avec un petit sourire.

Incapable d'émettre le moindre son, elle se laissa aller contre son torse et fixa le petit mot qu'elle n'osait pas ouvrir.

— Je me creusais la tête en essayant de trouver une idée originale pour faire ma demande, et puis tu m'as appelé. J'ai décidé que c'était le destin.

Des larmes de joie montèrent aux yeux de Jillian à l'idée que celui qu'elle aimait souhaitait passer le restant de ses jours avec elle. Mais son bonheur était voilé par toutes ses anciennes craintes, tous ses souvenirs des deux mariages qui n'avaient pas fonctionné. Elle ouvrit enfin la carte et la lut à haute voix, caressant les mots du bout des doigts.

— « Ma Jillian, je te désire corps et âme en permanence. Tu es mon refuge et mon bonheur. Me permets-tu de passer le reste de ma vie à tout faire pour te rendre heureuse ? »

Elle ferma les yeux et les larmes coulèrent le long de ses joues. Leur histoire avait commencé par un petit mot, et elle adorait l'idée que Cole fasse sa demande de la même manière. Elle aurait tant voulu y croire…

Mais elle avait trop peur pour y arriver.

Cole s'assit en face d'elle et ouvrit la boîte. La lumière

des bougies faisait briller doucement le diamant qui s'y trouvait, mais c'étaient les yeux de Cole qu'elle regardait.

— Jillian, prononça-t-il en prenant délicatement la bague entre ses doigts. Veux-tu…

— Attends, l'interrompit-elle en tendant la main pour recouvrir la sienne – et la bague.

Il plongea un regard plein d'inquiétude dans le sien.

— Cole, j'ai déjà été mariée et…

— Est-ce que tu m'aimes, Jillian ?

— Plus que j'ai jamais aimé qui que ce soit.

— Alors, ne me compare pas à ce que tu as déjà vécu. Tu n'es pas dans la même situation que l'ancienne Jillian. Ensemble, nous pouvons construire une relation sincère, un amour solide, une famille.

— Une famille ? répéta-t-elle dans un murmure.

Sa main se porta automatiquement à son ventre et elle s'imagina porter l'enfant de Cole – une perspective qui la fit trembler, non pas de peur, mais d'excitation.

La main de Cole rejoignit la sienne sur son ventre.

— Fille ou garçon ? demanda-t-elle.

— Fille, répondirent-ils en chœur avant d'éclater de rire.

— Il y a déjà bien assez de mâles dans la famille Cress, grommela Cole.

Les yeux de Jillian se posèrent sur la bague. Une citation de son écrivaine préférée lui revint en mémoire, et elle la prononça d'une voix hésitante.

— « Il faut avoir le courage de faire confiance à l'amour encore et encore. »

— Laissons notre passé derrière nous et faisons-nous confiance l'un à l'autre, déclara Cole en se levant du lit pour s'agenouiller devant elle. Épouse-moi, Jillian.

Avec une joie qu'elle ne pensait pas pouvoir ressentir

à nouveau un jour, elle prit sa décision. Elle ne laisserait plus ses échecs passés l'empêcher d'être heureuse.

Tremblante d'excitation, elle tendit sa main gauche à Cole et il glissa délicatement la bague à son doigt.

Il se releva pour l'embrasser avant de la pousser doucement contre les oreillers, son corps pressé contre le sien.

— Et le dîner, alors ? lui murmura-t-elle, les jambes entrelacées aux siennes.

Cole lui décocha un sourire malicieux tout en écartant ses cuisses pour se placer entre elles.

— J'ai tout ce qu'il me faut ici.

Il déposa un baiser entre ses cuisses, puis un autre, et encore un autre. Elle enfouit les doigts dans ses cheveux et s'abandonna aux caresses délicieuses de sa langue. Ses hanches se mirent à onduler doucement et Cole agrippa ses fesses avec un grognement sourd.

— Oui, mon amour, murmura-t-elle avant que toute pensée cohérente l'abandonne.

Elle se laissa aller au plaisir d'être avec celui qu'elle aimait, confiante dans l'avenir pour la première fois de sa vie. Cole et elle connaîtraient probablement des moments difficiles, mais ils seraient là l'un pour l'autre, elle en était certaine. Il ne lui restait plus qu'à en profiter…

Pour toujours, avec un peu de chance.

Épilogue

Trois mois plus tard

Jillian était la plus belle mariée que Cole eût jamais vue.

Adorable et sexy dans sa robe de tulle rose, elle valsait avec son papa. Les minuscules perles brodées sur son bustier accrochaient la lumière et elle attirait tous les regards. Cela tombait bien puisque Cole, qui dansait lui-même avec sa mère, n'avait d'yeux que pour elle.

Lorsque Harry, d'humeur facétieuse, fit basculer Jillian vers l'arrière, elle poussa un cri de surprise, puis elle éclata de rire. Elle était si radieuse que Cole sentit sa gorge se nouer d'émotion.

J'aime ma femme.

Ils s'étaient mariés civilement cet après-midi-là, avec deux témoins et sans chichis. Ils s'étaient dit que ce moment leur appartenait et ils n'avaient pas voulu d'une cérémonie grandiose.

La réception, en revanche, était glamour à souhait. Leur planificatrice de mariage avait exaucé le rêve de Jillian, comme par magie, en transformant la salle de réception d'un luxueux hôtel de Manhattan en paradis tropical. Le cadre somptueux était digne de son épouse, songea Cole. Elle le méritait et, à présent, il n'aurait pas d'autre but dans la vie que son bonheur.

— Es-tu heureux, mon chéri ?

Cole sonda le regard bleu de sa mère. Il y lut une sollicitude profonde, malgré les tentatives passées de Nicolette pour l'éloigner de Jillian. Sans doute avait-elle voulu, bien maladroitement, lui faciliter la vie et lui épargner un chagrin d'amour. La douleur qu'elle avait elle-même connue en découvrant que son mari avait une liaison…

— Je ne pourrais pas être plus heureux. J'ai trouvé la femme idéale.

Il gratifia sa mère du sourire charmeur qu'il utilisait souvent, plus jeune, afin d'obtenir une seconde part de gâteau. Elle cligna des paupières pour refouler les larmes qui lui embuaient le regard.

— C'est parfait, alors, répondit-elle d'une voix douce.

Un autre de ses fils avait épousé une femme qu'elle n'avait pas choisie. Elle se résignait à l'accepter !

— Pourquoi lui as-tu pardonné ? demanda-t-il.

Il la sentit se raidir dans ses bras. Elle baissa la tête, puis la releva en soupirant.

— L'ego d'un homme est fragile, Cole. Il n'est pas évident d'accepter que sa femme gagne le prix James Beard trois fois de suite, quand on est soi-même nominé. Il n'en faut pas plus pour déstabiliser un mariage.

La douleur était là, toujours présente en elle. Il se pencha et l'embrassa sur la joue.

— Alors c'était un imbécile immature.

Comme il l'espérait, ce commentaire lui arracha un sourire.

— Je suis d'accord avec toi, chéri.

La danse des parents se termina sous les applaudissements des invités. Cole se rapprocha aussitôt de Jillian, puis il l'enlaça et la serra contre lui, alors que s'élevaient les premières notes d'*All of me* de John Legend.

— Je suis impatient de partir en voyage de noces. Je rêve de t'avoir pour moi tout seul…

— Oh ! oui ! Une semaine en Grèce rien qu'à deux, ça va être le paradis, chuchota-t-elle, les yeux brillants.

Il la fit tournoyer, la rattrapa et l'attira sur son épaule.

— J'ai l'impression que le *food truck* ne va pas te manquer.

— Sans vouloir te vexer… non !

Il se mit à rire.

Jillian avait quitté son poste de chef privé d'un magnat du cinéma pour gérer le *food truck* durant la semaine, pendant que Cole travaillait à Cress Inc. Ils s'en occupaient tous les deux le week-end, alliant leur amour de la cuisine au plaisir d'être ensemble.

— Écoute, ma petite femme…

— Oui, monsieur mon mari ?

— Il ne faudra pas t'inquiéter si, un jour, tu deviens plus célèbre ou plus reconnue que moi. Non seulement je ne serai pas vexé mais, au contraire, je m'en réjouirai. Dans un couple, c'est gagnant-gagnant.

Jamais il ne reproduirait les erreurs de son père. Il se l'était promis.

— Ça marchera dans l'autre sens, assura Jillian. On s'est mariés pour tout partager.

— Entièrement d'accord avec toi, mon amour.

Il lui donna un baiser plein de passion sous les applaudissements chaleureux des invités. Pour l'instant, il devait respecter la bienséance. Dès qu'ils seraient seuls…

— Moi aussi, j'ai hâte, chuchota Jillian. Mais dis-toi qu'on a toute la vie devant nous.

ALLISON LEIGH

Le retour d'un Fortune

Traduction française de
CAROLE PAUWELS

PASSIONS

HARLEQUIN

Titre original :
FORTUNE'S HOMECOMING

- 1 -

— Mince, alors ! C'est vraiment lui, tu crois ?

— Oh ! mon Dieu ! Mais oui ! C'est Grayson ! Je l'ai vu aux informations à midi. Il est plus grand que je ne le pensais.

Habitué à ignorer les chuchotements sur son passage, Grayson Fortune ne se donna pas la peine de regarder d'où venaient ces remarques qui l'accueillirent à la seconde où il entra dans l'agence immobilière Austin Elite. Il est vrai que ce n'était pas très malin de se précipiter ici juste après la conférence de presse qu'il venait de donner. Seulement, retourner à l'hôtel pour se changer lui aurait fait prendre encore davantage de retard.

Et il détestait ne pas être à l'heure à un rendez-vous. Cela remontait à ses débuts dans le milieu du rodéo, quand il courait d'une compétition à une autre et que le moindre retard pouvait lui coûter un engagement. Des kilomètres pour rien. Pire encore : de l'argent perdu.

Ôtant son stetson noir que commercialisait sa société de produits dérivés, Grayson Gear, il se dirigea à grandes enjambées vers le comptoir de l'accueil et adressa à l'élégante réceptionniste ce sourire éblouissant qui faisait se pâmer toutes les femmes devant lui.

Elle avait à peu près l'âge de sa mère et, si elle le

reconnut quand elle releva la tête avec un courtois sourire professionnel, rien dans son expression ne l'indiqua.

— Soyez le bienvenu chez Austin Elite, monsieur. En quoi puis-je vous aider ?

Il entendit un petit rire étouffé qui aurait pu être inaudible si la vaste pièce avait comporté de véritables murs au lieu de cloisons en plexiglas.

— Moi, je sais comment j'aimerais l'aider, murmura une femme.

— Tu crois qu'il est aussi doué au lit que sur une selle ? demanda une autre.

Grayson fit un effort pour se concentrer sur la réceptionniste.

Il avait demandé à sa mère de lui trouver un véritable agent immobilier, et celle-ci lui avait organisé le rendez-vous. Si cela n'avait pas été le cas, il aurait immédiatement tourné les talons et se serait adressé ailleurs. Il avait l'habitude d'attirer l'attention du public. Pour autant, ce n'était jamais une partie de plaisir.

— J'ai rendez-vous avec Billy Pemberton, répondit-il. Désolé pour le retard.

La réceptionniste consulta son ordinateur.

— Ah. Vous voici. M. Smith.

Elle pressa une touche de l'Interphone.

— Votre client est arrivé.

Elle leva à nouveau les yeux vers lui, tout sourires, et ajouta :

— Voulez-vous boire quelque chose en attendant ?

— De l'eau, s'il vous plaît.

— Avec plaisir. Mettez-vous à l'aise, suggéra-t-elle en désignant de futuristes fauteuils blancs en forme d'œufs, qui encadraient un énorme globe terrestre posé à même le sol.

Deux des fauteuils étaient occupés, et il choisit le plus isolé, répondant par un bref signe de tête aux regards en coin que lui lançaient leurs occupants.

Était-ce parce qu'ils l'avaient reconnu ou parce qu'ils s'inquiétaient des grincements suspects du fauteuil dont le piètement central oscilla sous son poids quand il s'installa ?

Pour le moment, le confort était le cadet de ses soucis. Tout ce qu'il souhaitait, c'était ne pas se retrouver par terre.

Il espérait aussi que l'agent avec lequel il avait rendez-vous ne le ferait pas attendre trop longtemps. Mais, compte tenu de son propre retard, il serait malvenu de se plaindre si le type lui rendait la monnaie de sa pièce.

La réceptionniste revint avec un grand verre d'eau agrémenté de quelques tranches de concombre et d'une pique en bambou garnie de rondelles de citron artistement torsadées.

C'était quelque peu excessif, mais cela partait sans doute d'un bon sentiment.

Si l'on aimait le concombre et le citron, ce qui n'était pas son cas.

— C'est très aimable à vous, dit-il, en prenant le verre. Merci.

— Je vous en prie. Ah. Voici votre agent.

Il aurait bien aimé que le globe soit une table basse, afin de pouvoir y poser son verre. Au lieu de quoi, il se leva et se tourna dans la direction que lui indiquait la réceptionniste.

La personne avec qui il avait rendez-vous approchait, un grand sourire aux lèvres.

— Monsieur Smith, pardon de vous avoir fait attendre.

Ce n'était pas *un* Billy, mais *une* Billie.

Et quelle Billie ! De ses cheveux chatoyants à la pointe rutilante de ses escarpins, chaque centimètre de sa personne était époustouflant.

Jonglant avec son verre et son chapeau, Grayson tendit la main, anticipant le contact de la paume de la jeune femme contre la sienne, et ressentit comme une petite décharge électrique.

— Ma jolie, si quelqu'un a fait attendre l'autre, c'est bien moi, rétorqua-t-il, avec un sourire charmeur, tout en accentuant son intonation naturellement traînante.

Elle rougit légèrement et retira sa main.

— Mais pas du tout, voyons. Je suis Billie Pemberton.

Il se demanda si sa mère avait choisi cette ravissante jeune femme délibérément. Compte tenu du fait qu'elle ne cessait de déplorer son célibat, ce n'était pas impossible.

— Allons dans mon bureau, voulez-vous ? proposa Billie Pemberton.

Elle avait de longs cheveux brun foncé. Elle en repoussa une mèche derrière son oreille, qu'ornaient deux brillants et une multitude de petits anneaux.

— Monsieur Smith ? Si vous voulez bien me suivre.

Il finit par comprendre qu'il la fixait avec un peu trop d'insistance.

— Ah. Oui, marmonna-t-il. Allons-y.

Elle sourit à nouveau, d'un air timide, et le fit penser à une adolescente à peine sortie du lycée.

Dommage.

Il aimait les femmes, leur façon de penser, leur sourire, leur odeur. Mais il se méfiait des très jeunes femmes, surtout celles qui rêvaient d'une maison à la campagne remplie d'enfants.

Tant pis pour ce que sa mère avait en tête quand elle avait manigancé cela – s'il s'agissait vraiment d'une manigance – car cette Mlle Pemberton et lui n'étaient pas du tout sur la même longueur d'onde.

Malgré cela, il se dit qu'aucune loi ne lui interdisait d'apprécier la façon dont sa courte jupe blanche moulait ses hanches rondes et dévoilait une partie de ses cuisses tandis qu'elle marchait devant lui.

— Il a l'air plus vieux que je ne le pensais…

Les murmures reprirent tandis qu'ils se dirigeaient vers un couloir aux murs recouverts de miroirs.

Mais peut-être ne s'étaient-ils jamais interrompus. Il avait cessé d'y prêter attention quand Billie lui avait souri. Tout avait disparu : les commentaires sur son passage, les courbatures et les douleurs résultant de sa dernière compétition à Silver City, où il n'avait gagné qu'une côte cassée et une belle blessure d'amour-propre.

Billie le fit entrer dans une pièce, s'installa derrière son bureau et rapprocha son fauteuil à roulettes en s'aidant des talons démesurés de ses escarpins jaune fluo.

— Asseyez-vous, je vous en prie, dit-elle.

Grayson déposa son chapeau sur l'une des chaises et s'assit sur l'autre. La structure en acier en forme de S, les sangles en acrylique composant l'assise et le dosseret ne lui disaient rien qui vaille. L'ensemble se révéla toutefois plus stable que les fauteuils de l'accueil.

— Vous permettez ? demanda-t-il, en levant légèrement son verre d'eau.

Sur le plateau en plexiglas du bureau, il n'y avait rien d'autre qu'un ordinateur portable.

— Je vous en prie.

Tandis qu'il posait son verre, la jeune femme tendit le bras pour rapprocher son ordinateur et, dans l'emmanchure largement échancrée de son débardeur en soie noire, il aperçut un fragment de la dentelle, noire elle aussi, de son soutien-gorge.

Il eut soudain la gorge assez sèche pour être tenté de boire la mixture aromatisée au concombre d'un trait.

— J'ai cru comprendre que vous cherchiez une maison, dit-elle, en plantant son regard dans le sien.

Incapable de retrouver sa voix, il se contenta de hocher la tête en marmonnant vaguement quelque chose qui ressemblait à un « en effet ».

Un silence passa et, après quelques hésitations, il décida d'en avoir le cœur net.

— Je peux vous poser une question personnelle, mademoiselle Pemberton ?

— Ça dépend, répondit-elle, un peu méfiante. Répondrez-vous aux miennes ?

Il ouvrit en grand les mains, de l'air de celui qui n'a rien à cacher.

— Je suis un livre ouvert, assura-t-il.

— J'en doute. Quelle est votre question ?

— Quel âge avez-vous ?

Heureusement pour lui, elle ne parut pas s'en offenser.

— Vingt-quatre ans. J'ai un diplôme universitaire et possède ma carte professionnelle depuis plusieurs années. Je vous assure que je suis parfaitement qualifiée pour représenter vos intérêts et…

Il leva la main pour l'interrompre, persuadé que sa mère ne l'aurait jamais adressé à quelqu'un d'incompétent.

— Je n'ai pas l'intention de m'adresser ailleurs, mademoiselle. Je désirais simplement poser la question.

Au moins, ce n'était pas une débutante. Elle était quand même trop jeune pour lui.

— Et vous ? Quel âge avez-vous ? s'enquit-elle.

Il ne put s'empêcher de sourire.

— Trente-sept ans, et j'en ressens chaque minute, ma belle.

Conservant une expression neutre, Billie se redressa devant son ordinateur.

— Bien. Avez-vous déjà une maison ?

— Non.

— Devez-vous consulter quelqu'un d'autre pour faire votre choix ?

— Qui, par exemple ? Une épouse ?

— Ou une fiancée, votre psy, une voyante…

Il se mit à rire.

— Rien de tout cela. Je suis seul à prendre mes décisions.

— Avez-vous déjà un courtier pour le financement ? Au besoin, je peux vous fournir une liste de personnes de confiance.

Dans le couloir, une parade d'employés circulait, jetant des coups d'œil dans leur direction.

— Inutile, répondit-il. C'est un achat comptant.

L'absence de réaction de Billie lui apprit qu'elle était habituée à entendre ce genre de réponse.

— Ce sera donc très facile, fit-elle remarquer. Avez-vous une préférence pour une zone d'Austin plutôt qu'une autre ?

— En fait, j'ai une connaissance assez limitée de la ville. Je ne suis pas d'ici.

— Vous déménagez pour des raisons professionnelles ?

— En partie.

— Et d'où venez-vous ?

— D'un peu partout.

C'était assez proche de la vérité. Si l'entreprise Grayson Gear avait établi son siège à Austin depuis sa création, il habitait quant à lui à Paseo, une toute petite ville du Texas que peu de gens parvenaient à localiser sur une carte. Cependant, depuis que l'identité de son père biologique avait été révélée, les journalistes et ses groupies le traquaient sans relâche, risquant de détruire cette paix si durement gagnée.

Billie ne parut pas se formaliser de l'absence de précision de sa réponse.

— Avez-vous déjà visité quelques maisons ?

— Non.

Il croisa les jambes, posant sa botte droite sur son genou gauche. C'étaient des Castleton, ce qui se faisait de mieux en matière de bottes sur mesure. La directrice de Grayson Gear, Jessica Monroe, se démenait pour créer une collection de bottes en partenariat avec Castleton, mais les dirigeants de cette vieille entreprise familiale peinaient à se laisser convaincre.

— Avez-vous pris contact avec d'autres agences ?

Le regard de Grayson se posa sur les hanches de Billie. Le fauteuil noir faisait paraître sa jupe blanche encore plus blanche. L'ourlet, remonté haut sur ses cuisses, révélait une peau soyeuse et dorée comme celle d'un abricot.

— Non, ma belle. Vous êtes ma première, déclara-t-il d'un ton charmeur.

La voyant rougir et s'humecter les lèvres, il ne put

retenir un petit sourire. Les femmes rougissaient souvent en sa compagnie, mais pas de façon aussi charmante.

Quoi qu'il en soit, elle resta concentrée sur sa tâche.

— Et si vous me disiez ce que vous recherchez. Votre maison pour toujours, ou quelque chose de plus provisoire ?

Avant que Gerald Robinson, son père biologique, se manifeste, Grayson était persuadé d'avoir trouvé son port d'attache à Paseo.

— Pour toujours, répondit-il.

Le sourire de Billie s'élargit, comme si cette réponse lui plaisait.

— Combien de mètres carrés ? Nombre de chambres ? Taille du terrain ?

— La seule chambre qui m'intéresse, c'est la mienne.

Il avait cependant besoin de plus de chambres si ses frères venaient lui rendre visite. Jayden et Ariana n'avaient pas encore d'enfant, mais cela ne devrait pas tarder. Nathan et Bianca avaient un petit garçon, E.J. Et il fallait aussi compter avec sa mère qui n'exigerait pas moins qu'une maison d'amis pour elle toute seule. Ce serait par ailleurs le meilleur moyen de la tenir éloignée de ce maudit Robinson.

— Je crois que six chambres devraient suffire, reprit-il. Et une maison d'amis serait un plus.

Il s'efforça de bannir Gerald Robinson de ses pensées. La compagnie de Billie lui plaisait trop pour qu'il gâche ce bon moment en songeant à ce type.

— J'ai également besoin d'herbages pour mes chevaux, et de bâtiments agricoles, précisa-t-il.

— Un terrain nu où vous pourriez construire des annexes ne vous intéresserait pas ?

— Je n'ai pas le temps. Je voudrais pouvoir m'installer avant la fin de l'été.

Elle hocha la tête. Ce délai, somme toute assez court, ne sembla pas l'affoler. Un bon point pour elle.

— Avez-vous besoin d'équipements spécifiques dans la maison ? s'enquit-elle.

— C'est-à-dire ?

Il vit la blonde pulpeuse qui était déjà passée deux fois dans le couloir faire un troisième passage. Faisant preuve de plus d'audace cette fois, elle lui adressa un sourire qu'il s'empressa de lui rendre. S'arrêtant net, visiblement sous le charme, elle ne tarda pas à détaler d'un air affairé quand un homme âgé à la mine sévère arriva en sens inverse.

Comme si elle n'avait rien remarqué, Billie continua d'un ton professionnel :

— Souhaitez-vous une cave à vins, une cheminée, une piscine ?

— Je suis plus bière que vin. Je n'ai pas d'exigences particulières. Je veux juste un endroit où poser mon sac de couchage.

Elle haussa un sourcil et lui jeta un regard surpris.

— Votre sac de couchage ?

— Façon de parler.

En fait, il avait toujours un sac de couchage dans son camion quand il voyageait d'un rodéo à un autre. Aujourd'hui, il avait les moyens de dormir à l'hôtel, mais parfois c'était plus simple de dormir avec les chevaux dans la remorque, ou à la belle étoile.

— Je suis souvent sur la route, expliqua-t-il. J'ai besoin d'un endroit où me poser. Et pas trop près de la ville.

Il ne pourrait jamais recréer à l'identique le ranch de Paseo, mais il s'efforcerait de s'en approcher.

— J'aime l'espace et la tranquillité, précisa-t-il. Et pour la maison, ce serait bien d'avoir une cheminée. Et la climatisation est essentielle.

— Votre budget ?

En avait-il un ?

Aujourd'hui, l'entreprise dégageait des revenus considérables, et Grayson aurait pu arrêter les rodéos. Seulement il avait ça dans le sang et il avait l'intention de continuer tant qu'il en serait capable, même si, dans le milieu, on commençait à le considérer comme un vieux.

Billie le regardait avec insistance. Sa mèche de cheveux était retombée sur son visage, et elle la glissa à nouveau derrière son oreille.

Il sentit sa bouche redevenir sèche.

— Quand j'aurai trouvé la bonne maison, aucun prix ne sera trop élevé, répondit-il.

— Bien.

— J'imagine que vous savez qui je suis.

— Ce serait difficile de ne pas le savoir. On a parlé plusieurs fois de vous aux informations, cette semaine. Et il y a des panneaux publicitaires « Grayson Gear » partout en ville.

Elle eut un sourire narquois et ajouta :

— Malgré le comportement de mes collègues, vous n'êtes pas la première célébrité qui choisit de travailler avec Austin Elite. Tout ce qui m'importe, c'est de trouver la propriété idéale pour vous, monsieur Smith.

— En fait, mon nom n'est pas « Smith », mais « Fortune ».

Elle ne parut pas plus étonnée que cela, et il regretta

presque d'avoir parlé. « Smith » était simplement son pseudonyme dans le milieu du rodéo, et son véritable patronyme n'évoquait visiblement rien à Billie. Pourtant, le nom de Fortune avait défrayé la chronique quand on avait appris que Gerald Robinson, multimillionnaire et véritable icône d'Austin, n'était autre que Jerome Fortune, un richissime héritier qu'on croyait mort depuis des années.

— Cela vous ennuie si je rapproche ma chaise pour mieux voir ? demanda-t-il.

— Je vous en prie.

Elle fit rouler son fauteuil pour se décaler, afin qu'il puisse se placer à côté d'elle.

— Je dois vous remercier de m'avoir réclamée spécifiquement, monsieur Fortune.

C'était sa mère qui l'avait choisie, mais il ne voyait pas l'intérêt de rectifier.

— Juste « Grayson », précisa-t-il.

Il avait choisi pour pseudonyme un nom banal, trouvant que « Fortune » faisait un peu prétentieux et pouvait prêter à des jeux de mots malvenus. Il ne s'imaginait pas alors qu'il deviendrait aussi célèbre, et que le public ne le désignerait plus que par son prénom. Cependant, depuis que sa mère lui avait révélé que son patronyme était tout simplement celui du père de ses triplés, il se réjouissait chaque jour de ne pas le porter.

Il s'efforça de penser à autre chose ; évoquer son père biologique était le plus sûr moyen de le mettre de mauvaise humeur.

Et Billie, qu'elle soit ou non trop jeune pour lui, était d'une compagnie trop agréable pour qu'il perde son temps et sa jovialité à penser au sale type qui les avait conçus, lui et ses deux frères.

Il déplaça sa chaise le plus près possible de la charmante jeune femme avec qui il allait passer du temps, dans les prochains jours.

— Bien, ma jolie. Montrez-moi ce que vous avez.

- 2 -

Trente minutes plus tard, Billie regarda Grayson franchir la porte de l'agence et, retenant toujours son souffle, se tourna vers Amber Gardner, la réceptionniste.

Cette dernière s'éventait des deux mains.

— Cet homme est capable de donner des vapeurs même à une vieille femme comme moi ! s'exclama-t-elle. Et c'est vous qui avez la chance de travailler avec lui !

Ponctuant sa phrase d'un clin d'œil, elle ajouta :

— Vous savez qu'il n'est pas marié ?

Depuis qu'elle avait compris que son client n'était autre que Grayson, célèbre cavalier de rodéo et richissime entrepreneur commercialisant presque tout, de la bière jusqu'à l'équipement des cavaliers et des chevaux, Billie n'avait cessé de prendre sur elle. À présent, elle avait le plus grand mal à réprimer un tremblement nerveux.

— C'est un client comme les autres, Amber. Ni plus ni moins important. Son statut marital ne nous regarde pas.

Bien sûr !

C'était sûrement pour cela qu'elle avait failli trébucher sur ses escarpins vertigineux quand, venant à la rencontre de son client, elle avait reconnu Grayson.

— Et puis vous connaissez le règlement, ajouta-t-elle. Pas de romance avec les clients.

C'était la sacro-sainte consigne donnée par leur patron, Forest Allen, après qu'il eut vu trop de contrats tourner court pour cette raison.

— Si cela vous amuse de suivre le règlement, mon chou…, murmura Amber. Mais sachez que certaines filles ne verraient pas d'inconvénient à perdre leur travail pour un homme comme Grayson.

Levant les yeux au ciel tandis qu'Amber souriait d'un air entendu, Billie regagna le bureau qu'on lui avait assigné trois semaines auparavant, quand elle avait été engagée chez Austin Elite.

Là, elle remit à sa place le siège utilisé par Grayson, et se laissa tomber dans son fauteuil.

Soudain vidée de ses forces, elle s'autorisa à croiser les bras sur son bureau et à y poser la tête, sans se soucier d'être vue.

De ses cheveux blond doré légèrement ondulés à la pointe de ses bottes faites sur mesure, Grayson était un concentré de beauté et de sex-appeal.

Le cœur de Billie battait à tout rompre, et elle avait chaud. Très chaud. À coup sûr, son visage était écarlate.

Il fallait absolument qu'elle se ressaisisse avant leur rendez-vous de demain.

— Alors, Belinda ? Comment ça s'est passé avec le roi du rodéo ?

Elle se redressa et adressa à son employeur un sourire confiant, certaine que Forest Allen avait ignoré tout comme elle l'identité de son client potentiel avant que celui-ci se présente.

— Parfaitement bien, monsieur Allen. J'ai programmé six visites pour demain.

Il hocha la tête, visiblement satisfait.

— Bien. Faites en sorte de conclure rapidement, Belinda. Il faut à tout prix éviter une autre situation à la Dickinson.

Billie se retint de lever les yeux au ciel.

Rhonda Dickinson, dont la famille avait fait fortune dans le pétrole, avait été une cliente cauchemardesque. Se retirant à la dernière minute de trois ventes parce que la maison ne lui convenait finalement plus, elle avait fini par s'adresser à la concurrence. Aux dernières nouvelles, elle n'avait toujours signé avec personne.

— Certainement, monsieur, répondit-elle le plus poliment possible.

Mais ce rappel à la capricieuse Rhonda l'avait agacée. Son espoir, en quittant Houston pour revenir à Austin, où elle était née, était de laisser cette pitoyable affaire Dickinson derrière elle, et elle n'avait pas envie qu'on la lui ressorte à la moindre occasion.

Cependant, elle n'était là que depuis quelques semaines, et la confiance prenait du temps. D'ailleurs, elle s'étonnait encore d'avoir été engagée. Austin Elite était la plus prestigieuse agence de la ville et, même dans ses rêves les plus fous, elle n'aurait jamais espéré y travailler.

— N'attendez pas la réunion hebdomadaire pour me tenir au courant, dit Forest.

— C'est promis.

Elle attendit qu'il soit entré dans son propre bureau avant de recommencer à respirer normalement.

La sonnerie de son téléphone retentit, et elle décrocha aussitôt.

— Tu vas à la fête d'anniversaire de Selena ?

Comme à son habitude, son cousin Max allait droit

au but. Leurs mères étaient sœurs, et ils avaient pour ainsi dire grandi ensemble.

— Étant donné que ça se passe chez maman, je n'ai pas trop le choix, expliqua-t-elle. Et toi ?

Il rit.

— J'aimerais bien me défiler, mais maman me passerait un sacré savon ! Dommage que je n'aie pas de compétition ce jour-là. À part ça, ce nouveau job, ça se passe bien ?

— Oh ! tu sais, il faut encore que je trouve mes marques.

Elle préférait rester évasive pour plusieurs raisons. Étoile montante du rodéo, son cousin avait récemment battu Grayson à Silver City. Mais, au-delà de ça, il y avait entre les deux hommes un certain passif, et il était préférable que Max ignore l'identité du nouveau client de Billie. Autrement il risquerait de voir cela comme une trahison.

— Combien de rodéos as-tu prévus cette année ? demanda-t-elle, désireuse de faire dévier la conversation vers lui.

— Sept. À condition que mon camion et mon équipement tiennent le coup. En attendant que la saison commence, j'ai trouvé un engagement à Cow-boy Country. Passe me voir un de ces jours.

Cow-boy Country était un parc d'attractions sur le thème western, situé à Horseback Hollow, où leurs mères avaient grandi. Il fallait compter au moins six heures de route pour s'y rendre.

— Ça dépendra du travail, répondit-elle.

— Tout dépend toujours de ton travail. Tu vas devenir

vieille et ennuyeuse, Bill. Tu dois sortir et t'amuser. Et par amusement, j'entends relations sexuelles.

— Et toi ? On peut savoir à quand remonte la dernière fois où tu t'es *amusé* ?

Il ricana.

— C'était la semaine dernière, avec une fille rencontrée au Twine.

— Apparemment, tu n'as plus le cœur brisé à cause de Bethany.

Bethany Belmont était une cavalière de rodéo, que Grayson avait prétendument « volée » à Max en mars dernier. Depuis, ce dernier s'était juré de détrôner le champion.

— Avoir le cœur brisé n'a rien à voir avec le sexe, rétorqua-t-il.

Billie leva les yeux au ciel. Elle avait vraiment du mal à croire que Bethany soit la femme de sa vie, ainsi que l'affirmait son cousin, étant donné qu'il tombait amoureux plus souvent qu'elle ne s'achetait une nouvelle paire de bottes !

— Qui aurait cru que, de nous deux, ce serait toi le grand romantique, fit-elle remarquer d'un ton moqueur.

— Oui, eh bien, tu devrais essayer, de temps en temps. Au moins, sors et bois un peu. Danse. Tu ne sais pas où ça peut te mener.

Elle soupira.

— Max, tu sais ce que je pense de tout ça…

Elle ne refusait pas de croire à l'amour. Non. Ses parents étaient inséparables depuis leur coup de foudre, au lycée. Seulement elle ne voulait pas sacrifier ses ambitions pour ça. Elle voulait son appartement de standing, dont elle pouvait à peine payer le loyer. Elle voulait ses jolis vêtements et son métier qu'elle adorait et, un jour, un compte en banque qui lui permettrait davantage que le minimum quotidien requis. Jusqu'à présent, les relations romantiques qu'elle avait pu vivre s'étaient révélées terriblement fades, en comparaison de cet idéal.

— Écoute, Max, j'ai des choses à faire. N'oublie pas d'apporter un cadeau approprié à Selena. Une bouteille de scotch ne conviendra pas, pour une adolescente de treize ans.

— Tu n'as aucune confiance en moi, cousine. La dernière fois que j'ai fait ça, c'était pour les dix-huit ans d'Audie.

— Il n'empêche que ce n'était pas très malin.

Elle raccrocha et reporta son attention sur la sélection de biens qu'elle avait préparés pour Grayson. Il fallait que tout soit parfait pour leur rendez-vous de demain matin.

Lorsque le téléphone sonna à nouveau quelques secondes plus tard, elle décrocha d'un geste impatient.

— Si tu rappelles pour me demander d'acheter un cadeau à Selena à ta place, la réponse est toujours non !

Un rire féminin lui répondit.

— En fait, j'appelais pour savoir si tu serais à Houston ce vendredi.

— Ça alors, mais on dirait la future Mme Zach McCarter ! À moins que, après avoir enduré le mariage de Schuyler le mois dernier, Zach et toi ayez décidé d'annuler ?

Le rire de Maddie Fortunado résonna à nouveau à son oreille.

— Le mariage aura bien lieu, ma chérie. Donc ne t'imagine pas que tu vas pouvoir te défiler. Je te promets que ce ne sera pas aussi grandiose que le mariage de ma sœur. Dis-moi, seras-tu là, vendredi ? Nous voulons essayer un nouveau restaurant, et ce serait sympa si tu pouvais te joindre au gang.

Maddie était la directrice de Fortunado Real Estate, à Houston, où Billie avait fait ses débuts. La jeune femme lui avait aussi permis de rejoindre le « gang », un groupe de jeunes professionnels de l'immobilier qui se réunissaient régulièrement pour parler affaires et créer des liens.

— J'espère pouvoir venir, répondit-elle. J'ai encore des choses à récupérer dans mon ancien appartement.

— Tu aurais dû prendre un déménageur.

Encore faudrait-il qu'elle en ait les moyens !

— De toute façon, j'assiste toujours les Montenegro pour l'achat de leur nouvelle maison à Houston, précisa-t-elle. Donc il faut que je continue à faire des allers et retours.

— Ah oui, tes anciens voisins pour lesquels tu as renoncé à ta commission.

— Étant donné qu'ils gardent certaines de mes affaires dans leur garage, c'était le moins que je pouvais faire.

— En parlant d'affaires, comment ça se passe, à Austin Elite ? Tu es contente ? Tu as vendu beaucoup de maisons ?

Immédiatement, Billie revit Grayson, assis à côté d'elle, si près…

— Je n'ai pas encore réalisé de ventes, mais un nouveau client m'a réclamée spécifiquement, ce matin, expliqua-t-elle, s'efforçant de garder un ton neutre.

— C'est formidable, Billie ! Je savais qu'il ne te faudrait pas longtemps pour te mettre dans la course !

Quand on est un bon agent, ça se sait. Et ce client, c'est du gros gibier ou pas ?

— Énorme.

— Il est célibataire ?

— Maddie ! Je ne sais pas qui est le pire : mon cousin, qui ne pense qu'au sexe, ou toi qui n'as que la romance en tête.

— Je te ferais remarquer que ces deux éléments peuvent très bien fonctionner ensemble. Et je prends ton absence de réponse pour un oui. Comment est-il ? Je veux tout savoir.

Billie n'avait aucun mal à imaginer la réaction de son amie si elle avait su qui était son client.

— Il n'y a rien à dire, répondit-elle.

D'autant plus que Forest passait devant son bureau en lui lançant un regard suspicieux.

— On en reparle vendredi, si je peux me libérer, ajouta-t-elle. Pour le moment mon boss est en train de me lancer un sale œil, et tu sais comment il est.

— Ça t'apprendra à m'avoir laissée tomber pour retourner à Austin ! répliqua Maddie en riant.

Grayson glissa sa carte magnétique dans la serrure de sa suite, au dernier étage du Kimpton, et poussa la porte.

Assise sur un canapé placé devant la baie vitrée donnant sur le lac, sa mère tourna la tête. Elle avait devant elle son téléphone et son immuable agenda bardé de pense-bêtes, de feuillets volants et de cartes de visite.

— Comment ça s'est passé ? demanda-t-elle.

Grayson déposa son stetson sur la table.

— Tu savais que Billy avec un « y » était en réalité Billie avec un « i » et un « e » ?

— Ne sois pas sexiste, mon garçon.

— Donc, tu savais ! Sais-tu aussi à quel point elle est jeune ?

Sa mère rejeta en arrière sa longue chevelure brune, à peine striée de quelques cheveux blancs.

— J'ai entendu dire le plus grand bien d'elle quand elle travaillait à Houston, expliqua-t-elle. Intelligente, méticuleuse, et surtout, ce qui est une grande qualité selon tes propres critères, très discrète. Quelle importance qu'elle ait vingt ans ou soixante ans ? À moins qu'elle ne soit pas jolie, en plus ?

Grayson soupira.

Il y avait un prix à payer pour avoir sa mère comme imprésario. Quand la plupart des hommes de son âge volaient de leurs propres ailes, Deborah Fortune gérait les moindres aspects de la vie de son fils. Parfois avec finesse et diplomatie, mais le plus souvent en mettant les pieds dans le plat et en ne s'en laissant pas conter. C'était ainsi qu'elle avait élevé ses triplés… et cela continuait.

— Si, elle est jolie, marmonna-t-il.

Se laissant tomber sur l'autre canapé, il étendit les jambes devant lui.

— Ne prends pas tes aises, mon chéri. J'ai des photos à te faire signer pour tes fans.

Sa mère plongea dans le carton à ses pieds, lui tendit une pile de photos où s'affichaient le logo et les coordonnées de Grayson Gear, et attendit qu'il se redresse et prenne un stylo.

— Donc, elle t'a plu ? s'enquit-elle.

Grayson lui glissa un regard en coin, tandis qu'il apposait son nom sur une photo. Signer des autographes lui était devenu si habituel qu'il aurait pu le faire en dormant.

— Elle m'a semblé compétente, répondit-il.

Et terriblement sexy. Sa façon de froncer le nez quand elle se concentrait était adorable. Et que dire de son sourire ? Ou de cette timidité qui la faisait rougir légèrement ?

— Je la retrouve demain matin pour visiter quelques propriétés, précisa-t-il.

— C'est bien, mais ce n'est pas ce que je demandais.

Oh ! il le savait bien !

— Je cherche un nouveau ranch, maman. Pas une épouse.

Sa mère exprima sa désapprobation par un claquement de langue.

— Ne sois pas aussi susceptible. Je ne m'attends pas à ce que tu te maries demain. Je fais simplement remarquer que tu n'as pas beaucoup d'occasions de rencontrer de jolies jeunes femmes. Et quand c'est le cas, tu y prêtes à peine attention.

— J'en rencontre tout le temps. Je ne suis pas obligé de sortir avec mon agent immobilier.

— Ah ! Donc, tu y as déjà pensé.

Le regard qu'il lança à sa mère n'eut aucun effet sur elle.

Bien que trop jeune pour lui, Billie Pemberton était probablement parfaite à tous points de vue. Mais elle n'était pas du genre sans attache. Il suffisait de voir la collection de photos de famille qui s'accumulaient sur le dessus de la console dans son bureau.

Sa mère se leva, ouvrit le minibar de la suite, et en inspecta le contenu.

— Du nouveau du côté de Castleton ? demanda-t-il.

— J'attends toujours que l'on me rappelle.

Elle choisit une cannette de jus de fruit avant d'ajouter :

— Je ne vois pas ce que je peux faire de plus si l'aura de Grayson le Magnifique ne les a pas suffisamment impressionnés.

— Merci quand même, marmonna-t-il.

— Tu veux que je me mette à flatter ton ego, maintenant ? Si c'est une crise de la quarantaine prématurée, dis-le-moi. Je serais ravie de retourner à Paseo, et de te laisser avec tes groupies qui chanteront tes louanges et roucouleront à loisir.

— Oui, oui, dit-il, en balayant son sermon d'un geste de la main.

— Tu sais que je suis toujours prête à t'aider, Grayson. Mais il viendra un jour où tu n'auras plus besoin de moi pour gérer ta carrière. Ou bien tu comprendras qu'il est temps de ménager ton corps et de prendre ta retraite. Aucun de nous ne pouvait se douter que ta passion d'adolescent changerait à ce point ta vie. Mais cela ne peut pas durer, et c'est très bien ainsi. La vie continue, comme il se doit.

— Je n'arrêterai qu'après avoir remporté un nouveau championnat mondial.

Il détenait déjà le titre du plus grand nombre de championnats remportés. Un de plus établirait un nouveau record.

— Entre tes compétitions, la direction de Grayson Gear, et tes participations à des événements caritatifs, tu as travaillé presque tous les jours depuis un an. Ta santé risque d'en payer le prix, mon chéri.

Il ne s'en souciait pas. La fatigue et les douleurs faisaient partie du métier.

— Je serais second au classement, si Max Vargas ne m'avait pas battu à Silver City, marmonna-t-il.

— Vargas se débrouille vraiment bien, fit remarquer sa mère, d'une voix neutre.

— Mouais, mais ça reste un sale gosse.

Sa mère laissa échapper un petit rire.

— Tu te souviens quand Joe-Don Gainer te traitait de sale gosse ?

— Oui, et il avait raison. Tout comme j'ai raison aujourd'hui.

Sa mère ne fit aucun commentaire.

— Je me demande si je ne devrais pas me présenter en personne chez Castleton, dit-elle pensivement. Red Rocks n'est qu'à deux heures d'ici. Je pourrais louer une voiture et faire l'aller et retour avant notre départ pour Coleman. Qu'en penses-tu ?

— Je pense que tu pourrais y aller demain, après la séance de dédicace à la librairie, et de là, te rendre directement à Coleman. J'irai avec le camion et les chevaux sans toi.

— Je sais que tu en es capable. Et avec tout ce que tu dois assurer, je me demande comment tu fais pour ne rien oublier.

— Justement… C'est à quelle heure, demain ?

— 14 heures. Je t'ai donné ton emploi du temps hier. Et je t'ai dit que tu n'étais pas obligé de participer à cette animation. Tu pourrais en profiter pour passer plus de temps avec Billie… Pour visiter des maisons, bien sûr.

Il ne releva pas.

Sa présence à la librairie avait été ajoutée à la dernière minute à un agenda déjà chargé, et sa contribution personnelle servirait à soutenir les auteurs locaux.

— Cette animation est pour une bonne cause, dit-il. Il est important que j'y sois.

Il n'avait pas choisi la carrière militaire comme Nathan et Jayden, qui sauvaient littéralement le monde. À la place, il offrait son nom et son argent pour soutenir des projets caritatifs chaque fois que c'était possible. Et il savait que sa mère comprenait ses motivations.

— J'aurai terminé avec Billie largement à temps pour te retrouver là-bas avant la séance de dédicace, précisa-t-il.

Reposant le stylo, il fit jouer ses doigts engourdis, se leva et s'étira.

— Je vais aller à la salle de sport cet après-midi, et ensuite je verrai s'il est possible de me faire masser, dit-il.

Sa mère leva les yeux au ciel.

— Lis ton emploi du temps ! Je t'ai programmé un massage à 16 heures. N'oublie pas de me retrouver à 19 heures. Nous devons boire un verre avec les Decker.

Il grommela. Claudia et Myron Decker étaient riches comme Crésus et soutenaient avec enthousiasme sa fondation, Grayson Good. Mais ils adoraient se montrer en sa compagnie, l'exhibant un peu comme un trophée.

— Avec les Decker, ce n'est jamais juste un verre, marmonna-t-il.

— Que veux-tu que j'y fasse ? Pense à mettre une chemise propre, et ne sois pas en retard.

- 3 -

Billie portait une jupe encore plus courte que la veille. Cette fois elle était noire, comme le débardeur en soie qui exposait ses épaules et ses bras hâlés. Ses escarpins étaient rouges, et ses jambes toujours aussi éblouissantes.

Ses cheveux étaient relevés en une épaisse queue-de-cheval attachée haut, ce qui révélait non seulement le trio d'anneaux sur le contour de son oreille, mais aussi un long cou gracile et élégant.

— Les grands esprits se rencontrent, dit-elle, tandis qu'il traversait la rue d'un pas nonchalant, en direction de l'agence. Je viens d'arriver, précisa-t-elle en désignant la luxueuse berline grise garée le long du trottoir. Où êtes-vous garé ?

— Je suis venu à pied depuis mon hôtel.

Son grand sourire disparut, tandis qu'elle se précipitait vers la portière du côté passager et l'ouvrait.

— Je suis désolée. J'aurais dû proposer de passer vous chercher.

— Pas de problème, ma belle, dit-il, en abaissant ses lunettes de soleil pour la regarder par-dessus la monture. J'aime marcher.

C'était une bonne façon de dénouer ses tensions musculaires. Et aussi d'évacuer sa gueule de bois.

— Et cela m'a permis de prendre ça.

Il leva son gobelet surdimensionné de café à emporter.

Elle se pencha dans l'habitable, lui offrant une vue particulièrement intéressante sur le haut de ses cuisses, et se redressa avec un gobelet identique à la main.

— Si vous me dites que c'est du café noir, je vais être obligé de vous épouser, fit-il remarquer avec un clin d'œil.

Elle rougit légèrement, mais éclata de rire.

— Heureusement, vos groupies peuvent être tranquilles, répliqua-t-elle. C'est du thé glacé.

Il grimaça.

— Ça a l'air encore pire que l'eau au concombre.

Elle rit à nouveau et s'écarta en l'invitant à s'installer.

— Je peux peut-être me faire pardonner en vous offrant énormément de place pour vos jambes. Votre carrosse est avancé, monsieur Fortune.

— Juste Grayson. Je vous l'ai déjà dit.

Il prit place sur le siège en cuir de la spacieuse berline. C'était tout à fait le genre de modèle qu'aurait pu conduire une dame âgée assez fortunée. Il ne s'attendait pas à cela pour une jeune femme comme Billie.

Il attendit qu'elle ait pris place au volant et soigneusement bouclé sa ceinture de sécurité.

— C'est une voiture de fonction ? s'enquit-il.

— Non. Elle est à moi. Enfin, quand j'aurai payé les six mensualités qu'il me reste.

Elle caressa affectueusement le volant en cuir.

— Ce n'est pas le modèle le plus récent, mais elle est confortable et me conduit là où mes clients et moi devons aller.

— Je peux dire la même chose de mon camion. Ce

n'est pas le modèle le plus récent, mais il me conduit là où mes chevaux et moi devons aller.

— N'y avait-il pas un camion à gagner l'année dernière au rodéo de Reno ?

Il lui lança un regard surpris. Elle ne semblait pas le genre de femme à s'intéresser au rodéo.

Il avait en effet gagné le camion, mais l'avait mis aux enchères via Grayson Good, au profit d'une association caritative.

— Vous suivez les rodéos ? demanda-t-il.

— Dans ma famille, qui est plutôt vaste, on s'intéresse à tous les sports.

Elle prit une paire de lunettes de soleil aviateur dans le vide-poches, et les chaussa. Puis elle tendit le bras derrière elle pour attraper un dossier sur la banquette arrière, qu'elle posa sur ses genoux.

— J'ai imprimé toutes les fiches que nous avons sélectionnées hier, plus quelques-unes dont j'ai pensé après coup qu'elles pourraient vous intéresser, expliqua-t-elle.

Elle vérifia d'un coup d'œil la circulation et s'y inséra en force. Prenant de la vitesse, elle exécuta un dépassement hasardeux, se rabattit entre deux camions, avec une dizaine de centimètres de marge de chaque côté, franchit un feu plus orange que vert, freina à la dernière minute pour bifurquer à un carrefour, et fila vers la rocade.

— Il n'y a pas trop de vent pour vous ? s'enquit-elle.

Sa vitre était entièrement baissée, et l'air faisait virevolter sa queue-de-cheval.

— Non, ça fait du bien.

Entre la conduite beaucoup trop nerveuse et saccadée de Billie, et sa nuit bien arrosée avec les Decker, il n'était pas au mieux de sa forme. Évidemment, cela avait dégénéré. Les policiers avaient été appelés, et les paparazzis avaient débarqué.

Il rabaissa sa casquette de base-ball sur ses yeux, et sirota son café.

Tenant d'une main le volant et son gobelet de thé, Billie tendit l'autre main vers le dossier qu'elle avait toujours sur ses genoux, l'ouvrit, et tapota la première page.

— Les propriétés sont classées dans l'ordre, dit-elle, avant de reposer la main sur le volant.

Doublant par la droite une voiture qui semblait faire du surplace sur la voie du milieu, elle dépassa une série de camions et se rabattit un peu trop court, ce qui lui valut un appel de phares et des coups de klaxon.

— Je sais qu'après plusieurs visites tout finit par se mélanger, c'est pourquoi je vous ai préparé un dossier détaillé, expliqua-t-elle. Et vous pourrez prendre des notes autant que vous voudrez.

Elle fureta dans le vide-poches du tableau de bord et lui tendit un élégant stylo doré avec le logo Austin Elite finement gravé en lettres noires.

— Trois des propriétés sont inoccupées. Généralement, c'est plus facile pour les clients de s'imaginer y vivre.

Elle doubla un autre camion de justesse.

— Il va faire exceptionnellement chaud aujourd'hui. J'ai des bouteilles d'eau fraîche si vous…

Il tendit la main pour l'interrompre, au cas où il lui prendrait l'idée de fouiller derrière son siège tout en conduisant.

— Ça va pour le moment, dit-il. Merci.

Elle lui adressa un grand sourire.

— J'adore conduire de bon matin, quand l'air est frais.

Elle changea à nouveau de voie.

— Ça fouette le sang. Vous voyez ce que je veux dire ?

Il grimaça un sourire. La seule chose qui lui fouettait le sang, c'était de la voir si belle et si pleine de vie…

Et peut-être aussi la certitude que son assurance vie était à jour !

Heureusement, plus ils s'éloignaient de la ville, plus la circulation s'amenuisait, et il n'eut plus à s'inquiéter d'une collision avec un autre véhicule, ou d'une sortie de route.

Au bout de trente minutes, elle s'engagea sur une bretelle de sortie et emprunta une étroite et tortueuse route de campagne.

Il éprouva un sentiment bizarre en découvrant la première maison.

C'était une bâtisse en briques de deux étages, avec deux ailes. Comme il l'avait demandé, il n'y avait aucune autre propriété visible aux alentours. C'était ce qu'il avait demandé, toutefois il ne se voyait absolument pas vivre là.

— La propriété est reliée au réseau d'eau communal, annonça Billie.

Elle releva ses lunettes en serre-tête, et tendit le bras derrière elle pour prendre un immense sac besace, avant de descendre de voiture.

— Comme vous pouvez le voir sur la fiche, il y a un peu plus de cinquante hectares, expliqua-t-elle. L'allée est recouverte de pavés vieillis couleur terracotta, ce qui apporte beaucoup de charme, vous ne trouvez pas ?

Elle le regarda par-dessus le toit de la voiture, et il marmonna une vague réponse. Elle s'en contenta et poursuivit :

— Le portail en fer forgé a été laissé ouvert pour

nous, mais il est contrôlé électroniquement, donc vous ne serez pas ennuyé par vos groupies.

— J'ai passé l'âge des groupies.

— Désolée. J'ai vu ce matin aux informations ce qui s'est passé au Twine la nuit dernière. Le terme m'a paru approprié.

— Disons qu'il s'agissait de supporters un peu éméchés. Ça arrive malheureusement de temps en temps.

Surtout quand il était en public avec des gens comme les Decker qui faisaient tout pour se faire remarquer en compagnie de leur *célèbre* ami.

— Le portail est peut-être une bonne idée, après tout, fit-il remarquer.

— Où alors il faudrait éviter les endroits comme le Twine.

— Vous y êtes déjà allée ?

— Très souvent. C'est la meilleure adresse pour les Martini et les tapas.

Elle désigna la maison.

— Voulez-vous voir l'intérieur ?

Il haussa les épaules et ferma sa portière.

— C'est bien pour ça que nous sommes ici, non ?

Elle lui adressa un sourire enjoué.

— N'oubliez pas le dossier, si vous voulez prendre des notes.

Il rouvrit la portière pour se saisir des documents qu'elle lui avait préparés, et la rejoignit devant la porte d'entrée.

Tout en fouillant dans son sac, elle récita d'un ton commercial :

— En plus des trois garages sur votre gauche, il y

a des bâtiments de stockage à l'arrière de la maison. Ah ! les voilà !

Elle sortit un lot de clés des profondeurs de sa besace, et vérifia les étiquettes.

— Je vais découvrir la maison en même temps que vous, mais il paraît que c'est un bijou.

Elle batailla un moment avec la serrure avant de déverrouiller la lourde porte en chêne sculpté, à l'allure vaguement médiévale.

— La situation en haut de la colline offre une jolie vue, et j'ai entendu dire que les terres adjacentes seraient à vendre à un prix raisonnable, expliqua-t-elle. Ce qui ferait dix hectares de plus. Qu'en pensez-vous ?

La jolie vue était plus due à la présence de Billie qu'à l'environnement de la maison qui, avec ses cactus et ses buissons d'épineux, n'avait rien de remarquable.

— Jetons d'abord un coup d'œil à l'intérieur, dit-il sans enthousiasme.

Billie poussa la porte et le laissa entrer le premier.

La maison était peut-être vide d'occupants, mais pas de mobilier. Suspendu au plafond voûté digne d'une chapelle, un immense lustre en cristal vert fluo éclairait une statue… rose vif d'un cheval cabré.

— C'est un choix de décoration audacieux, murmura Billie.

— C'est affreux, oui ! s'exclama-t-il. Et pourtant, j'aime les chevaux.

— Gardez en tête que le mobilier ne restera pas. Essayez d'en faire abstraction.

— Je crois que l'on va en rester là, si cela ne vous dérange pas.

— Bien sûr que non. Il faut que vous vous sentiez à

l'aise. En franchissant la porte, vous devez avoir l'impression que vous rentrez chez vous.

Elle farfouilla à nouveau dans son sac.

— Je dois laisser ma carte. Je vous retrouve à la voiture.

Grayson exécuta un salut théâtral devant la statue et sortit en songeant avec regret au ranch de Paseo. L'habitation était trois fois plus petite, mais elle était entourée de prairies verdoyantes et disposait de toutes les annexes agricoles nécessaires à son élevage de chevaux. Retrouverait-il une autre maison où il se sentirait aussi bien ?

Quelques minutes plus tard, ils s'arrêtaient devant la propriété numéro 2.

Qui ne l'emballa pas plus que la numéro 1.

Le terrain était correct, mais un peu trop petit pour lui. Il y avait deux granges, et cinq chambres. Ne voulant pas vexer Billie, il fit un effort pour visiter toutes les pièces. C'était propre, fonctionnel, et sans charme.

— Non ? demanda Billie.

Elle avait levé un sourcil interrogateur, tandis qu'il observait avec une moue dubitative la cuisine en inox, dont l'îlot central tout en longueur n'était pas sans évoquer une table d'autopsie.

— Non, marmonna-t-il.

Puis il se rappela que sa mère lui avait demandé de faire un effort de politesse.

— Je suis désolé.

— Ne le soyez pas.

Billie avait balayé la remarque de Grayson d'un geste de la main.

Ne pas trépigner d'excitation après deux visites n'avait rien d'inquiétant.

— Chaque rejet de votre part m'aide à cerner plus précisément ce que vous recherchez, ajouta-t-elle.

C'était en tout cas sa théorie.

Elle déposa sa carte sur l'îlot de la cuisine, et ils retournèrent à la voiture.

Contrairement à la veille, où il s'était présenté à son bureau vêtu comme s'il venait poser pour une affiche annonçant un rodéo professionnel, Grayson portait aujourd'hui un bermuda beige, des claquettes en cuir marron, un T-shirt gris chiné et une casquette des Dallas Cow-boys.

Ses mollets et ses bras hâlés et musclés s'ombraient d'un duvet de poils blonds. Les contours de sa célèbre mâchoire carrée étaient brouillés par un début de barbe, et ses yeux sombres – visibles pendant les quelques secondes où il avait abaissé ses lunettes de soleil – étaient injectés de sang. Il avait sûrement passé une nuit agitée.

Cela ne gâchait en rien sa beauté, et elle avait du mal à détacher les yeux de son célèbre client, babillant nerveusement pour donner le change.

C'était embarrassant et pas du tout professionnel. Un bon agent immobilier devait savoir se taire quand c'était nécessaire.

Ils arrivèrent à la troisième propriété avec quelques minutes de retard sur l'horaire convenu la veille avec les propriétaires. Ces derniers étaient censés être absents, mais leur monospace était garé devant la maison.

Elle détestait faire visiter des maisons quand les occupants étaient présents. Cela ne se passait jamais bien. Tout le monde était crispé. Les propriétaires racontaient leur vie dans les moindres détails, ou au contraire ne décrochaient pas un mot, tandis que les visiteurs osaient à peine regarder autour d'eux et ne voyaient pas le véritable potentiel de la maison.

Elle se gara derrière le véhicule des propriétaires, et se tourna vers Grayson.

Il était avachi sur son siège, la visière de sa casquette rabattue sur les yeux.

— Je vais aller me renseigner, dit-elle. Les propriétaires semblent être encore là, et il est préférable qu'ils ne réalisent pas qui s'intéresse à leur maison. Ça m'est déjà arrivé plusieurs fois qu'un propriétaire veuille augmenter son prix parce qu'il pensait avoir harponné un gros poisson.

Grayson esquissa un sourire.

— C'est vous l'experte.

C'était en tout cas ce que laissaient entendre ses cartes de visite. Mais passer la matinée avec Grayson le Magnifique, surtout après avoir entendu son nom prononcé toutes les quinze minutes sur les chaînes d'information et les stations de radio, la rendait plus fébrile que confiante en elle.

Elle prépara une carte de visite, monta prestement les quelques marches du perron, et sonna.

La porte s'ouvrit si vite qu'elle soupçonna le propriétaire d'avoir attendu derrière.

— Bonjour, monsieur Orchess.

Elle tendit sa carte.

— Je suis Billie Pemberton, de l'agence Austin Elite. Nous nous sommes parlé au téléphone hier.

Le vieil homme aux cheveux blancs sourit.

— Entrez, jeune fille. J'ai hâte de montrer ma maison à votre client.

Tout en parlant, il se démanchait le cou pour voir qui se trouvait dans la voiture garée derrière son monospace. Heureusement, les vitres teintées empêchaient de distinguer s'il y avait ou non quelqu'un à l'intérieur.

— Malheureusement, monsieur Orchess, mon client a dû annuler. Pourrais-je revenir un autre jour ?

L'homme se gratta pensivement la tête.

— C'est-à-dire que ma femme et moi allons devoir nous absenter au moins deux semaines…

— Cela ne m'ennuie pas de montrer votre maison à mon client en votre absence.

— Mais si je ne suis pas là, je ne pourrai pas vous expliquer tous les travaux que j'ai réalisés.

Ce qui serait bien mieux comme ça ! S'exhortant à la patience, Billie hocha poliment la tête.

— Je comprends votre inquiétude, mais si vous me faisiez visiter votre maison maintenant, je pourrais prendre des notes et apporter à mon client toutes les précisions nécessaires lors d'une prochaine visite. Qu'en pensez-vous ?

— Eh bien… pourquoi pas ? répondit-il, après une courte hésitation.

Vingt minutes s'écoulèrent avant qu'elle puisse poliment prendre congé de M. Orchess.

À l'intérieur, la maison était exceptionnelle. Elle était également située sur un splendide terrain qui serait parfait pour Grayson.

Lorsqu'elle retourna à la voiture et ouvrit sa portière, Grayson était affalé sur son siège.

Et ronflait bruyamment.

Elle hésita quelques instants à l'extérieur, se glissa au volant, ferma tout doucement la portière, et reprit la route.

Avec un peu de chance, il se réveillerait de lui-même avant qu'ils arrivent à la quatrième propriété.

Ce ne fut pas le cas.

Elle ouvrit sa portière et la claqua violemment.

Grayson se redressa dans un sursaut.

— Quoi ?

Elle le regarda innocemment.

— La maison numéro 4 est un peu plus petite que les autres, mais elle a plus de terrain, dit-elle. Qu'en pensez-vous, à première vue ?

Il ôta ses lunettes de soleil, et cilla, le regard perdu.

— Je me suis endormi, marmonna-t-il.

— Ah bon ? Je n'avais pas remarqué.

— Je me suis endormi malgré votre façon de conduire… C'est extraordinaire. Ce doit être le bercement de la voiture. Ces grosses berlines ont des suspensions tellement souples.

Billie se demanda quoi penser de cette remarque, en dehors du fait que ce n'était pas un compliment.

— En fait, vous vous êtes endormi pendant que je prenais des notes sur la précédente maison.

— Je croyais que vous n'aviez pas remarqué.

Elle préféra faire comme si elle n'avait pas entendu.

— Soixante-dix hectares, annonça-t-elle, en ouvrant à nouveau sa portière. Et la propriété dispose d'un lac. Vous aimez faire du bateau ?

— Qui n'aime pas ça ?

Il tituba un peu en sortant de la voiture, et jura entre ses dents.

Elle fit mine de ne rien avoir remarqué.

— Pour ma part, je n'en ai jamais fait, dit-elle, en se dirigeant vers la porte d'entrée.

— Vous n'êtes jamais montée sur un bateau ?

— Non.

Elle tapa le code permettant de déverrouiller automatiquement la serrure.

— Je ne sais pas nager.

Elle poussa le battant, et lui jeta un coup d'œil par-dessus son épaule.

— Ce qui ne fait pas de moi un phénomène de foire, précisa-t-elle.

— Est-ce que j'ai dit ça ?

— Non, mais vous seriez bien le seul. Attention à la marche. L'entrée a été légèrement décaissée.

— Je vois.

Il semblait grognon. Peut-être parce qu'il venait juste de se réveiller. Ou parce qu'il souffrait toujours de la gueule de bois.

Considérant qu'elle avait placé très haut ses espérances ce matin, la situation dévissait à une vitesse vertigineuse.

Ses talons résonnèrent sur le parquet tandis qu'elle s'avançait dans le salon pour ouvrir les volets et laisser entrer la lumière.

— La maison a été construite en 1910 et a été plusieurs fois rénovée depuis. Deux chambres ont été ajoutées dans les années 1980, et la cuisine a été refaite récemment.

L'expression de Grayson était indéchiffrable tandis qu'il déambulait de pièce en pièce, mais il ne semblait pas totalement désintéressé.

Tandis qu'il se dirigeait vers les chambres, elle s'attarda

dans la cuisine pour déposer sa carte sur l'un des plans de travail.

Après lui avoir laissé quelques instants pour explorer par lui-même, elle partit à sa recherche.

Elle le trouva dans la suite parentale.

— C'est une des modernisations dont vous parliez ? s'enquit-il, désignant l'immense miroir fixé au plafond, juste au-dessus du lit.

Billie sentit qu'elle rougissait. Comment avait-elle pu oublier ce détail ?

— Les goûts et les couleurs, vous savez…, répondit-elle, en s'efforçant de paraître détachée.

La bouche de Grayson se tordit en un sourire narquois.

— C'est un choix de décoration intéressant, fit-il remarquer.

— Meilleur ou pire que le cheval rose ?

Il abaissa ses lunettes de soleil, et planta son regard dans le sien.

— Vous avez vraiment envie que je réponde à ça, ma jolie ?

Elle redressa les épaules et adopta un air pincé de vieille institutrice, comme sa mère savait si bien le faire.

— Probablement pas.

Il rit doucement, ce qui réduisit à néant ses efforts pour paraître revêche.

Même s'il était un client, et par conséquent intouchable – sans parler du fait qu'il était tout à fait hors de sa portée –, il la mettait dans tous ses états.

— Voulez-vous voir les dépendances ? demanda-t-elle.

Il y réfléchit quelques secondes avant de hocher lentement la tête.

— Pourquoi pas ?

C'était plus que ce à quoi elle s'attendait. Et son enthousiasme des débuts revint en force.

— Très bien. Suivez-moi.

— Jusqu'au bout du monde, ma belle.

- 4 -

— Allez, vous pouvez bien le dire à oncle Grayson.

Billie leva les yeux au ciel.

— Vous n'êtes pas mon oncle.

Il lui adressa ce sourire éblouissant qui était sa marque de fabrique, et elle eut l'impression d'être inondée de soleil.

Ils avaient vu deux autres maisons après celle avec le miroir au plafond, et se trouvaient à présent assis sur l'herbe, dans un parc situé non loin de l'endroit où elle avait grandi.

Tout cela parce que Grayson avait vu la rangée de *food trucks* garés là, et qu'il avait prétendu mourir de faim.

Voilà pourquoi elle était assise avec les jambes repliées sur un côté, les cuisses recouvertes de plusieurs serviettes en papier pour protéger sa jupe des frites noyées sous le fromage fondu qu'elle dégustait. Parce que, évidemment, elle n'avait pas pu lui dire non.

— D'accord, je ne suis pas votre oncle, mais vous pouvez quand même me le dire.

— En quoi cela vous concerne-t-il ?

Il désigna le gymnase derrière elle.

— Vous venez de me dire que vous êtes allée au lycée là-bas, et que vous avez couru sur cette piste. Ça m'a intéressé. J'ai envie de savoir quelle élève vous étiez.

— Je vous ai dit que je faisais de l'athlétisme. Cela devrait vous suffire.

— Je vous imagine très bien, avec vos grandes jambes, et vos yeux de biche, les cheveux au vent…

Elle leva les yeux au ciel, bien décidée à ne pas se laisser troubler par ce flirt sans importance. Le fait qu'il ait réussi à la faire parler d'elle la dépassait déjà.

Un instant, il discutait des atouts de la sixième propriété qu'ils venaient de visiter et, l'instant d'après, il achetait des plats à emporter hautement caloriques, refusait avec insistance qu'elle paie son propre repas, et obtenait qu'elle se confie sur son enfance à Austin.

— J'étais une élève moyenne, finit-elle par dire, vaguement agacée contre elle-même de céder si facilement à l'insistance de cet homme. Moyenne dans toutes les matières.

— J'ai du mal à le croire. Dites-moi la vérité.

— C'est la vérité. Je suis toujours passée de justesse dans la classe supérieure.

— Mais vous avez obtenu une licence en économie à Rice, et vous travaillez dans l'agence immobilière la plus prestigieuse de la ville.

Elle rougit.

— Comment savez-vous que j'ai étudié à Rice ?

Il abaissa ses lunettes de soleil, et ses chaleureux yeux bruns glissèrent sur son visage.

— J'ai regardé votre profil sur le site de l'agence.

Bien sûr. Quelle idiote !

— Il n'empêche que je suis toujours la petite nouvelle, pour mon patron.

Ces paroles à peine prononcées, elle le regretta. Quelle erreur de dire cela à un client ! Elle aurait mieux fait de parler des ventes qu'elle avait réalisées chez Fortunado Real Estate, et qui avaient impressionné Forest Allen.

— En parlant de mon patron, il va me demander comment les visites se sont passées.

— Ah oui, le type avec un code moral très strict. Qu'est-ce que ça veut dire, au juste ?

Elle haussa les épaules, voulant paraître détachée.

— Il décourage les rapprochements avec les clients, répondit-elle.

Grayson eut un sourire narquois.

— Quels rapprochements ?

Elle leva le menton d'un air sévère, bien décidée à garder la tête froide.

— Sentimentaux.

Elle ne lui laissa pas le temps de faire un quelconque commentaire et enchaîna :

— Que dois-je lui dire quand il me demandera si nous avons progressé ?

— Que ça suit son cours.

La belle affaire ! Cela ne lui en apprenait pas davantage, en dehors du fait qu'il n'avait eu de coup de cœur pour aucune des six propriétés qu'elle lui avait montrées.

Elle se tortilla sur l'herbe et étendit ses jambes devant elle, en se disant qu'elle aurait dû retirer ses escarpins. Mais elle avait eu peur de paraître un peu trop à son aise. C'était déjà assez peu protocolaire comme ça de se gaver de frites en compagnie d'un client. Affalée sur l'herbe, qui plus est.

— Dites-moi tout, Billie. Pourquoi avez-vous choisi l'immobilier ?

Elle aurait pu mentir, mais ce n'était pas son style.

— Vous savez ce que c'est d'être la dernière de cinq enfants ?

— Non.

— Disons que j'en ai eu assez de récupérer les vieux jouets de mes sœurs aînées et de porter leurs vêtements usés.

— Donc, c'est l'argent qui vous motive ?

— Disons que je me soucie de ma sécurité financière. Et j'ai eu de la chance. J'ai décroché mon premier emploi dans une agence très réputée de Houston, ce qui m'a permis ensuite de postuler chez Austin Elite.

— Non que je m'en plaigne, mais qu'est-ce qui vous a incitée à déménager ?

— Je voulais me rapprocher de ma famille.

— Les racines sont plus puissantes que vous ne le pensiez ?

— On peut dire ça. Mes parents vont bientôt prendre leur retraite. Ils me rendent folle parfois, mais j'ai compris qu'ils me manquaient, et je voulais profiter de leur présence avant qu'il soit trop tard.

— Que font vos frères et sœurs ?

— Il y a une mère au foyer, et une assistante sociale. Ça, c'est Maggie, la plus jeune avant moi, même si dix ans nous séparent. Une institutrice, comme ma mère. Le seul garçon, Ray, qui est aussi l'aîné, est infirmier.

— Et la petite dernière est arrivée par surprise ?

— Exactement. Mais parlez-moi un peu de vous. Comment étiez-vous, au lycée ?

— Un vrai cancre et un trouble-fête. Nous l'étions tous.

— Tous ?

— J'ai deux frères.

— Plus âgés, ou plus jeunes ?

— Du même âge. Nous sommes triplés.

— Des triplés ? Ce n'est pas banal !

— Ma mère avait de quoi s'occuper avec nous, c'est sûr.

— Votre père ne l'aidait pas ?

Il haussa les épaules.

— Je ne l'ai jamais connu. Il a quitté ma mère avant notre naissance.

— Excusez-moi. Je n'aurais pas dû me montrer aussi indiscrète.

— Ne soyez pas désolée. Nous nous sommes très bien passés de lui.

Elle eut l'impression qu'il était temps de changer de sujet.

— Vos frères font aussi du rodéo ?

— Pas du tout. Jayden s'est engagé très jeune dans l'armée. Nathan l'a imité quelque temps plus tard. Depuis, ils se sont reconvertis dans l'élevage, mais ce sont vraiment des types bien. Ils avaient envie de sauver le monde, et ils ont gardé de belles valeurs.

— Et vous ?

Une petite flamme s'alluma dans le regard de Grayson, tandis qu'un sourire moqueur retroussait les coins de ses lèvres.

— Je ne me suis jamais préoccupé de faire le bien, ma belle, seulement d'être bon dans ce que je fais.

Billie resta impassible, malgré le curieux frémissement qui venait de se produire au creux de son ventre. Ce type était beaucoup trop sexy, et il le savait.

— Et vous êtes tellement modeste, en plus, fit-elle remarquer d'un ton moqueur.

Le sourire de Grayson s'élargit.

— Vous avez rougi, ma jolie !

Et bien sûr, ce commentaire eut pour effet de la faire rougir davantage.

— Je vais vous surprendre mais, quand j'allais au lycée, j'étais bénévole lors des rodéos qui se déroulaient à Austin, dit-elle.

En compagnie de Max, mais elle se garda bien de le préciser.

— Sans blague ? Et vous faisiez quoi ?

— Je ramassais le crottin de cheval, je rendais de petits services aux cavaliers… Je crois même que je vous ai vu concourir, une fois.

Elle *croyait* ? Si elle n'y prenait garde, elle finirait par lui parler du calendrier qu'il lui avait signé… et qu'elle avait toujours.

Pour faire diversion, elle consulta sa montre, et fut réellement surprise de l'heure qu'il était.

— Je ne savais pas qu'il était aussi tard, lança-t-elle.

Quand ils avaient pris le rendez-vous la veille, ils s'étaient mis d'accord pour la matinée, et l'après-midi était déjà bien entamé.

Les longs doigts puissants de Grayson se refermèrent autour de son poignet, et il consulta lui-même la montre de Billie.

Elle se mordit la langue et essaya de ne pas trembler.

— Bon sang ! s'exclama-t-il en se levant d'un bond. Il est vraiment tard.

Il rajusta sa casquette avant de rassembler leurs déchets.

— Je peux emprunter votre téléphone ? demanda-t-il. Je dois passer un appel.

— Bien sûr.

Elle était surprise qu'il n'en ait pas un à lui.

— Il est dans la voiture, dit-elle. Je vais le chercher.

— Merci.

Il lui prit la main et la releva si vite qu'elle se retrouva contre son torse.

Elle se dégagea vivement et traversa la pelouse, jurant tout bas en sentant ses talons s'enfoncer à chaque pas dans la terre meuble.

Ses escarpins étaient en daim rouge, et elle ne parviendrait jamais à les nettoyer convenablement. Mais si elle pouvait convaincre Grayson d'acheter une maison, n'importe laquelle, elle se consolerait sans problème de la perte de ses chaussures préférées.

Elle prit son téléphone dans la voiture et, quand elle se retourna, elle vit que Grayson l'avait suivie de près. D'un geste impatient, il s'empara du téléphone et composa un numéro.

— C'est moi, dit-il. Je suis en retard, mais tu attendras pour te vanter que tu me l'avais bien dit. On se retrouve directement à la librairie. Quelle est l'adresse ?

Il s'était écarté de quelques pas, mais il regarda vers Billie.

— Vous avez un stylo ? demanda-t-il.

Elle plongea la tête la première dans la voiture, et y prit un stylo et un bloc-notes qu'elle lui tendit.

— Vas-y, je t'écoute, reprit-il en posant le calepin sur le capot. Oui, je vois vaguement où c'est. Ah. Je vais avoir besoin de vêtements. De mon chapeau et de mon rasoir électrique. Ouais, ouais, je sais.

Il mit fin à la communication et rendit son téléphone à Billie.

— Je vais en entendre parler pendant un bout de temps, marmonna-t-il.

— De quoi ?

— De mon retard.

Il lui colla le bloc-notes où il avait griffonné une adresse sous le nez.

— C'est loin ? s'enquit-il.

Elle plissa les paupières, essayant de décrypter son gribouillis.

— Ah, c'est la nouvelle librairie de l'autre côté de la ville, dit-elle. En fait, il s'agit d'un gigantesque complexe sur plusieurs étages. J'étais à son inauguration, il y a quelques semaines et…

— Je vous demande si elle est loin d'ici, pas à quoi elle ressemble.

— Il faut compter vingt minutes quand il n'y a pas trop de circulation.

Voyant sa grimace, elle se garda d'ajouter que le trafic était déjà dense à cette heure de l'après-midi.

— Billie, cela vous ennuierait-il de m'y conduire ? Au besoin, je peux vous soudoyer. Ou bien est-ce que cela entre dans la catégorie des rapprochements avec le client ?

— M. Allen ne nous interdit pas de rendre service.

— Du moment que l'on ne s'embrasse pas.

Elle savait qu'il plaisantait, et elle s'interdit de rougir.

— Inutile de me soudoyer, précisa-t-elle.

Elle tendit la main pour récupérer son bloc, et leurs doigts s'effleurèrent.

— Sincèrement, j'aurai une dette envers vous, dit-il, redevenu sérieux.

— Je serai largement récompensée quand vous aurez signé une offre d'achat.

— Marché conclu ! On y va ?

Il ouvrit la portière du côté passager et s'installa.

— Au moins, ça va servir à quelque chose que vous ayez le pied lourd sur l'accélérateur, fit-il remarquer, quand elle fut montée à son tour.

— Je n'ai pas le pied lourd !

— Pour ravissant qu'il soit, il est lourd.

Il attacha ostensiblement sa ceinture de sécurité.

— Allez, droit devant, Flash McQueen ! On va tous les dégommer.

— Il n'y a rien à redire sur ma conduite, marmonna-t-elle.

Ce n'était pas parce qu'elle avait eu quelques amendes pour excès de vitesse... Mais ça, il ne pouvait pas le savoir.

Toujours est-il que sa remarque avait fait mouche, et c'est avec une prudence excessive qu'elle prit la route de la librairie.

Même si elle s'était attendue à des difficultés de circulation, les rues étaient totalement embouteillées quand ils arrivèrent à quelques kilomètres de la librairie.

— Je n'ai jamais vu ça, grommela-t-elle, en essayant quand même de changer de voie. Quelle que soit votre réunion, vous ne serez pas le seul à être en retard.

— Ce n'est pas une réunion. C'est une participation personnelle.

Attentif à leur progression, il désigna un immeuble au loin.

— C'est la librairie ? demanda-t-il.

— Oui.

— Essayez de repérer un pick-up noir. Il devrait être dans le coin.

Billie faillit sourire, pensant qu'il plaisantait. On était au Texas, après tout. Des pick-up noirs, il y en avait treize à la douzaine !

Mais il désigna un monstrueux véhicule à double cabine, garé le long d'une contre-allée.

— C'est lui ! Arrêtez-vous !

S'arrêter ? Il en avait de bonnes ! Elle était cernée par les véhicules, et il lui fallut un peu de temps pour se rabattre et trouver une place. La conductrice du pick-up, une femme brune à la silhouette parfaite, s'élança vers eux à petites foulées dès que Grayson lui eut fait signe par la vitre, et ne tarda pas à les rejoindre.

Grayson prit le volumineux sac de voyage que lui tendait la femme. Billie comprit alors que celle-ci était plus âgée qu'elle ne l'avait d'abord pensé.

— Il s'en est fallu de peu, mon fils, dit cette dernière, avant de s'adresser à Billie. Merci d'avoir joué les chauffeurs, mademoiselle. Cela aurait été très ennuyeux qu'il ne se montre pas cet après-midi.

Grayson sortit un rasoir électrique sans fil de son sac.

— Maman, voici Billie Pemberton. Billie, ma mère, Deborah Fortune.

Amusée, Billie serra la main que la mère de Grayson tendait sous le nez de son fils.

— Je suis ravie de pouvoir rendre service, madame Fortune.

— Appelez-moi Deborah. Passe par la porte de service, à l'arrière du bâtiment, dit-elle à son fils, qui passait à l'aveuglette le rasoir sur sa mâchoire. La presse est déjà là, à la recherche d'un nouveau scandale après celui de la nuit dernière. Essaie de te tenir.

— Bien, madame !

Tandis que Deborah regagnait sa voiture, Billie comprit que c'était Grayson, la cause de ces monstrueux embouteillages.

C'était bien joli de lui avoir dit qu'il n'était pas son premier client célèbre… sauf que c'était faux. Oh ! elle avait eu des clients très fortunés, mais aucun qui soit capable d'arrêter la circulation !

Tout en continuant à se raser, Grayson balança son sac sur la banquette arrière, et ouvrit sa portière.

— Où allez-vous ? demanda-t-elle.

— À l'arrière.

Aussitôt dit, aussitôt fait.

— Remontez les vitres, ordonna-t-il. Je n'ai pas envie que l'on me voie.

Les doigts quelque peu tremblants, elle actionna la commande électrique, et l'intérieur de la voiture s'assombrit sous l'effet des vitres teintées.

— Et maintenant ? s'enquit-elle en se tournant vers lui.

Il éteignit le rasoir et passa les doigts sur ses joues.

— Vous vous rapprochez le plus possible de l'entrée de service de la librairie.

Apparemment satisfait de son rasage, il vida le contenu du sac sur la banquette et ôta son T-shirt.

Billie se retourna précipitamment, mais elle eut le temps de voir l'expression narquoise de Grayson.

Il n'était pas passé à l'arrière pour arriver en grand seigneur, mais pour se changer.

Soudain en ébullition, elle décida de ne pas essayer de se réinsérer dans la file de véhicules qui n'avançaient pas, de toute façon. À la place, elle recula dans la contre-allée déserte, jusqu'à ce qu'elle puisse bifurquer dans une ruelle.

Même le bruit des pneus sur la chaussée associé à celui du moteur ne parvenait pas à masquer le froissement des vêtements à l'arrière…

— Je suppose que vous devez… euh… faire ça souvent, dit-elle, un peu trop fort.

— Vous supposez, hein ?

Elle perçut le bruit caractéristique d'une fermeture Eclair, et faillit fermer les yeux. Sauf qu'elle roulait comme une folle dans une ruelle bien trop étroite.

— Au moins, il y a plus de place que la dernière fois où j'ai remonté mon jean à l'arrière d'une voiture, fit-il remarquer.

Malgré elle, Billie leva les yeux vers le rétroviseur central.

Grayson était hilare.

Elle rougit de plus belle.

Arrivée au bout de l'allée, elle s'engagea dans la rue, puis bifurqua vers une nouvelle ruelle.

— J'espère que vous savez ce que vous faites, dit-il. À première vue, on s'éloigne de la librairie.

— C'est un raccourci.

Pas en termes de distance, mais comme les rues alentour étaient bloquées, elle gagnerait du temps en zigzaguant d'une ruelle à l'autre. À condition qu'elle ne tombe pas sur une camionnette de livraison, ou un camion d'éboueurs bloquant le passage.

— Quand nous étions au lycée, mon cousin Max et moi faisions des livraisons de pizza à vélo dans le coin. Nous étions les plus rapides.

Elle se crispa en s'apercevant qu'elle avait cité Max, avant de retrouver son bon sens et de se dire que Grayson n'avait aucune raison de faire le lien entre le cousin de son agent immobilier et Max Vargas, son rival au rodéo.

À nouveau, elle ne put s'empêcher de jeter un coup d'œil dans le rétroviseur.

Elle aperçut un peu de la peau bronzée de son torse, avant qu'il termine de boutonner sa chemise blanche. Un moment après, il disparut de sa vue, puis un pied recouvert d'une chaussette apparut entre la place du conducteur et le siège passager, tandis qu'il essayait de chausser une botte.

Cela s'accompagna de force jurons ce qui, étonnamment, la détendit.

Elle sortit d'une dernière ruelle, abordant la librairie dans le sens opposé à leur arrivée précédente. Elle dépassa deux camions de télévision, trois voitures de police, se glissa dans la voie réservée aux fournisseurs, et s'arrêta près de la porte de service.

Elle avait déposé son client à bon port.

Lorsque Billie coupa le moteur, Grayson attrapa son stetson, et se passa la main dans les cheveux. Ils commençaient à onduler au bout, ce qui voulait dire qu'il était temps de les couper. Seulement, il ne savait pas quand il aurait le temps de caser un rendez-vous chez le coiffeur dans son emploi du temps.

Regardant par la vitre, il fut impressionné.

— Nous avons battu ma mère de vitesse, fit-il remarquer. Elle n'est pas encore arrivée.

— À moins qu'elle se soit garée ailleurs. Vous avez besoin d'autre chose ?

— La fermeture de mon jean est remontée et les boutons de ma chemise ne semblent pas décalés. Donc je pense que ça ira.

Il avait dit cela pour le simple plaisir de voir rougir Billie. Il ne s'en lassait pas !

— Je vous dois vraiment une fière chandelle, dit-il en ouvrant la portière. Merci. Vous voulez m'accompagner ?

Elle hésita.

— Vous êtes sûr que cela ne pose pas de problème ?

— Absolument sûr.

Il sortit et planta son chapeau sur sa tête. Puis il ouvrit la portière de Billie et lui tendit la main.

Elle la fixa, hésitant encore.

— Je ferais peut-être mieux d'y aller, murmura-t-elle.

Il se pencha, ôta la clé du contact, et prit la main de Billie.

— Venez !

Il vit sa mère arriver au moment où ils allaient franchir le seuil de la porte de service, et ils l'attendirent. Elle les rejoignait rapidement, portant un carton rempli de photos dédicacées.

— Cette circulation est un enfer ! s'exclama-t-elle. Mais c'est compréhensible, quand Grayson et le gouverneur du Texas décident de se montrer ensemble au même événement.

Grayson sentit que Billie essayait de libérer sa main de la sienne.

— Le gouverneur ? demanda cette dernière d'un ton affolé. Que se passe-t-il ?

— Rien, la rassura Grayson.

Il soupira en apercevant Claudia Decker. À partir de maintenant, il ne devait plus espérer contrôler quoi que ce soit. C'était la sœur du gouverneur, et elle exultait d'avoir réussi à les réunir.

Il pressa la main de Billie, avant de la libérer.

— Restez avec ma mère. Elle vous protégera de la meute, et vous pourrez voir avec elle quand je serai libre pour d'autres visites. J'ai un rodéo à Coleman ce week-end, puis un rapide voyage à faire dans le Montana.

— Mais…

— Grayson !

Claudia arrivait à sa hauteur et l'embrassa avec effusion.

— Comment vous remercier d'être venu ? Tout est prêt, nous n'attendions plus que vous.

Il la suivit, mais ne put s'empêcher de jeter un coup d'œil par-dessus son épaule.

Billie se tenait à côté de sa mère, et il ressentit un curieux pincement au creux de la poitrine.

Puis le gouverneur et sa flopée de gardes du corps arrivèrent, et il perdit de vue les deux femmes.

Il fallut un moment avant que l'étrange sensation disparaisse.

- 5 -

Max prit l'un des derniers cupcakes que Billie avait déposés sur un plateau au milieu du buffet d'anniversaire.

— Tu t'améliores dans le glaçage des gâteaux, fit-il remarquer, narquois.

Billie leva les yeux au ciel. Rien n'échappait à son cousin.

— Je n'ai pas eu le temps de les faire moi-même.

Elle avait préféré s'attarder à la librairie et observer la séance de dédicace des différents auteurs présents. Au retour, elle avait à nouveau été prise dans les embouteillages, et elle s'était arrêtée dans une pâtisserie, avant de se rendre à la fête.

Sa mère, Peggy, avait jeté un regard désapprobateur aux cupcakes, mais Billie savait que Selena s'en moquait. Elle n'avait que treize ans, et ses parents étaient perpétuellement fauchés – ce pourquoi Peggy avait insisté pour que la fête ait lieu chez elle. En outre, l'adolescente adorait tout ce qui était rose et parme, et brillant. Et les cupcakes de la pâtisserie cochaient toutes les cases.

Cupcakes maison ou pas, Max n'avait pas l'air de s'en soucier, d'ailleurs. Il décolla la caissette en papier des contours du petit gâteau, et en fourra la moitié dans sa bouche.

— Tu dois être débordée, dans ta nouvelle agence, dit-il. C'est une bonne chose pour ton compte en banque.

— Je travaille à la commission. Ce n'est une bonne chose que lorsque je conclus une transaction, répliqua-t-elle sèchement.

Sa mère se rapprocha et commença à rassembler les plateaux vides.

— Si tu enseignais l'économie, comme ton père et moi l'avions prévu, tu n'aurais pas à te soucier de ton salaire, ma fille.

Habituée à ces récriminations récurrentes sur le sujet, Billie se contenta de sourire, et prit les lourds plateaux des mains de sa mère.

— Laisse-moi t'aider.

Peggy accepta et souffla sur une mèche de cheveux qui lui retombait sur le front.

— Il fait tellement chaud... Le réparateur est venu la semaine dernière pour la climatisation, mais ça ne fonctionne pas tellement mieux.

— Il faut la changer, dit Billie.

Les quelque trente membres de la famille rassemblés pour la fête d'anniversaire s'étaient déjà éparpillés dans le jardin, car à l'intérieur, c'était irrespirable. De plus, la petite maison n'était pas vraiment faite pour accueillir autant de monde.

— Quand elle aura définitivement rendu l'âme, rétorqua sa mère.

Billie regretta de ne pas avoir su tenir sa langue. Elle n'avait pas envie d'entamer une énième dispute avec sa mère à propos de l'argent.

Depuis qu'elle avait commencé à bien gagner sa vie, elle avait essayé plusieurs fois d'aider ses parents à faire face à leurs dépenses imprévues. Et, invariablement, sa mère s'était mise en colère ; elle semblait croire qu'une carrière dans l'immobilier ne serait pas toujours rentable.

Peut-être parce que c'était un domaine où les parents de Selena avaient tous les deux échoué.

Billie ajouta un autre plateau à la pile, et suivit sa mère dans la cuisine.

— Je vais laver tout ça, maman. Va dehors avec les autres, il fait plus frais.

— Il y a trop de travail pour une seule personne, protesta Peggy.

— Alors je vais appeler Max en renfort.

Sa mère haussa un sourcil.

— Mais certainement, répliqua-t-elle avec un petit rire sec.

Billie s'avança dans l'embrasure de la porte, à temps pour voir son cousin engloutir un autre cupcake, et lança :

— Viens m'aider à faire la vaisselle pour que maman puisse rejoindre les autres dehors, où il fait plus frais !

Il la regarda comme s'il lui était poussé une seconde tête.

Dans son dos, elle entendit sa mère ricaner.

Elle renonça. Quand il s'agissait de la famille, certaines choses ne changeaient jamais.

Elle poussa sa mère pour prendre sa place devant l'évier, et ajouta du liquide vaisselle dans le bac rempli d'eau tiède. Outre la climatisation vieillissante, il n'y avait pas de lave-vaisselle et, en tant que dernière fille vivant à la maison, Billie avait grandi avec les corvées de vaisselle.

Le premier appartement qu'elle avait occupé seule

n'avait pas de chambre séparée, mais comportait un lave-vaisselle !

— Tu as déjà pensé à habiter ailleurs, maman ?

Peggy la regarda, à la fois surprise et horrifiée par la question.

— Tu veux dire retourner chez moi, à Horseback Hollow ?

Le fait que, après plus de quarante ans, sa mère considère toujours Horseback Hollow comme « chez elle » étonnait toujours Billie.

— Ton père ne voudra jamais quitter cette maison. Et puis nous avons fini de la payer.

Son expression se fit soudain méfiante et elle ajouta :

— Tu es à ce point en manque de clients pour suggérer que nous vendions la maison où tu as grandi, pour acheter quelque chose qui n'est pas dans nos moyens, alors que nous allons prendre notre retraite ?

— Je ne suis pas en manque de clients, maman. D'ailleurs, j'ai un nouveau…

Elle s'interrompit. Les rares fois où elle parlait de son travail avec ses parents, elle s'en tenait à des considérations anodines. Et il n'y avait rien d'anodin chez Grayson Fortune.

— Un nouveau quoi ? demanda Max, en entrant dans la cuisine.

— Un client, je présume, dit Peggy en plongeant une pile d'assiettes dans l'évier. La vaisselle, ça se lave à l'eau chaude, fit-elle remarquer en ajustant la température.

Billie s'abstint de tout commentaire et se mordit la langue tandis que l'eau tiède devenait brûlante.

— Je me demande bien d'où t'est venu cet intérêt pour l'immobilier, alors que tu aurais pu facilement enseigner l'économie, marmonna sa mère, avant de quitter la cuisine.

Billie s'empressa de rajouter de l'eau froide dans l'évier, jusqu'à ce qu'elle puisse y plonger les mains.

Profitant du fait que Max était dans la cuisine, ce qui en soi était un petit miracle, elle se tourna vers lui.

— Qu'est-ce que tu as apporté comme cadeau à Selena, finalement ? s'enquit-elle.

Tandis que sa mère revenait avec une nouvelle pile d'assiettes, il afficha une moue dépitée.

— La seule chose qu'elle voulait, c'était une photo dédicacée de Grayson le Magnifique, répondit-il.

L'assiette glissa des mains de Billie, et retomba dans l'évier en faisant déborder de l'eau savonneuse.

— Pour l'amour du ciel, Billie ! Fais attention ! s'exclama sa mère. C'est la vaisselle de ma grand-mère.

Billie leva l'assiette pour montrer à Peggy qu'elle n'était même pas ébréchée, mais elle resta focalisée sur son cousin.

— Tu t'es procuré un autographe de Grayson pour Selena ? Je pensais que tu détestais ce type.

— En tout cas, sois sûre que je ne l'ai pas payé pour ça.

— Max, dis-moi que tu n'as pas imité sa signature, dit Peggy, choquée.

— Je n'en ai pas eu besoin, tante Peg. Il y a des photos de ce type qui traînent un peu partout. Il suffit de savoir chercher.

Comme celles mises à disposition à la librairie cet après-midi, songea Billie.

— Max, dis-moi où tu as trouvé le cadeau de Selena, dit sa mère en fixant son neveu comme elle l'aurait fait d'un élève ayant triché à un devoir.

Max envoya à Billie un regard d'appel au secours, qu'elle ignora. Elle était trop curieuse pour l'aider.

— La photo était à Bethany, marmonna son cousin. Elle l'a laissée quand elle m'a quitté pour ce vieux beau. Visiblement, elle n'a plus besoin de la photo, maintenant qu'elle a l'original en chair et en os.

Billie se concentra sur les assiettes qu'elle lavait. Elle doutait que l'ex-petite amie de Max ait vraiment « eu » Grayson. Au mieux, elle avait passé une nuit avec lui.

Toutefois, elle ne put s'empêcher de remarquer :

— Je ne trouve pas que Grayson soit un vieux beau.

— Ne me dis pas que tu as toujours le béguin pour lui ? s'exclama son cousin. Tu m'as obligé à attendre deux heures avec toi pour lui faire signer ton fichu calendrier. Au fait, tu sais qu'il en imprime toujours ?

Max secoua la tête d'un air dégoûté avant d'ajouter :

— Il ne pense qu'au fric, ce type. Et à piquer les copines des autres.

— Je n'ai de béguin pour personne, répondit Billie.

Et elle savait que Grayson faisait don de tout l'argent récolté grâce à ses calendriers, car le gouverneur l'avait mentionné l'après-midi même.

— Tu dois oublier cette Bethany, dit sèchement Peggy. Elle était trop vieille pour toi, de toute façon. Tu ferais mieux d'épouser une gentille fille qui te fera des enfants.

— Tante Peg !

Billie faillit éclater de rire devant la mine horrifiée de Max.

— J'ai bien le temps d'y penser, marmonna ce dernier.

— À ton âge, mon garçon, j'avais déjà deux enfants, fit remarquer Peggy. Et ta mère en attendait un à vingt-quatre ans, ajouta-t-elle en agitant son index sous le nez de Max.

Je ne sais pas pourquoi vous êtes tellement réticents à vous stabiliser, tous les deux.

— Et je ne sais pas pourquoi maman et toi insistez autant pour que nous le fassions, rétorqua Max.

Il sourit et passa un bras autour de la taille de sa tante.

— Tu n'as pas assez de petits-enfants ?

L'expression de Peggy se radoucit. Elle avait toujours eu un faible pour le cadet de sa sœur, lui passant ce qu'elle n'aurait pas accepté de Billie.

— Sache que l'on n'en a jamais trop, déclara-t-elle.

Billie ouvrit le robinet pour rincer la vaisselle.

— Tant que tu n'en attends pas de moi prochainement, murmura-t-elle.

— Je t'ai entendue, Belinda Marie. Un jour, tu vas tomber amoureuse et tu changeras d'avis. Je suis au courant du plan de vie que tu t'es fixé, mais ça ne fonctionne pas comme ça.

Sa mère commença à se diriger vers la porte.

— Je te laisse faire la vaisselle toute seule, finalement. Ça te laissera le temps d'y penser.

Comme Max suivait sa tante, Billie lui lança un torchon dans le dos.

— Hé, qu'est-ce que tu fais ? s'exclama-t-elle.

— Tu as entendu ta mère, répliqua-t-il, hilare. Penses-y, Belinda Marie !

Deux semaines plus tard, Billie et Grayson se tenaient côte à côte, et observaient une gigantesque grange.

— Alors, qu'en pensez-vous ? s'enquit Billie.

C'était la troisième fois qu'elle organisait des visites et, après avoir échoué à retenir son intérêt la fois précédente, quand elle lui avait montré la maison des

Orchess et trois autres biens, elle avait décidé de tenter une nouvelle approche.

Elle avait bien compris qu'il n'était pas prêt à s'imaginer vivre dans une nouvelle maison, mais quand il s'agissait de granges, de prairies, d'alimentation en eau, là, il s'intéressait à la conversation. Aussi, avait-elle décidé de commencer par ça.

Elle avait aussi réalisé qu'il se moquait éperdument de ses dossiers minutieusement préparés, contrairement à ses autres clients, et y avait renoncé.

— Quand la grange a-t-elle été construite ? demanda-t-il.

Elle consulta la fiche qu'elle avait imprimée pour elle.

Elle n'était pas très sûre que le ranch Harmon lui plaise car il était plus cher que tout ce qu'ils avaient vu avant. Il était aussi plus éloigné de la ville, et comptait deux cents hectares. Certes, il avait dit qu'il voulait des terres, mais on était là dans un tout autre ordre de grandeur. Mais Forest Allen lui avait présenté ce nouveau bien le matin même, lors de leur réunion hebdomadaire.

— Il y a trois ans, répondit-elle.

— Ce n'est pas mal.

Il glissa ses lunettes de soleil dans l'encolure de son polo bleu marine, et pivota sur lui-même pour observer les pâtures.

— Vous avez dit que c'était alimenté par un puits ?

— Oui.

Heureusement, elle avait perdu sa mauvaise habitude de babiller nerveusement quand elle était en sa compagnie. Elle s'en tenait donc à des réponses concises, sans commentaires ou détails pour vanter le bien.

Elle avait compris que Grayson était tout à fait capable de poser des questions quand il en avait envie, et elle préférait rester en retrait pour le laisser faire ses propres observations.

Malheureusement, cela lui laissait beaucoup de temps pour l'observer…

Et, plus elle l'observait, plus elle était perturbée.

Parce qu'elle l'appréciait vraiment beaucoup. D'ailleurs, elle passait son temps à penser à lui.

— Billie ?

Elle comprit qu'elle était passée à côté de ce qu'il avait dit, et fit mine de consulter ses papiers.

— Pardon ?

— Le terrain est bien vendu avec la maison, n'est-ce pas ?

Il avait ôté son stetson, et s'en servit pour désigner la vaste bâtisse.

Elle fit comme si ses joues n'étaient pas écarlates.

— Bien sûr. La construction remonte à vingt ans, mais elle a été rénovée il y a moins de cinq ans.

Elle s'empressa de se diriger dans cette direction, et il la suivit.

Dans le silence de ce chaud après-midi, leurs pas semblaient résonner lourdement sur l'allée pavée.

— Vous semblez distraite aujourd'hui.

— Vraiment ?

Elle ouvrit le boîtier sécurisé censé contenir la clé. Mais celle-ci n'était pas à l'intérieur.

Elle jura tout bas et remonta ses lunettes de soleil sur le dessus de sa tête.

— Que se passe-t-il ? s'enquit Grayson.

— La clé n'est pas là.

Elle sortit son téléphone de son sac.

— Il faut que je le signale.

Chaque fois qu'un agent immobilier saisissait son code unique sur le boîtier digital, l'information était enregistrée. Ainsi il serait facile de savoir qui était venu avant elle. En outre, elle ne voulait pas être jugée responsable de la disparition de la clé.

Grayson ne parut pas particulièrement contrarié.

— Pendant que vous faites ça, je vais faire le tour et regarder par les fenêtres.

Bonne idée, songea-t-elle. Elle avait besoin de se retrouver quelques minutes seule. Loin de cet homme trop sexy à son goût.

Et comme il était évident qu'ils ne visiteraient pas l'intérieur aujourd'hui, s'il n'aimait pas ce qu'il voyait, ils ne perdraient pas de temps à revenir.

Elle laissa un message à l'intermédiaire qui leur avait délégué le mandat, ferma le boîtier sécurisé, et partit à la recherche de Grayson.

Il était assis sur la première marche de l'escalier en pierre de la piscine, dont l'eau bleue scintillait au soleil. Ses longues jambes étaient étendues devant lui et croisées au niveau des chevilles.

— J'ai signalé la disparition de la clé, dit-elle. Nous ferions bien de passer à la visite suivante.

Il tapota la place à côté de lui.

— Asseyez-vous.

Elle hésita un court instant avant d'obtempérer.

La pierre était chaude à travers l'étoffe de sa jupe, mais pas aussi brûlante que la présence de Grayson, bien qu'elle ait pris soin de laisser un espace satisfaisant entre eux.

— Il va nous falloir une heure pour nous rendre à la prochaine maison, expliqua-t-elle. Le prix est trop élevé, mais le vendeur est pressé, et je pense que nous avons une bonne marge de négociation, si vous êtes intéressé.

— Qu'est-ce qui ne va pas ?

— Rien. Je suis juste contrariée par cette histoire de clé.

— Écoutez, je sais que je ne suis pas le plus facile des clients…

Elle se leva et lissa sa jupe.

— Ne dites pas ça. Vous êtes parfait.

À part sa gueule de bois du premier jour, son manque de disponibilité et sa manie de grimacer devant chaque maison qu'elle lui présentait, il était en réalité un client assez facile.

Ce n'était quand même pas sa faute à lui, si elle rêvait de lui nuit et jour.

— Même si je n'ai pas encore eu le coup de cœur à peine la porte franchie ? demanda-t-il.

— Certains diraient que c'est mon échec, pas le vôtre.

D'ailleurs, certains l'avaient dit. Et plus précisément Forest Allen à la réunion de ce matin.

Heureusement, son patron ne lisait pas dans les pensées. Sinon, il lui aurait aussi fait la leçon sur l'importance de reconnaître l'étroite frontière entre faire des concessions pour un client important et être trop accommodant.

— Grayson, nous trouverons la maison idéale pour vous. Il faut simplement du temps.

— Malheureusement, je n'en ai pas beaucoup.

— Je sais. Et d'ailleurs, je suis surprise que vous ayez pu vous libérer aujourd'hui.

— Pourquoi ?

— Je sais que vous avez une compétition à Reno demain.

Il haussa un sourcil.

— C'est votre mère qui me l'a dit, s'empressa-t-elle d'expliquer, de crainte qu'il s'imagine qu'elle s'était renseignée sur son programme par intérêt personnel.

Bon, d'accord, elle l'avait aussi fait.

— Cela représente au moins deux jours de route, poursuivit-elle. Je suppose que vous allez prendre l'avion.

— Ma mère voulait faire un saut à Paseo avant Reno. Donc mon assistant, Lou, et un autre ami acheminent tout pour nous dans le Nevada. Elle a pris l'avion ce matin. Et moi, j'ai un vol ce soir.

— Vous ne vouliez pas aller à Paseo aussi ?

— J'avais des affaires à régler ici.

— En relation avec Grayson Gear ?

— En relation avec Billie Pemberton.

Elle eut soudain la bouche sèche, et dut faire un effort pour se rappeler qu'il parlait d'affaires immobilières.

— Bon, eh bien, tant que vous êtes là, autant en profiter pour visiter la prochaine maison, au lieu de paresser au soleil ! dit-elle vivement.

— Il fait chaud.

Il jeta un coup d'œil vers la piscine.

— Dommage que vous ne sachiez pas nager. On aurait pu piquer une tête.

Il la regarda avec insistance et suggéra :

— Je pourrais vous apprendre à nager.

Il pourrait lui apprendre tellement de choses !

— Dans la piscine de quelqu'un d'autre ? lui fit-elle remarquer.

— Ils ne le sauront pas. Ça a un petit parfum d'aventure, non ? ajouta-t-il, un sourire moqueur aux lèvres.

— Ça a surtout un petit parfum de licenciement.

— Seulement si votre patron le découvre.

— Je n'aurais jamais dû vous dire que je ne savais pas nager.

— Pourquoi ?

— Parce que ce n'était pas pertinent. Et de toute façon, mon patron ne découvrira rien car nous n'irons pas dans cette piscine. Nous n'avons même pas de maillots de bain.

Elle regretta ces mots aussitôt après les avoir prononcés.

Car, bien entendu…

— Alors ça, ma belle, ce n'est pas un problème pour moi !

Se rappelant qu'il flirtait avec elle parce que c'était tout simplement dans sa nature de flirter avec n'importe quelle femme, elle agita ses fiches devant lui.

— Grayson, nous avons encore des visites à faire.

— Bien, madame.

Il plongea sa main en coupe dans la piscine et projeta de l'eau dans la direction de Billie.

Elle bondit en arrière, mais pas assez vite pour l'éviter.

Baissant les yeux vers son chemisier en soie blanche devenue presque transparente, elle décolla l'étoffe trempée de sa poitrine.

— Je n'arrive pas à croire que vous ayez fait ça ! s'exclama-t-elle.

Il éclata de rire.

— Vu votre façon de conduire, je n'arrive pas à croire que vous bougiez aussi lentement, rétorqua-t-il.

Partagée entre l'embarras et l'envie de rire, elle croisa les bras et le toisa sévèrement, en essayant d'imiter l'expression totalement dénuée d'humour de sa mère.

— Il est temps d'y aller, Grayson.

Il grimaça, mais finit par se lever.

— Je vous ai dit que mon premier béguin était pour

mon institutrice de maternelle, Mlle Frost ? Elle croisait toujours les bras et me lançait ce genre de regard.

— Si vous dites cela pour m'énerver, c'est raté.

Oh ! qu'elle mentait mal…

— Je discute, ma belle, c'est tout.

Il passa à côté d'elle et ajouta :

— Vos fiches sont mouillées.

— Comme c'est étonnant !

Elle attendit qu'il ait le dos tourné, posa ses fiches, descendit quelques marches, prit de l'eau dans ses mains, et la jeta sur lui.

Elle ne fut pas aussi efficace que lui mais parvint à mouiller un peu le dos de son polo.

Il se retourna, surpris.

Elle éclata de rire.

Il s'avança vers le bord de la piscine.

— Vous l'aurez voulu, jeune fille…

Il plongea le bras dans l'eau, et souleva une vague dans sa direction.

Elle retomba sur ses chaussures.

— Ah non ! s'exclama-t-elle. C'est la troisième paire d'escarpins que j'abîme à cause de vous !

La deuxième paire avait été victime d'une bouse de vache, dans laquelle elle avait marché accidentellement, pendant que Grayson concluait que la propriété des Orchess ne lui convenait pas du tout.

— Eh ! Faites attention ! Vous ne savez pas nager, lui rappela-t-il, tandis qu'elle s'accroupissait au bord de la piscine.

— Cela ne veut pas dire que j'ai peur de l'eau.

Imitant son geste, elle souleva une vague qui percuta Grayson en plein visage.

Ôtant son chapeau, il lui jeta un sourire machiavélique.

— Alors là, ma jolie, tous les coups sont permis.

Elle s'affola un peu quand il remplit son chapeau dans la piscine.

Et cette fois, en effet, tous les coups furent permis.

- 6 -

— Tenez, Grayson, dit Billie en lui tendant une serviette de bain. Vous dégoulinez encore.

C'était une exagération, mais il ne releva pas, car il était occupé à passer en revue l'appartement sobrement meublé de Billie.

Elle avait suggéré de le déposer à son hôtel, mais il avait déjà rendu sa chambre. Sans chercher à dissimuler sa consternation, elle l'avait finalement conduit chez elle.

Finalement, ils auraient aussi bien pu se baigner dans la piscine, car ils avaient fini aussi trempés que s'ils avaient plongé tout habillés !

Il jeta la serviette autour de son cou, et déboutonna sa chemise d'un geste machinal, tandis qu'il s'approchait de la baie vitrée surplombant le fleuve Colorado.

Considérant l'emplacement de l'immeuble, il était aisé de deviner qu'elle avait payé son appartement très cher. Elle avait même un balcon, avec un petit canapé, deux fauteuils et une table basse où traînaient quelques magazines.

L'intérieur n'était pas aussi cosy. Outre les cartons qui s'empilaient le long d'un mur, il n'y avait qu'un fauteuil, un téléviseur posé à même le sol, une table ronde et quatre chaises.

Il tourna les yeux vers elle. Debout près du comptoir séparant la cuisine du salon, elle avait ôté ses escarpins.

— Mais vous êtes toute petite ! s'exclama-t-il.

Elle acheva de nouer une serviette blanche autour de ses cheveux, à la façon d'un turban.

— Vous savez parler aux femmes, vous, marmonna-t-elle, en se redressant. Merci pour mon ego.

Il se demanda ce qu'en penserait l'ego de Billie s'il lui disait qu'il avait envie d'elle chaque fois qu'il la regardait.

— Vous portez toujours des escarpins aux talons démesurés, fit-il remarquer.

— Étant donné que j'en ruine une paire quasiment à chaque tournée de visites avec vous, je ferais mieux de m'équiper de bottes en caoutchouc.

Elle ramassa ses chaussures et les agita vers lui.

D'un magnifique bleu paon, elles étaient maintenant parsemées de taches blanches à cause de l'eau chlorée de la piscine.

— Je reviens dans une minute, dit-elle.

Tandis qu'elle se dirigeait vers une porte au bout du couloir, sans doute pour se changer, Grayson fit coulisser la baie vitrée du balcon et fut assailli par une vague de chaleur.

Il sortit et referma soigneusement la baie vitrée pour ne pas faire entrer la chaleur dans l'appartement, ôta sa chemise, et l'étendit sur le dossier d'un fauteuil. Puis il s'assit sur le canapé et inspecta ses bottes Castleton. Elles avaient mieux tenu le coup que les escarpins de Billie, mais c'étaient des bottes de travail, faites pour être traitées à la dure.

Il lui restait encore quelques heures avant de prendre

son avion pour Reno. Sa chemise serait sèche d'ici là. Pas son jean. Il faudrait qu'il sèche sur lui.

Il n'était pas assis depuis cinq minutes, les jambes étendues sur la table basse, que Billie le rejoignait.

— Tenez, dit-elle en lui tendant un grand verre. Ne vous inquiétez pas, c'est un bon vieux thé glacé à l'ancienne. Rien d'exotique. Mais il n'y a pas de citron, parce que je n'en ai plus.

Il referma les doigts autour du verre, mais elle ne le lâcha pas tout de suite.

— Sinon, je peux vous faire de l'eau au concombre, ajouta-t-elle avec un grand sourire.

— Pas dans cette vie-ci ! s'exclama-t-il en riant.

Elle lâcha le verre et, après une hésitation qu'il avait peut-être imaginée, rassembla les magazines sur la table basse pour les mettre dans un grand panier posé au sol.

— J'ai un sèche-linge, si vous voulez faire sécher vos vêtements, proposa-t-elle.

— C'est gentil, mais non. Le soleil et la chaleur suffiront.

Elle s'assit dans l'un des fauteuils, et sirota son thé.

Elle portait maintenant un T-shirt bleu délavé, avec l'écusson bleu et blanc à trois chouettes de l'université Rice, et un bermuda qui exposait moins ses jambes que ses habituelles minijupes. Ses cheveux encore humides étaient nattés.

Elle avait l'air d'avoir quinze ans.

Sauf pour les rondeurs sous son T-shirt…

Il détourna le regard et ses yeux tombèrent sur les magazines dans le panier. Une photo de Ben Robinson s'affichait en couverture de celui du dessus.

Ben Robinson. Son demi-frère et l'un des héritiers légitimes de Gerald Robinson.

Il soupira et se concentra sur les glaçons qui flottaient dans son verre.

— Pourquoi l'économie ? demanda-t-il soudain.

— Pardon ?

— Pourquoi un diplôme en économie ?

— Mon père l'enseigne.

— Vous vouliez suivre ses traces ?

— C'était ce que mes parents avaient prévu, en tout cas. Ils ne sont pas vraiment ravis de mon choix de faire carrière dans l'immobilier.

Elle grimaça, avant de boire une gorgée de thé.

D'un grand geste, il désigna le balcon et la vue.

— Si vous pouvez vous payer ça, où est le problème ?

Elle haussa les épaules.

— Vous savez comment sont les parents quand ils font des projets pour leurs enfants.

— Le projet de ma mère, en ce moment, c'est d'avoir des petits-enfants.

Elle lui sourit.

— Un souhait commun à toutes les mères, et j'en sais quelque chose ! Ma mère a déjà six petits-enfants, mais elle pense que je néglige mon devoir en ne voulant pas augmenter la tribu.

Elle déplia ses longues jambes galbées et les posa sur la table basse. Les ongles de ses pieds étaient vernis en rouge vif, et elle portait un anneau noir autour de l'orteil du milieu.

Il y regarda de plus près, sans se soucier de paraître curieux, et vit que ce n'était pas un anneau, mais un dessin.

— C'est un tatouage ? s'enquit-il.

Elle crispa les doigts de pied, et lui lança un coup d'œil.

— Oui.

Il sourit.

— Eh bien, vous êtes pleine de surprises, mademoiselle l'étudiante de Rice.

Elle avait les joues écarlates, à présent.

C'était peut-être à cause de la chaleur, mais il en doutait.

— Je l'ai fait à vingt ans. Ça a l'air un peu idiot, maintenant.

— Pourquoi ?

— Pourquoi je l'ai fait ? Je voulais impressionner un garçon.

Elle haussa les épaules.

— J'étais jeune et stupide.

Il ne put s'empêcher de rire.

— Ma belle, vous n'êtes peut-être pas stupide, mais vous êtes toujours jeune.

— Vous dites ça comme si vous étiez un vieillard.

— Ce qui est le cas.

— Pas du tout !

— J'ai quand même treize ans de plus que vous.

Elle leva les yeux au ciel et fouilla dans le panier contenant les magazines.

Elle en feuilleta un et lui mit sous les yeux une photo de lui prise lors de la finale d'un rodéo à Austin.

— C'est pour ça que vous avez été élu pour la troisième année consécutive le célibataire le plus convoité du Texas. Rien de plus normal, pour un « vieillard ».

Elle referma le magazine et le jeta à côté de lui sur le canapé.

— Chaque fois que vous venez à l'agence, la moitié des femmes ont des palpitations, dit-elle.

— Seulement la moitié ?

Elle rit et secoua la tête.

— Vous avez parfaitement conscience de votre charme, Grayson. Inutile que je flatte votre ego.

— Et alors, qu'est-il arrivé à ce garçon ? Celui pour qui vous avez fait le tatouage. Il a été impressionné ?

— Brièvement.

— Pas de larmes ? Pas de cœur brisé ?

— Ni de son côté, ni du mien.

— Vous avez déjà eu un chagrin d'amour ?

— Et vous ?

— Oh que oui. Mon institutrice, Mlle Frost, m'a rendu malheureux pendant des années.

Elle rit, puis se mit à jouer pensivement avec sa tresse.

— Je ne crois pas avoir jamais pleuré pour un garçon. J'ai été déçue, oui, mais pas au point d'en avoir le cœur brisé.

Elle grimaça avant d'ajouter :

— Mes amis pensent tous que je suis cynique.

— Ils ont raison ?

Elle haussa les épaules.

— Sans doute. Je ne sais pas. Je préfère me concentrer sur mon travail plutôt que sur ma vie privée. J'aime ne dépendre que de moi-même. Si j'échoue, c'est mon problème.

Grayson l'observa quelques instants.

— Cela ne doit pas vous arriver très souvent, d'échouer.

Elle rougit à nouveau et ne répondit pas.

Il bougea et le magazine tomba du canapé. Il le ramassa et le remit dans le panier.

— Je n'ai pas fait d'études universitaires, dit-il soudain, sans vraiment savoir pourquoi.

C'était peut-être à cause de la photo de son brillantissime demi-frère en couverture de la revue. Un demi-frère qu'il avait jusqu'ici refusé de rencontrer, même si Jayden et Nathan lui avaient dit qu'il était plutôt sympa.

— Ce qui veut dire que vous êtes plus intelligente que moi.

— Les diplômes n'ont jamais sanctionné l'intelligence, mais plutôt la capacité à accumuler des connaissances, parfois inutiles, d'ailleurs. Grayson Gear engrange des bénéfices records, et vous avez l'air très ami avec le gouverneur. L'absence de diplôme ne vous a pas vraiment nui, finalement.

— Vous avez peut-être raison.

Il se leva et soupira.

— Je dois y aller, malheureusement.

Tandis qu'il enfilait sa chemise encore humide, Billie se leva à son tour, plus lentement, et l'air un peu désarçonnée.

— Déjà ? demanda-t-elle, en posant son verre sur la table.

— Je vous appelle à mon retour de Reno. Je ne sais pas quand ce sera. Il y a plusieurs compétitions, et cela dépend de mon score. Soit je suis éliminé dès le début, soit…

— … vous restez jusqu'à la finale en fin de semaine, conclut-elle à sa place. Je sais comment ça fonctionne.

— Si la maison que nous avons vue aujourd'hui est encore sur le marché, j'aimerais la visiter à nouveau.

Il fit coulisser la baie vitrée et retourna à l'intérieur.

Billie le suivit, en trottinant presque sur le parquet pour le rattraper.

— Attendez ! Je peux vous conduire à l'aéroport, dit-elle.

Il récupéra son chapeau sur le comptoir de la cuisine, et se dirigea vers la porte d'entrée.

— Ne vous donnez pas cette peine. Je dois retrouver une vieille amie avant de prendre mon avion.

C'était la vérité. Il avait reçu un message inattendu juste avant de quitter son hôtel.

La main posée sur la poignée de la porte, il se tourna vers Billie.

— Puisque vous vous intéressez au rodéo, vous avez peut-être entendu parler d'elle. C'est une cavalière assez douée, Bethany Belmont.

Une étrange lueur traversa le regard de Billie, trop fugitive pour qu'il en devine la nature.

— Non. Je n'ai jamais entendu parler d'elle, répondit-elle.

Croisant les bras sur sa poitrine, elle ajouta :

— Je vais voir avec votre mère quand nous pouvons arranger une nouvelle visite du ranch Harmon.

Elle sourit, mais son expression avait perdu toute sa chaleur.

— Si vous souhaitez que votre amie le voie aussi, n'hésitez pas à venir avec elle, précisa-t-elle.

— Je doute que ça l'intéresse, mais qui sait ?

Il ouvrit la porte.

— Désolé pour vos chaussures.

— Ton score n'est pas mauvais.

Grayson jeta un coup d'œil au cavalier qui venait de l'approcher, chevauchant un bai brun de belle allure.

C'était la première fois depuis des mois que Max

Vargas s'adressait directement à lui. Ce dernier devait passer juste derrière lui.

— Je ne me plains pas, répondit-il.

Il se hissa en selle. Vix bougea un peu, mais se calma très vite.

— Je vois que tu montes Deca, dit-il. C'est un bon cheval. Tu le connais ?

Max secoua la tête. Son stetson noir était rabattu sur ses yeux, masquant son expression.

— Ne cherche pas à trop le contrôler. Il sait ce qu'il a à faire.

— Moi aussi, je sais quoi faire, rétorqua sèchement Max.

Grayson n'insista pas.

Ignorant l'arrogant jeune homme, il salua son assistant.

— Comment ça va, ce matin, Lou ?

— En pleine forme, comme toujours.

Lou Blackhorn était un ancien cavalier de rodéo qui avait dû se reconvertir après un accident qui lui avait laissé une légère claudication.

— Fais attention à ne pas casser la barrière, ajouta-t-il.

Grayson sourit. C'était un rituel entre eux, comme une sorte de porte-bonheur. La corde tendue devant le box ne pouvait être franchie avant le signal de départ. À défaut, une pénalité de dix secondes était appliquée. Depuis que Lou lui recommandait de ne pas casser la barrière, il n'avait pas eu une seule pénalité de franchissement.

Vix se tenait sagement au fond du box, sans que Grayson ait eu à le forcer pour reculer. Comme d'habitude, il avait ses deux meilleurs chevaux avec lui. Mais Vix était meilleur le matin, tandis que Van préférait les spots nocturnes et les clameurs d'une foule plus nombreuse.

Grayson se tenait souplement en selle, offrant une apparence détendue. Mais à l'intérieur, il bouillonnait de nervosité. C'était une bonne chose. S'il n'avait pas le trac, c'était l'assurance de faire un mauvais score.

Dans la stalle voisine, le bouvillon s'agitait, faisant claquer les parois métalliques.

— On dirait que ce petit gars est pressé d'en découdre, fit remarquer Lou.

— C'est comme ça que je les aime, dit Grayson.

Tandis que le sang battait à ses oreilles, il observa l'arène, envisageant mentalement le déroulé de sa course.

— Bien, mon garçon, dit-il, en flattant l'encolure de Vix. On va leur montrer ce qu'on sait faire.

Il fit un signe de tête à l'employé chargé de manœuvrer l'ouverture de la stalle, et le bouvillon jaillit comme un boulet de canon.

La suite fut un mélange de brouillard et de détails précis.

En l'espace de quelques secondes, Vix rattrapa le bouvillon, Grayson sauta à terre, enroula les bras autour des cornes du jeune bovin et, les talons fermement plantés au sol, renversa l'animal qui pesait le double de son poids.

C'était exécuté dans les règles de l'art.

Dès qu'il libéra le bouvillon, celui-ci se remit sur ses pattes et commença à trottiner en cercles, un peu perdu, ce qui était normal.

Grayson ne connaissait pas son temps, mais il lui semblait correct, le règlement voulant que le placage de l'animal soit réalisé en moins d'une minute. Qui plus est, il se sentait en pleine forme. Ni ses côtes ni ses cuisses ne lui faisaient mal.

S'il évitait de penser à l'expression glaciale de Billie

quand il avait quitté son appartement la veille, tout allait pour le mieux dans le meilleur des mondes.

Le speaker annonça un score de quarante-deux secondes, et la foule clairsemée applaudit dans les gradins.

Grayson agita son stetson en guise de salutations et rejoignit le couloir autour de l'arène, où Lou l'attendait avec Vix.

— Belle prestation, le félicita Lou, en lui tendant les rênes.

Mais Grayson, qui avait l'intention de s'attarder un peu pour regarder les autres concurrents, lui laissa le soin de s'occuper de sa monture.

Déjà, le speaker annonçait le passage de Max.

La nervosité du jeune cavalier était visible. Il tenait les rênes trop levées et trop fermement. Exactement ce que Deca n'aimait pas.

— Allez, Max, relâche la pression, murmura Grayson.

Il était impossible que son concurrent l'entende. Trop de distance. Trop de bruit.

Max fit rouler sa tête sur ses épaules, et donna le signal pour libérer le bouvillon.

Moins d'une minute plus tard, ce fut terminé.

— C'était Max Vargas, avec quarante-trois secondes, mesdames et messieurs ! annonça le speaker.

Grayson nota le temps, non sans satisfaction, et s'avança dans le couloir, bloquant délibérément le passage à Max.

— Bon temps, dit-il.

Max lui jeta un regard noir, visiblement furieux.

— Il aurait été meilleur si mon assistant n'était pas un empoté, marmonna-t-il.

Grayson passa un bras autour des épaules de son concurrent, et l'attira plus près de lui.

— Tu as du talent, gamin. Mais il te reste beaucoup de choses à apprendre. Tu veux faire un meilleur score ? Plie les jambes quand tu renverses le bouvillon. En restant dressé comme ça, tu perds du temps.

— Quand j'aurai besoin de tes conseils, je te le demanderai, répliqua Max en le bousculant pour se libérer.

Grayson allait le suivre quand il vit sa mère dans les gradins.

Elle lui sourit en levant les pouces.

Rien que de très normal.

Ce qui n'était pas normal, c'était la présence de cet homme, assis quelques sièges plus loin, qui s'était levé et s'en allait.

Qu'est-ce que ce type fichait là ?

Grayson serra les poings et tendit le cou pour essayer de mieux voir Gerald Robinson avant qu'il disparaisse. Mais Deborah s'était levée à son tour et venait vers lui d'un pas pressé.

Si elle avait connaissance de la présence de l'homme qui l'avait mise enceinte et abandonnée, elle n'en montrait rien.

— Bravo pour ton score, mon grand ! Comment te sens-tu ?

— Bien. Et toi ? Ce séjour à Paseo ?

Visiblement choquée par son ton agressif, elle plissa les paupières.

— Parfait.

— Que faisait Robinson ici ? s'enquit-il.

— De quoi parles-tu ?

Il balaya à nouveau l'arène du regard. Mais l'homme avait disparu.

— Rien. Laisse tomber, marmonna-t-il.

Il prit le document que lui tendit sa mère et le consulta. C'était son emploi du temps. Séance d'autographes à midi. Visioconférence à 15 heures avec Castleton…

— Rien, mon œil ! dit sa mère, en récupérant brusquement l'emploi du temps. Je t'écoute.

Il soupira. Connaissant Deborah, il avait tout intérêt à parler maintenant.

— Maman, il faut s'attendre à tout avec Gerald Robinson. Ce type a mis en scène sa mort en tant que Jerome Fortune, avant de se réinventer en magnat de l'informatique sous le nom de Gerald Robinson. Maintenant qu'il t'a retrouvée, qui peut dire de quoi d'autre il est capable ?

— Je pensais que tu me faisais plus confiance que ça, mon garçon. Ce n'est pas parce que j'ai eu envie de retourner au pays et de voir mes deux autres fils qu'il faut envisager le pire.

— Il est marié.

Il regretta ses mots en voyant la lueur de colère qui traversa le regard de sa mère.

— On dirait une mise en garde, dit-elle froidement.

— Pas du tout. Simplement, j'ai peur qu'il te fasse à nouveau du mal.

— Oh ! Pour l'amour du ciel, Grayson. J'ai été amoureuse de lui, mais cela remonte à longtemps, et c'est bien fini. En outre, je ne suis pas une briseuse de couple.

— Ce que j'en dis…

— Si tu tiens à t'inquiéter pour quelqu'un, fais-le pour toi.

— Et à quel sujet, je te prie ?

— Travailler moins et profiter plus de la vie. Te marier, par exemple. Regarde tes frères.

— Je ne suis pas mes frères. Mon seul souci, c'est d'être à l'heure là où je suis attendu.

Il essaya de récupérer son emploi du temps.

— Maman, je vais en avoir besoin, tu sais.

Elle lui lança le papier, visiblement très agacée.

— Séance d'autographes et conférence de presse aujourd'hui, annonça-t-elle. Puis visioconférence avec Castleton. Intervention de Grayson Good dans une école élémentaire demain et une maison de retraite après-demain. J'attends de savoir si tu as besoin de temps libre avant de programmer la suite.

Elle laissa passer un bref silence avant d'ajouter :

— Tu as vu Billie, hier, non ?

Il ramassa la feuille par terre avant de répondre :

— J'ai visité une maison avec mon agent immobilier, en effet.

— Avec Billie.

Il plia la feuille et la glissa dans la poche arrière de son jean.

— Bon sang, maman ! Tu ne peux pas me laisser tranquille ?

Elle haussa les sourcils.

— Je te laisserai tranquille quand tu me diras ce qui te met de si méchante humeur.

Grayson se pinça l'arête du nez et soupira.

Il n'avait aucune envie de parler de Billie. Surtout avec sa mère qui déformerait tout ce qu'il dirait.

Du coin de l'œil, il vit Max Vargas, qui pestait encore, tournant en rond et faisant de grands gestes.

Sa mère le regardait toujours d'un mauvais œil, et il eut soudain une idée pour faire diversion.

— J'ai vu Bethany Belmont hier soir, avant de prendre mon avion. Elle est enceinte.

Sa mère ouvrit de grands yeux.

— De toi ?

— Bien sûr que non !

Il n'avait jamais couché avec Bethany, même si, pendant un certain temps, il avait déployé pas mal d'efforts dans cette intention.

— Elle ne m'a pas dit qui était le père.

— Dans ce cas, pourquoi t'en a-t-elle parlé ?

Il haussa les épaules.

— Je suppose qu'elle avait besoin de se confier à quelqu'un. Et comme elle n'a plus de famille, et que nous avons tous les deux grandi à Paseo, elle a dû penser que j'étais le mieux placé. Bref, elle m'a demandé un emploi chez Grayson Gear. Elle est enceinte à trente-six ans, criblée de dettes, et elle doit arrêter la compétition. Mais tu dois savoir ce que c'est…

L'émotion se lisait dans les yeux de sa mère.

— Même après tout ce temps, je n'ai pas oublié, murmura-t-elle. Que lui as-tu dit ?

— D'aller voir Jessica lundi.

De son côté, il avait déjà prévenu la directrice de sa compagnie de réserver un bon accueil à Bethany.

— En attendant, je lui ai fait une avance de 1 000 dollars pour joindre les deux bouts, précisa-t-il.

— Elle pourrait les utiliser pour avorter.

— J'en doute. Elle semblait anxieuse de trouver un travail, mais très heureuse de sa grossesse.

— Hé, m'sieur !

Grayson sentit que l'on tirait sur la manche de sa chemise, et baissa les yeux vers un petit garçon qui lui tendait un carnet, en affichant une expression pleine d'espoir.

— Vous voulez bien signer ?

Ravi de cette interruption, Grayson s'accroupit pour se mettre à la hauteur du petit garçon.

— Comment tu t'appelles, cow-boy ?

L'enfant eut un grand sourire.

— Billy.

— Billy, hein ?

Grayson avait toujours pensé que l'univers avait un étrange sens de l'humour.

— J'ai connu un Billy, autrefois. Billy Wood. Un grand cavalier qui m'a beaucoup appris. Quel âge tu as ?

— Six ans. Quand je serai grand, moi aussi je ferai du rodéo !

Grayson apposa son autographe dans le carnet de l'enfant et le lui rendit. Puis il adressa un sourire à la jeune femme brune qui se tenait légèrement en retrait, couvant son fils d'un regard protecteur.

— Dans ce cas, mon garçon, tu vas avoir besoin d'un chapeau.

Grayson ôta son stetson et le posa sur la tête de l'enfant.

— Fais-y attention, cow-boy. Un jour, il sera juste à ta taille.

Les yeux écarquillés, Billy posa aussitôt une main sur le dessus du chapeau beaucoup trop grand pour lui.

— Oh ! Merci, m'sieur !

Puis il fila vers sa mère, comme s'il avait peur que Grayson change d'avis. Radieuse, la jeune femme articula un « merci » silencieux avant de s'éloigner avec son champion en herbe.

— C’était gentil, Grayson, lui fit remarquer Deborah. Tu n’avais jamais fait ça avant.

Il haussa les épaules.

— Le gamin m’a fait penser à E.J.

— Tu es sûr que ce n’était pas plutôt à cause de son prénom ?

Il avait rarement menti à sa mère. Mais il le fit, cette fois.

— Sûr et certain.

- 7 -

Billie sortit de l'ascenseur en jonglant avec son sac, son panier de courses et ses clés, tout en écoutant les messages sur son téléphone calé entre son oreille et son épaule.

Elle avait passé une partie de l'après-midi à pester contre sa collègue Elena, qui avait programmé trois opérations portes ouvertes en même temps, et à essayer de régler le problème. Puis elle avait essayé de sauver une vente, où le seul point de désaccord entre le couple d'acheteurs était… la couleur de la moquette.

Il était presque 20 heures, elle était fatiguée, et elle avait mal aux pieds.

Elle ne rêvait que de trois choses : prendre un bain, boire un verre de vin, et dévorer la moitié du paquet de cookies au beurre de cacahuètes qu'elle venait d'acheter. Pas forcément dans cet ordre.

La vue de Grayson, assis sur son paillasson avec un grand sac de courses posé à côté de lui, fit passer ses envies de détente au second plan.

Elle s'arrêta net et ressentit l'envie irraisonnée de retourner dans l'ascenseur et de prendre la fuite.

Mais il l'avait déjà aperçue et se levait.

Il portait toute la panoplie du cow-boy : chemise noire

ajustée avec un empiècement brodé et un lacet en cuir et argent autour du col, ceinturon à grosse boucle, jean moulant et bottes rutilantes. Il ne lui manquait que son célèbre stetson noir.

Elle savait qu'il n'avait pas encore terminé son circuit à Reno, car elle avait eu un message de Max qui pestait d'avoir été battu d'une seconde.

Elle laissa tomber son téléphone dans son sac et glissa un regard en coin à son invité surprise tandis qu'il s'écartait pour lui permettre de déverrouiller la porte.

— Vous ne devriez pas être à Reno ? s'enquit-elle d'un ton qu'elle espérait léger.

— J'ai un jour de battement avant la seconde série d'épreuves.

Ce qui n'expliquait pas ce qu'il faisait devant sa porte, surtout après son départ précipité de la veille. Mais elle se garderait bien de poser la question.

— Laissez-moi vous aider.

Il n'attendit pas sa permission pour prendre son lourd sac de courses.

Elle tourna la clé dans la serrure et poussa la porte.

Il suivit, encore une fois sans permission, et posa le sac sur le comptoir de la cuisine.

— Vous travaillez toujours aussi tard ? demanda-t-il.

— Quand c'est nécessaire.

Elle posa ses affaires, croisa les bras et le fixa sans un mot, attendant une explication à sa présence ici.

Il ne comprit pas son message muet et commença à sortir un à un les articles qu'elle avait achetés.

Une bouteille de chardonnay.

Du bain moussant à la lavande.

Des bougies.

Il posa sur elle un regard surpris.

— Vous attendez de la compagnie ? s'enquit-il.

— Est-ce tellement surprenant ?

Il ne dit rien et passa à la suite.

Un paquet grand format de cookies.

Un pot de crème glacée à la vanille.

Cette fois, le regard qu'il lui jeta fut plutôt moqueur.

— Vous comptiez faire un repas avec *ça* ?

Elle haussa les épaules et mit la glace dans le freezer, où elle tint compagnie au bac à glaçons.

Toujours sans demander, il ouvrit le réfrigérateur et observa les quatre yaourts, l'orange flétrie, les deux pommes vertes et le carton de lait.

— J'ai eu l'impression que nous avions eu notre première dispute, dit-il, en refermant la porte du réfrigérateur.

— Pas du tout. Vous m'avez confié pas mal d'informations personnelles, et vous avez filé.

Pour aller rejoindre une autre femme. Ce qu'elle trouva inutile de préciser. De quel droit serait-elle jalouse ?

Sans un mot il quitta la cuisine et revint rapidement avec le sac qu'il avait laissé dans le couloir.

— Et j'ai pensé que je vous devais des excuses, ajouta-t-il.

Il sortit du sac quelque chose qui ressemblait à une boîte de bottes.

— Qu'est-ce que c'est ? demanda-t-elle.

— Ouvrez, et vous le saurez.

Elle souleva le couvercle, s'attendant à découvrir une paire de bottes Grayson Gear.

Mais elle se trompait, et elle ne put s'empêcher de rire.

— Au moins, vous ne m'avez pas confondue avec

Cendrillon, fit-elle remarquer en sortant de la boîte une botte en caoutchouc couleur kaki.

Il sourit.

— Peut-être que si…

Il sortit une autre boîte du sac, beaucoup plus petite, de couleur beige, avec au centre un logo blanc reconnaissable entre mille…

Non, il n'avait pas…

— Vous ne m'avez pas acheté des Louboutin ? murmura-t-elle, n'osant y croire.

— Des quoi ?

La bouche sèche, elle souleva délicatement le couvercle. Les chaussures étaient noires, avec un talon démesuré et la célèbre semelle rouge laquée qu'elle n'avait vue que dans les magazines et aux pieds de Rhonda Dickinson.

— Grayson, vous n'auriez pas dû.

Elle reposa le couvercle et poussa la boîte vers lui.

— Je ne peux pas accepter.

— Vous l'avez bien fait pour les bottes en caoutchouc.

— Ce n'est pas la même chose.

— Je ne vois pas la différence.

— Plusieurs centaines de dollars ?

Il poussa la boîte vers elle.

— Billie, vous aimez les chaussures.

À dire vrai, elle les adorait. Mais elle n'avait jamais dépensé une telle fortune pour assouvir sa passion.

Une fois de plus, elle fit glisser la boîte vers lui.

— Elles sont trop chères, et…

Elle maintint la pression sur la boîte pour qu'il ne puisse pas la renvoyer de son côté.

— … vous ne connaissez même pas ma pointure.

— Je suis assez doué pour les devinettes.

— Oh. J'imagine que vous ne manquez pas de pratique.

Il repoussa doucement sa main, souleva le couvercle de la boîte, sortit un des escarpins et s'accroupit devant elle.

— Essayons, dit-il.

La tête lui tournait un peu, et elle prit appui contre le comptoir.

— Grayson, c'est ridicule, voyons. Je…

— Ne discutez pas et donnez-moi votre pied.

Tout en sachant qu'elle aurait dû résister plus vigoureusement, elle obtempéra, et il lui ôta son escarpin jaune fluo.

— Vous les portiez quand nous nous sommes vus pour la première fois, fit-il remarquer.

— Ah bon ? Je ne me souviens pas.

Sa voix était un peu étranglée, et elle se demanda s'il avait deviné qu'elle mentait.

Les yeux fixés sur les cheveux bouclés de Grayson, elle essaya de calmer sa respiration et crispa les doigts sur le marbre froid du comptoir quand il glissa doucement l'escarpin à son pied.

Il lui allait à la perfection.

Puis Grayson se releva, en laissant courir ses doigts à l'arrière de son mollet, s'arrêtant avant le genou.

Le mal était fait, cependant. Une chaleur intense se propageait déjà à travers tout son corps.

— Ça m'a l'air bien, dit-il. Qu'en pensez-vous ?

Elle pensait qu'il se tenait beaucoup trop près.

Elle pensait que, même alors qu'elle portait des talons de douze centimètres, il était toujours beaucoup plus grand qu'elle.

Et elle pensait qu'il valait peut-être la peine de mettre son emploi en danger pour lui.

— Je pense que vous avez bien deviné, répondit-elle.

Ce n'était pas sa voix, quand même ? Tout essoufflée et tremblante.

Il se rapprocha, et la petite distance entre eux devint minuscule.

— Si vous ne les acceptez pas, murmura-t-il, nous allons avoir un problème.

— Quel problème ?

Il posa les yeux sur ses lèvres.

— Je vais devoir trouver une autre façon de me faire pardonner, ma jolie.

Il se déplaça à nouveau, et elle sentit quelque chose de dur appuyer contre son ventre.

Elle s'humecta les lèvres.

— Grayson…

Puis un semblant de bon sens lui revint, et elle comprit qu'il tenait son escarpin jaune entre eux.

Que lui arrivait-il ?

Cela faisait donc si longtemps qu'elle n'avait pas ressenti une attirance aussi vive pour un homme ?

En fait… oui.

Elle prit sa chaussure d'un geste brusque, et s'éloigna un peu.

Essayant de se remettre de ses émotions, elle se pencha et ôta de son pied le splendide escarpin. Puis elle le posa dans la boîte avec son jumeau et remit le couvercle.

— Inutile de vous excuser, Grayson, car il n'y a pas eu de dispute.

— J'en ai pourtant eu l'impression.

Il laissa passer un court silence avant de reprendre :

— Vous savez, il n'y a rien entre Bethany et moi.

— Elle est au courant ?

— Vous voyez ? Là, ça ressemble à une dispute.

Il leva la main, et elle se crispa quand il passa les doigts dans les cheveux de Billie et glissa une mèche derrière son oreille.

— C'est juste une vieille amie. Nous avons grandi ensemble et nous nous retrouvons parfois sur les circuits de rodéo.

— Cette conversation est…

— Nécessaire ?

— Déplacée.

— Cela restera entre nous, si vous voulez.

— Grayson…

Une sonnerie retentit. Elle laissa sonner.

— Billie, c'est votre téléphone.

— Quoi ?

Se sentant stupide, elle regarda son sac posé sur le comptoir.

Plongeant la main dedans, elle s'empara de son téléphone, vit que l'appel provenait de Max, et le rejeta. Puis elle mit l'appareil en mode silencieux, et le jeta dans son sac comme si elle jonglait avec une pomme de terre brûlante.

— Vous savez quoi, vous réfléchirez aux chaussures pendant le dîner, décréta soudain Grayson. Je vous invite.

— Inutile.

— J'ai entendu parler d'un nouvel endroit, et je suis affamé.

Elle aussi, mais peut-être pas de la façon dont il l'entendait.

— Il s'agit d'un dîner d'affaires, donc ? s'enquit-elle.

— Bien sûr.

Il n'y avait pas une once de conviction dans sa réponse.

— Je vais me changer, dit-elle.

Bon sang, elle n'avait pas la moindre volonté !

Au moment de tourner les talons, elle comprit qu'elle ne portait qu'un seul de ses escarpins jaunes. Elle glissa rapidement le pied dans la seconde chaussure et grimaça de douleur. Après le paradis des Louboutin, ces chaussures qu'elle avait portées toute la journée étaient l'enfer !

Grayson agita la boîte beige.

— Vous ne voulez pas les étrenner ?

Elle l'ignora et marcha tout droit vers sa chambre.

Le lit, qu'elle avait fait ce matin comme tous les jours, semblait lui faire de l'œil.

Un frisson courut le long de son dos.

Avec un soupir, elle se dirigea vers sa penderie et choisit un jean noir, un chemisier en soie pourpre, et des sandales à semelles compensées beaucoup plus confortables que ses escarpins jaunes.

Elle se rendit ensuite dans la salle de bains. Ses joues étaient beaucoup trop rouges, mais elle ne pouvait rien y faire. Elle se lava les dents, se brossa les cheveux, et appliqua un peu de gloss sur ses lèvres.

Tandis qu'elle calait une mèche derrière son oreille, elle se souvint du geste de Grayson, et quelque chose se noua dans son ventre.

Elle reprit sa brosse et rassembla ses cheveux en une queue-de-cheval haute, qu'elle retint avec trois tours d'élastique. Ainsi, aucune mèche ne risquait de s'en échapper.

Puis elle examina l'ensemble dans le miroir.

— Le travail, Belinda Marie. Rien que le travail.

Elle eut l'impression que son reflet hochait la tête, et elle sortit pour affronter la soirée.

Les meilleures intentions de Billie ne tardèrent pas à s'envoler. En fait, dès que Grayson et elle arrivèrent dans le parking souterrain de son immeuble, elle comprit qu'elle évoluait dans des eaux trop profondes pour quelqu'un qui ne savait même pas nager.

Arrivé à la hauteur de sa voiture, Grayson tendit la main sans un mot.

— Grayson, on n'a peut-être pas le temps de jouer au mime. Je croyais que vous aviez faim.

— Votre clé.

— Quoi ? Vous voulez ma clé ?

— En effet.

— Personne ne conduit ma voiture à part moi.

— Ce soir, j'ai envie d'arriver à destination sans m'être fait de nouveaux cheveux blancs.

Elle regarda immédiatement l'épaisse chevelure de Grayson. Ses cheveux étaient peut-être un peu longs, mais il n'avait pas un seul cheveu blanc.

Il n'avait pas baissé la main.

— Billie, s'il vous plaît.

On pouvait faire des concessions pour un client important, se rappela-t-elle. Simplement, il ne fallait pas être trop accommodant.

Elle laissa tomber la clé au creux de la paume de Grayson.

— Voilà. Ce n'était pas si compliqué, vous voyez.

Il lui ouvrit sa portière, puis fit le tour de la voiture pour se mettre au volant.

Avant de monter, il recula le siège, s'installa, modifia le réglage, puis ajusta le rétroviseur. Pour finir, il boucla sa ceinture de sécurité et tourna la clé dans le contact.

— La ceinture, Billie.

Elle tressaillit et se força à revenir sur terre.

Qu'y avait-il de si fascinant à regarder Grayson se mettre au volant de sa voiture ?

Elle attacha sa ceinture et regarda droit devant elle tandis qu'il sortait du parking souterrain.

— Ne vous inquiétez pas, je prendrai soin de votre bolide, dit Grayson, moqueur. Vous savez, vous êtes bien jeune pour être aussi maniaque.

— Essayez d'être la petite dernière d'une famille qui contrôle tout, et vous verrez comment vous tournerez.

Elle fouilla dans son sac et en sortit son téléphone. Puis elle ouvrit l'application Austin Elite.

— Vous appelez quelqu'un ? s'enquit Grayson.

— Je regarde les nouveaux biens que nous avons rentrés cette semaine. Comment s'appelle le restaurant que vous voulez essayer ?

— La Viña. Ça se trouve dans le secteur de Mendoza Winery. Vous connaissez ?

— J'y suis allée une fois. La sœur d'une amie y avait organisé son mariage.

Fidèle à sa devise « Plus on est de fous, plus on rit », Schuyler Fortunado avait invité tous les employés de l'agence immobilière de son père, que dirigeait maintenant sa sœur Maddie. Si Billie y était allée, c'était parce qu'elle n'avait pas trouvé d'excuse diplomatique pour se défiler.

— La nourriture est-elle bonne ? demanda Grayson.

— Excellente. Et le vin aussi.

Billie n'avait pas envie de penser au bouquet de la mariée, qui s'était ouvert en deux quand Schuyler l'avait lancé. La moitié était tombée à ses pieds, tandis que Maddie attrapait l'autre moitié. Son amie y avait vu un signe, ce que Billie avait promptement réfuté. Quant à Maddie, il était évident que Zach et elle étaient déjà follement amoureux. Il n'y avait rien de magique ni de prophétique là-dedans.

— C'est une adresse très fréquentée. Je ne suis pas sûre que nous puissions trouver une table sans avoir réservé.

Grayson lui adressa un petit sourire satisfait et ne fit aucun commentaire.

— Bien sûr, murmura-t-elle. J'imagine que ce n'est pas un détail dont vous avez à vous soucier.

Il rit doucement, ce qui provoqua en elle un délicieux frisson.

Comme prévu, le maître d'hôtel de La Viña fut aux petits soins pour eux, les guidant vers une table ronde placée devant une immense baie vitrée, face aux vignes.

— C'est un plaisir de vous avoir parmi nous ce soir, monsieur Smith, dit-il avec déférence. Mon fils a participé à la classe d'équitation que vous avez donnée l'année dernière. Il en parle encore.

— Comment s'appelle votre fils ?

— Carmelo.

— Je me souviens bien de lui. Il n'avait peur de rien. Dites-lui que j'espère le revoir cette année. Nous allons étendre le programme aux collégiens, et il doit être dans cette tranche d'âge, non ?

— Tout à fait.

Radieux, le maître d'hôtel leur présenta les menus.

— Votre serveur ce soir sera Alfonso. Mais n'hésitez pas à me demander, si je peux faire quelque chose pour améliorer encore votre soirée.

— Elle est déjà parfaite, répondit Grayson, en glissant à Billie un regard enjôleur qui lui donna envie de disparaître sous terre.

Au lieu de se recroqueviller, elle regarda autour d'elle. Même quand il n'était pas utilisé dans le cadre d'un mariage, le restaurant était incroyablement romantique et propice à la complicité amoureuse, avec sa salle au décor feutré et ses chandeliers en argent sur les tables nappées de blanc.

Regardant le menu sans vraiment le voir, elle ne s'était toujours pas décidée quand Alfonso se présenta à leur table. Elle accueillit donc avec soulagement la proposition qu'il leur fit d'opter pour la sélection du chef.

Le serveur s'éloigna, et le sommelier vint leur présenter un de leurs meilleurs vins.

— Avec nos compliments, bien sûr.

— Je suppose que cela vous arrive souvent, toutes ces petites attentions, dit Billie, quand Grayson et elle furent seuls.

Il leva son verre et l'inclina légèrement vers elle.

— Difficile de l'éviter. Mais quand je dîne avec une jolie femme, j'aime que l'on me laisse tranquille. Le calme, l'intimité et, si j'ai de la chance, un bon steak. Voilà tout ce que je demande.

Inquiète de briser son très délicat verre en cristal tant ses doigts tremblaient, Billie le leva à son tour vers Grayson.

— Vous êtes au courant que je suis végétarienne ?

Il parut surpris.

Et consterné.

Elle sourit et but une gorgée de vin, charpenté et

riche en tanins, savourant ses arômes de fruits noirs et ses notes épicées.

Puis elle se pencha vers Grayson et murmura :

— Je plaisante.

Il rit, sans chercher à masquer son soulagement.

— Je pense être un type plutôt tolérant, mais avec l'eau de concombre et le thé glacé, j'ai sans doute atteint mes limites.

— Tous les goûts sont dans la nature, non ?

Il laissa passer un silence, tout en l'observant avec insistance.

— Certainement.

Réprimant un frisson, Billie se redressa sur sa chaise.

Il serait tellement facile de céder au charme de Grayson.

Et tellement plaisant.

Jusqu'à ce qu'il se lasse d'elle et passe à une autre femme.

Il serait peut-être temps qu'elle se rappelle qu'il s'agissait d'un dîner d'affaires.

Pour se rassurer, elle posa son verre, sortit son téléphone, et consulta rapidement les nouvelles annonces.

— Voilà, dit-elle, en déposant le téléphone entre eux pour que Grayson puisse voir l'écran. J'ai trois nouveaux biens qui pourraient vous intéresser. Dans combien de temps devez-vous retourner à Reno ? Je pourrais peut-être…

Elle s'interrompit quand il prit son téléphone et le retourna, laissant la main dessus pour qu'elle ne puisse pas le récupérer.

— Grayson !

— Oui, Billie ?

— Vous êtes… impossible !

Il sourit innocemment.

— Accordez-moi ce dîner, et je regarderai vos annonces après le dessert. Promis.

Avec un soupir, elle reprit son verre et le porta à ses lèvres.

— Belinda ? Je pensais bien que c'était vous.

Elle faillit s'étrangler en voyant son patron s'arrêter près de leur table.

— Monsieur Allen !

Elle déposa son verre si brusquement qu'elle faillit le renverser.

— Quelle surprise ! Vous… euh… vous n'avez pas encore rencontré mon client, M. Smith, dit-elle vivement.

Elle fit rapidement les présentations.

Le sourire de Forest Allen était un peu crispé.

— Ma femme et moi sommes ici pour fêter notre anniversaire de mariage, dit-il.

— Le vingtième, précisa Anita Allen. Je rêvais d'un endroit romantique, et je dois dire que La Viña est un cadre absolument fantastique pour les amoureux.

— Je ne saurais le dire, marmonna Grayson en brandissant le téléphone, toujours sur la table. Nous sommes ici pour parler du ranch que j'envisage d'acheter, et Mlle Pemberton me montrait quelques biens.

— Ah, c'est donc un dîner d'affaires, dit Forest Allen.

Il ne paraissait pas tout à fait convaincu, mais son expression s'était quelque peu radoucie.

— Le ranch Harmon fait partie de ma sélection, précisa Billie. Pour le moment, M. Smith n'a vu que l'extérieur, mais ce bien a déjà retenu toute son attention.

Cette fois, le sourire de son patron se réchauffa considérablement, peut-être à la pensée de la commission que l'agence allait encaisser en cas de vente.

— C'est une propriété splendide, dit-il. Vous serez sans doute sensible à son exceptionnelle cave à vins.

Il désigna la bouteille posée sur leur table avant d'ajouter :

— Puisque je vois que vous avez un goût très sûr dans ce domaine.

Il prit le bras de sa femme.

— Eh bien, ma chérie, je crois qu'il est temps d'aller faire cette promenade dans les vignes que tu me réclames à cor et à cri, et de laisser notre chère Billie faire son travail.

Billie recommença à respirer normalement seulement après avoir vu le couple sortir du restaurant. Puis elle prit son verre et le vida d'un trait.

— Merci, murmura-t-elle. Je crois que vous avez sauvé ma peau.

Grayson lui adressa un clin d'œil moqueur.

— Il faut dire qu'elle en vaut la peine. Je n'ai jamais vu une telle douceur, un tel éclat…

Elle leva les yeux au ciel.

— Ne commencez pas ! Vous ne savez pas de quoi Forest Allen est capable. Un jour, il a renvoyé un agent parce qu'il jouait au tennis avec la femme d'un client.

— Nous ne jouons pas au tennis.

— Justement. Il pourrait s'imaginer… je ne sais quoi !

Elle récupéra son téléphone.

— Quand devez-vous retourner à Reno ? demanda-t-elle.

— Plus tard.

Il lui remplit son verre, puis se cala contre son dossier, dans une attitude nonchalante.

— Détendez-vous, jeune fille. Buvez votre vin. Le repas ne va pas tarder à être servi. Que voulez-vous qu'il arrive de mal ce soir ?

- 8 -

Grayson s'était trompé.

Pas sur le choix du restaurant.

Non. Le problème se présenta dès qu'ils sortirent de l'établissement.

Au moment où ils franchirent la porte, alors qu'il tenait Billie par la taille, un flash les éblouit.

Elle leva instinctivement un bras pour protéger ses yeux.

Des cris jaillirent de toutes parts.

— Hé, Grayson ! On a failli ne pas te reconnaître sans ton chapeau !

— Grayson, par ici !

— Oh ! Le Magnifique, sois sympa. Regarde-nous.

Grayson prit la main de Billie et tenta de franchir la meute de photographes qui avaient visiblement fait le guet devant le restaurant.

— C'est qui, ta nouvelle copine ?

— C'est pour elle que tu achètes une maison à 5 millions de dollars à Austin ?

— Vous me connaissez mieux que ça, les gars, répondit-il. C'est juste une relation d'affaires.

Il semblait calme et souriant, même s'il avançait à grandes enjambées.

— Tu vas nous ramener une nouvelle médaille, en décembre ?

— Vous verrez bien.

Ils arrivèrent au parking, où la voiture de Billie semblait garée sur l'emplacement le plus éloigné.

— Juste une photo avec ton amie.

— Seulement si vous promettez d'arrêter de nous suivre, rétorqua-t-il.

Les photographes ricanèrent.

— Ouais.

— Bien sûr.

— Juste une relation d'affaires…

Billie l'entendit soupirer, mais son sourire commercial apparut comme par magie sur son visage tandis qu'il s'arrêtait quelques secondes pour permettre aux photographes de capturer son image.

Puis les flashs cessèrent et Billie cilla, surprise par la soudaine obscurité, tandis que les bruits de pas s'éloignaient.

Grayson lui prit le bras, et la guida vers la voiture.

— Désolé. J'aurais dû me douter qu'un restaurant comme La Viña attirerait les paparazzis.

— C'est donc vrai que ces types campent pendant des heures devant les endroits à la mode, en espérant tomber sur une célébrité ? Quel métier stupide !

Grayson déverrouilla la voiture et lui ouvrit la portière du côté passager.

— Nous devrions peut-être appeler un taxi, avec tout ce que nous avons bu, suggéra-t-elle.

— C'est vous qui êtes ivre. Moi, je n'ai pas terminé mon second verre. Allez hop ! En voiture !

Elle s'enfonça dans le siège. C'était vraiment chouette d'avoir quelqu'un pour s'occuper de tout.

Pas quelqu'un.

Lui.

Grayson manœuvra pour sortir du parking, et roula quelques minutes en silence.

— Vous avez pensé aux chaussures ? demanda-t-il soudain.

— Grayson…

— Continuez à réfléchir.

Il tendit la main droite et la posa brièvement sur celle de Billy.

— Je suis un garçon patient.

Elle ricana.

— Depuis quand ?

Il lui adressa un sourire éblouissant.

— Depuis que je vous ai rencontrée.

Elle rejeta la tête en arrière, se calant confortablement contre l'appuie-tête.

— Où est votre chapeau ? s'enquit-elle.

— Je l'ai donné à un gamin qui voulait un autographe.

— Heureusement que Grayson Gear vend des chapeaux. Vous devez en consommer une grande quantité si vous les donnez tout le temps.

— Je ne les donne pas tout le temps. Mais le gamin était vraiment mignon. Et il s'appelait Billy. Avec un « y ».

— Quelle coïncidence !

— Non. Moi j'appellerais ça un signe du destin…

Elle haussa les épaules et ne fit aucun commentaire.

Elle était si fatiguée qu'elle somnola pendant tout le trajet. Ce ne fut qu'aux abords de son immeuble qu'elle se redressa soudain.

— J'aurais dû vous déposer à votre hôtel, fit-elle remarquer.

— Ou pas…

Une douce chaleur l'envahit, mais elle refusa de se laisser fléchir. S'il devinait à quel point elle était tentée, il risquait d'en abuser.

— Il est encore temps de faire demi-tour, dit-elle.

Sans se départir de son sourire, il entra dans le parking souterrain et gara la voiture sur son emplacement.

Le cœur de Billie battait à tout rompre.

— Je ne vous invite pas à monter, Grayson.

— Très bien.

Il sortit de la voiture et en fit le tour pour lui ouvrir la portière.

— Je suis sérieuse.

— D'accord.

Il se pencha juste le temps de lui déboucler sa ceinture de sécurité.

Mais ce fut suffisant pour que le parfum de Grayson l'enveloppe tout entière… Oh Seigneur ! Et si elle…

Non.

Quand il lui prit la main et l'aida à descendre de voiture, elle comprit qu'elle était prête à se laisser convaincre de faire quelque chose qu'elle finirait par regretter.

Elle était certainement plus amoureuse de lui qu'elle ne l'était à seize ans, mais c'était un séducteur-né. Il donnait du « ma belle » ou « ma jolie » à toutes les femmes.

Il ferma la portière, verrouilla la voiture, passa un bras autour de ses épaules, et la guida vers l'ascenseur.

Il pressa le bouton d'appel.

— Donnez-moi votre main, dit-il.

Elle avait les jambes flageolantes, et elle était à peu près sûre que ce n'était pas à cause du vin.

Elle lui laissa sa main.

Il la retourna et fit tomber la clé dans sa paume.

Elle resserra les doigts autour, comme si la morsure des bords dentelés dans sa chair pouvait l'aider à garder un semblant de raison.

— Je vous vois à mon retour de Reno, ajouta-t-il.

C'était la dernière chose qu'elle s'attendait à l'entendre dire.

— Vous partez ?

— Je dois attraper le vol de nuit pour le Nevada.

Elle cilla, essayant de comprendre.

— Vous êtes revenu… juste pour un soir ?

— Je suis revenu pour vous.

Le cœur de Billie s'emballa.

— Mais… mais… pourquoi ?

— Je vous l'ai dit.

Il effleura sa joue d'une caresse légère.

— Pour vous présenter mes excuses, ma jolie.

— Vous auriez pu le faire par téléphone.

— Je n'aime pas tellement les téléphones.

— C'est pour ça que vous n'avez pas de portable ?

— J'en ai un, mais je l'utilise rarement. D'ailleurs, je ne l'ai pas sur moi.

Il fixait ses lèvres et elle sut, elle sut avec certitude que rien ne serait plus jamais comme avant, quand il l'aurait embrassée.

— Comment allez-vous faire pour aller à l'aéroport ? demanda-t-elle.

— Je vais appeler un taxi.

— Sans téléphone ?

— Je suis un grand garçon. Je sais me débrouiller.

Il la poussa dans la cabine de l'ascenseur, et se pencha pour appuyer sur le bouton de l'étage.

— On se revoit bientôt.

Elle ne répondit pas et regarda les portes se fermer lentement. Cette histoire de baiser n'était qu'un délire de son imagination.

Grayson avança la main et empêcha les portes de se refermer complètement.

Le cœur battant à tout rompre, elle s'humecta les lèvres.

— Billie ?

— Oui ?

— Pensez aux chaussures.

Puis il ôta la main, et les portes se fermèrent pour de bon.

Elle soupira tandis que l'ascenseur s'élevait lentement.

Le problème n'était pas de résister aux chaussures, mais à Grayson.

— Bon sang, quelle semaine ! hurlait Max au téléphone. J'ai ramassé 10 000 dollars !

Billie n'écoutait que d'une oreille, tout en guettant Grayson qui devait la retrouver devant l'agence.

Il avait déjà vingt minutes de retard.

Elle surveillait les trottoirs, imaginant qu'il viendrait à pied, comme à son habitude, mais il n'y avait aucun signe de lui.

Et Max continuait à jacasser, avec un débit de mitraillette.

— Tu vas où, maintenant ? s'enquit-elle.

— Pecos. Bon sang, j'ai hâte de voir sa tête quand on va me remettre le trophée la semaine prochaine ! Même s'il fait de bons scores ici et là, il faudrait un miracle pour qu'il batte ma moyenne.

Elle vit Grayson au bout de la rue, et son cœur fit un bond dans sa poitrine. Il portait un stetson couleur crème.

— La tête de qui ? demanda-t-elle, ne pouvant quitter Grayson des yeux.

— Bon sang, Billie, tu m'écoutes ou pas ? Je viens de te le dire. La tête de Grayson.

— Félicitations. Écoute, je dois y aller.

Grayson l'avait vue aussi. Il leva le bras pour la saluer, tandis qu'il traversait la rue.

— À plus tard.

Elle n'attendit pas la réponse de Max et coupa la communication. Puis elle glissa son téléphone dans la poche arrière de son jean.

Son cœur battait à tout rompre.

Cela ne faisait que trois jours qu'il l'avait quittée devant l'ascenseur, la laissant tremblante et déstabilisée.

Grayson souriait quand il arriva à sa hauteur. Abaissant ses lunettes, il la détailla avec insistance et sourit, amusé.

— Jolies bottes, fit-il remarquer.

Elle baissa les yeux et se mit à rire. Elle avait mis les bottes en caoutchouc qu'il lui avait offertes.

— Il a plu, pendant votre absence.

Elle se sentait étrangement intimidée et regrettait presque sa décision impulsive de les porter.

— J'ai peur que ce soit un peu boueux, au ranch Harmon, précisa-t-elle, en s'avançant vers sa voiture.

— Vous avez eu peur d'abîmer une nouvelle paire d'escarpins ?

Elle ne répondit pas et lui ouvrit la portière du côté passager.

— Allons-y avant que quelqu'un fasse une offre, dit-elle. Nous discuterons de mode une autre fois.

Il ôta son chapeau et baissa la tête pour entrer dans la voiture. Elle fit rapidement le tour pour se mettre au volant.

La circulation était généralement fluide le dimanche, et il ne leur faudrait pas autant de temps que la dernière fois pour arriver à la propriété.

— Comment était votre vol ? s'enquit-elle.

— Secoué. Et votre fin de semaine ?

— Occupée. J'ai conclu deux ventes.

— Félicitations.

— Quel est votre prochain rodéo ?

— Red Rock, la semaine prochaine. J'en profiterai pour signer un contrat important. Nous ne l'avons pas encore annoncé, mais nous avons obtenu un partenariat avec les bottes Castleton. Ils vont créer une collection spéciale pour Grayson Gear.

Spontanément, elle baissa les yeux vers les bottes de cow-boy qu'il portait. Elle ne savait pas grand-chose sur les bottes Castleton, si ce n'était qu'elles étaient fabriquées au Texas, très chères et, d'après Rhonda Dickinson, qu'elles étaient « increvables ».

— Je suis impressionnée, dit-elle.

— Vous pourrez l'être quand l'accord sera conclu. Vous êtes déjà allée à Red Rock ?

— Une fois. Pour un congrès professionnel. Le marché de l'immobilier s'y porte très bien.

Le reste du trajet se déroula dans un silence pénible pour Billie. Cette proximité dans l'habitacle de la voiture lui donnait une sensation de vulnérabilité. Quand elle était loin de Grayson, elle pouvait à la rigueur se donner l'illusion de contrôler ses sentiments à son égard. Mais là, avec la fragrance subtilement boisée de son eau de toilette qui lui titillait les narines, avec la chaleur de son corps qui l'enveloppait, vague après vague…

De temps en temps, elle lui jetait des coups d'œil à la dérobée, observant ses mains puissantes posées sur ses cuisses, son profil dur et fascinant, sa bouche sensuelle…

Lorsqu'ils arrivèrent au ranch Harmon, la grille était ouverte. Billie roula lentement pour permettre à Grayson de bien s'imprégner des lieux.

— J'ai deux autres propriétés à vous montrer après, annonça-t-elle.

— Vous avez peur que je n'aie pas le coup de cœur en poussant la porte ?

Elle lui adressa un sourire narquois tandis qu'elle se garait à proximité de la grange, comme elle l'avait fait la dernière fois.

— Sur ce sujet, j'invoque le cinquième amendement, si vous permettez. Vous savez, celui qui autorise à ne pas témoigner pour ne pas s'auto-incriminer.

Il éclata de rire et sortit de la voiture.

Billie avait pris pour excuse les pluies récentes, afin de justifier le port des bottes en caoutchouc que Grayson lui avait offertes, mais elle fut ravie de sa décision quand il décida d'explorer à nouveau les extérieurs avant de découvrir la maison.

Après avoir ôté son pied d'un nouveau trou plein de boue gluante, elle planta les poings sur ses hanches et le toisa.

— Grayson, nous n'avons pas besoin de marcher jusqu'au lac ! Je vais finir par croire que vous faites tout pour éviter de visiter la maison.

Il se retourna et la regarda par-dessus les montures de ses lunettes de soleil.

Elle n'avait aucun mal à imaginer la vision qu'elle offrait. De la boue jusqu'à mi-hauteur de ses bottes. De la boue sur les fesses, en souvenir de la chute lorsqu'elle avait glissé dans une flaque. De la boue sur les mains parce qu'elle avait pataugé lamentablement en essayant de se relever.

— À ce rythme, je vais devoir me passer au jet d'eau ! conclut-elle.

— Vous n'aviez qu'à accepter, quand j'ai proposé de vous tenir la main.

Il revint vers elle en souriant et glissa un bras autour de sa taille pour la soulever hors de la flaque où elle était embourbée.

— Ou alors on va jusqu'au lac, et vous plongez dedans, suggéra-t-il.

Elle haussa les épaules et fit demi-tour.

— Faites ce que vous voulez, moi je retourne à la voiture, décréta-t-elle.

— Eh bien, c'est d'accord. Allons la visiter, cette maison.

La pluie avait rafraîchi l'atmosphère de quelques degrés, mais Billie était quand même heureuse de l'ombre procurée par les chênes et les acacias, même si elle pestait contre les racines affleurantes des cèdres du Texas, dans lesquelles se prenait le bout de ses bottes. Heureusement, tout le terrain n'était pas aussi densément boisé. Il y avait également de vastes pâtures parfaites pour les chevaux.

Lorsqu'ils arrivèrent aux dépendances, son T-shirt lui collait à la peau, son visage ruisselait. Et elle avait du mal à rester positive.

Grayson, en revanche, était plus sexy que jamais. Ses manches retroussées découvraient des avant-bras puissants où la sueur avait tracé de fins sillons humides, tandis que la peau bronzée de son torse se devinait dans l'encolure de la chemise ouverte de trois boutons.

Les écuries n'étaient plus occupées, mais il y flottait encore une vague odeur de cuir et de paille, mêlée à l'acidité douceâtre dégagée par la sueur des chevaux.

Ce n'était pas déplaisant, et Billie repensa à l'époque où elle traînait avec Max autour des arènes de rodéo, jouant les palefreniers bénévoles.

Au sortir de l'écurie, elle fut éblouie par le soleil.

— Attendez, ma belle !

— Quoi ?

— Il y a un tuyau d'arrosage. Venez laver vos bottes.

Se tenant à son bras pour garder l'équilibre, elle présenta un pied, puis l'autre sous le jet. Pour finir, elle se lava les mains et les essuya sur son T-shirt.

— Merci, Grayson. Elles en avaient besoin.

— Oui. Tenez-moi ça.

Il lui tendit son stetson. Puis il pencha la tête et la passa sous le jet. S'ébrouant comme un jeune chien, il se redressa et se passa les mains dans les cheveux pour les lisser en arrière.

— Ça va mieux, dit-il avec un grand sourire.

Il récupéra son chapeau et le tint à la main, l'agitant en direction de la maison.

— On y va ?

Cette fois, la clé se trouvait bien dans le boîtier sécurisé.

Elle ouvrit un des battants de la double porte en chêne sculptée, laissa passer Grayson, et ôta ses bottes dans le hall. Même si elles étaient débarrassées de la boue, elle ne voulait pas mettre de l'eau partout dans la maison.

Au moins, les bottes avaient fait leur travail. Ses chaussettes étaient sèches, et le bas de son jean était resté propre.

— Je devrais aussi enlever les miennes, suggéra Grayson.

— Inutile. Elles sont beaucoup moins mouillées que les miennes. Voici donc le hall, comme vous pouvez le constater.

Elle lui laissa le temps d'admirer le sol de marbre, le plafond voûté, les panneaux de chêne moulurés habillant les murs.

— Mince ! dit-il, en posant son chapeau sur une console.

Pour la première fois depuis qu'elle lui faisait visiter des maisons, Billie sentit un réel intérêt chez lui.

Elle le suivit en silence tandis qu'il explorait les lieux.

Contrairement à la plupart des clients, qui allaient tout droit vers la cuisine, il se dirigea vers le jardin d'hiver surplombant la piscine. Il s'y attarda un moment, admirant la vue en silence, et reprit son exploration.

Elle le suivit, franchissant porte après porte.

— Vu le prix demandé, je suppose que les bouteilles sont incluses ? demanda-t-il.

Billie s'était arrêtée net pour éviter de le percuter.

Elle se pencha sur le côté pour voir de quoi il parlait et découvrit des centaines de bouteilles soigneusement alignées sur des étagères. Au milieu de la pièce une épaisse et haute table en bois était entourée de tabourets de bar.

— C'est plus joli que certaines salles de dégustation que j'ai pu voir, fit-elle remarquer.

— La pièce doit avoir un contrôle de température différencié. Il fait plus frais ici que dans le reste de la maison.

Le bras de Grayson frôla le sien tandis qu'il sortait une bouteille de son présentoir.

— Qu'en dites-vous ?

Il désigna la table d'un signe de tête.

— Il y a un tire-bouchon là-bas. C'est sûrement mal, mais personne ne le saura.

Elle agita son index devant lui.

— Je commence à vous connaître, Grayson Fortune. Je pense que vous n'êtes pas capable de mauvaises actions. Je me trompe ?

— Non. Vous avez raison.

Il remit la bouteille en place.

— De toute façon, je préfère la bière.

— J'aime aussi la bière… et les bottes en caoutchouc.

— Et les escarpins en guise de calumet de la paix ?

— Ceux-là, je les adore.

Il s'approcha lentement, et posa les mains autour de sa taille.

Le cœur de Billie s'emballa.

— Et si je vous embrassais ? murmura Grayson.

Elle observa ses lèvres pleines et sensuelles, et sa petite fossette au menton.

Même pour sauver sa vie, elle n'aurait pu mentir.

— Je crois que cela me plairait encore plus que les Louboutin.

Il l'attira vers lui.

— Vous n'avez pas peur de ce que votre patron dirait s'il l'apprenait ?

— Non. Pas à cet instant.

Il sourit tandis qu'il inclinait la tête vers elle.

— À quand remonte votre dernier baiser, Billie ?

— Je ne sais pas, répondit-elle dans un souffle.

Puis les lèvres de Grayson effleurèrent les siennes. Légèrement. Presque prudemment.

Soudain, elle comprit qu'il la soulevait pour l'asseoir sur la table. Ses genoux s'écartèrent naturellement pour lui permettre de s'approcher.

— Et vous ? demanda-t-elle. À quand remonte votre dernier baiser ?

— C'est bizarre, je ne m'en souviens pas non plus.

Puis il s'empara de sa bouche et, cette fois, il n'y eut plus rien de prudent.

Les yeux fermés, elle se laissa sombrer avec délice dans un flot de sensations éblouissantes.

S'il existait une raison valable pour être renvoyée, embrasser Grayson en était une.

— Eh bien, c'est réglé, déclara-t-il, quand leur baiser prit fin.

— Quoi ?

— Je vais acheter cette maison.

Il fallut peut-être une minute à Billie pour comprendre le sens des mots.

Mais quand elle réalisa ce qu'il avait dit, elle posa la

main à plat contre le torse de Grayson et le repoussa de quelques centimètres.

— Pardon ?

— Je vais acheter cette maison.

— Juste comme ça ?

— Juste comme ça.

- 9 -

Trente minutes plus tard, l'offre était acceptée.

Billie ne savait pas si ses jambes flageolaient parce qu'elle venait de conclure la vente la plus importante de sa carrière, ou si c'était le contrecoup du baiser de Grayson.

— Merci pour votre temps, Bob, dit-elle au représentant du vendeur. J'apporterai les papiers à votre bureau dès que nous serons de retour en ville.

— Votre client vient de conclure une sacrée transaction. Si vous avez envie de quitter ce vieux filou de Forest, j'ai un poste pour vous chez Crenshaw.

Billie avait le sourire quand elle mit fin à la communication et partit à la recherche de Grayson.

Elle l'avait laissé faisant les cent pas dans l'immense salon, impatient de connaître la réponse du vendeur à sa proposition.

Elle le retrouva étendu au bord de la piscine, torse nu, son chapeau lui couvrant le visage, un bras traînant paresseusement dans l'eau.

Elle était toujours en chaussettes, et il était impossible qu'il l'ait entendue approcher.

Mais il écarta son chapeau, bascula ses pieds par-dessus le rebord et s'assit.

— Alors ? s'enquit-il.

Ces épaules… Ces abdominaux…

Il était la perfection faite homme. Elle pourrait passer sa vie à admirer son corps.

Elle parvint pourtant à le regarder dans les yeux et, lui sembla-t-il, à ne pas trop rougir.

— S'ils rechignent parce que j'ai proposé 100 000 de moins, dites-leur que j'accepte leur prix et qu'ils peuvent garder leur vin, proposa-t-il, comme elle ne disait toujours rien.

— Ils ont accepté votre offre. Il ne reste plus qu'à signer le compromis de vente.

Grayson bondit sur ses pieds et poussa un cri de victoire.

Puis il la souleva par la taille et la fit tournoyer avec lui.

Elle rit, gagnée par son enthousiasme. Il finit par la reposer sur ses pieds, enfila sa chemise, et prit la main de Billie pour l'entraîner vers la maison.

Elle pensait retourner au salon, mais il avait une autre idée en tête.

— Nous allons visiter ma maison de fond en comble ! lança-t-il.

Elle pensa à toutes les formalités qu'elle allait devoir accomplir le plus vite possible et traîna les pieds. Mais comme elle était en chaussettes et que le sol était couvert de tomettes cirées, ce ne fut pas très efficace.

— Vous auriez pu le faire pendant que j'étais au téléphone avec le représentant du vendeur, fit-elle remarquer.

— Je préfère le faire avec vous.

Il la remorqua jusqu'à l'escalier.

— Levez les pieds, ma belle, ou je vais devoir vous prendre dans mes bras.

À l'étage se trouvaient les chambres et, après ce baiser

dans la cave, Billie ne trouvait pas très prudent de s'en approcher.

La maison avait beau être inoccupée, il restait quelques meubles, de façon à la rendre plus attractive pour un acheteur. Et elle était à peu près sûre qu'il y avait des lits.

— Grayson…

— Trop tard !

— Dans mon métier, les secondes valent de l'or.

Il la souleva comme si elle ne pesait rien et la balança par-dessus son épaule, avant de s'engager dans l'escalier.

— Grayson !

Elle essaya de se redresser, mais il la tenait fermement d'un bras.

— Je ne suis pas un sac de pommes de terre ! s'exclama-t-elle.

— J'avais remarqué.

Il lui tapota les fesses, et elle ne put s'empêcher de glousser. Un peu honteuse malgré tout, elle présenta des excuses silencieuses à toutes les féministes du monde.

Si Forest Allen voyait cela, il serait horrifié.

Quand ils arrivèrent sur le palier, Grayson la déposa lentement au sol, et elle s'empressa d'échapper à ses mains qui essayaient de lui saisir la taille.

— Faites vite, dit-elle. Il faut vraiment que nous retournions à mon bureau.

— Votre aquarium, vous voulez dire.

Il la ceintura par-derrière et l'embrassa dans le cou.

Elle frissonna et se libéra à nouveau.

— Ce n'est pas un rodéo, Grayson. Et je ne suis pas un bouvillon à maîtriser.

— Rabat-joie.

— Venez !

— D'accord. Terminons la visite en trente secondes pour que vous puissiez remplir vos précieux papiers.

— *Vos* précieux papiers ! C'est vous qui achetez une maison, des bâtiments agricoles, une maison d'amis et cent hectares. Pas moi.

— En parlant de ça, je ferais bien de prévenir ma mère pour qu'elle fasse virer l'argent. Elle est toujours à Reno, à traîner avec de vieux amis.

Avant qu'il ait eu le temps de demander, Billie lui tendit son téléphone, et il passa l'appel tout en faisant le tour de l'étage.

Ils terminèrent par la suite parentale qui offrait une vue à couper le souffle sur le lac et les collines environnantes.

— Eh bien, c'est une sacrée vue ! fit remarquer Grayson, aux anges.

Billie traversa la pièce, qui était couverte d'une épaisse moquette ivoire où ses pieds s'enfonçaient, et ouvrit la porte du dressing. Il faisait presque la taille de son appartement !

— Mince ! s'exclama-t-elle.

Grayson s'approcha.

— Quoi ?

— Vous allez pouvoir en ranger, des paires de Castleton, sur ces étagères.

Il passa brièvement la tête dans la pièce, et se dirigea vers la salle de bains.

Il resta en arrêt devant la baignoire d'angle à jets.

— Sympa, dit-il.

— J'aurais pensé que vous préfériez les douches.

— Ça dépend de la compagnie.

Inévitablement, elle rougit.

— Bien, allons-y, maintenant.

Elle fila vers l'escalier et dévala les marches à toute vitesse.

Elle terminait d'enfiler ses bottes quand Grayson la rejoignit. Elle le poussa dehors, verrouilla la porte, et remit la clé dans le boîtier sécurisé.

— Que va devenir ce boîtier ? demanda Grayson. Maintenant que mon offre a été acceptée, je n'ai pas envie que n'importe qui ait accès à ma maison.

— Le représentant du vendeur le fera démonter.

Billie se dirigea au pas de charge vers sa voiture, se mit au volant et tourna la clé de contact.

— Et après la signature du compromis de vente, comment ça va se passer ? s'enquit Grayson, en prenant place sur le siège passager.

Elle lui expliqua toute la procédure, tandis qu'ils retournaient en ville.

— Vous devriez pouvoir prendre possession de la maison le mois prochain, conclut-elle.

Grayson avait insisté pour bénéficier d'une vente courte. Il n'avait donc aucune raison de paniquer maintenant. Le mois prochain, il allait être débordé. Son palmarès était plutôt bon pour le moment, mais il ne pouvait pas s'endormir sur ses lauriers. Surtout quand d'autres étaient prêts à prendre sa place au classement s'il leur concédait ne serait-ce qu'une demi-seconde.

— Je ne vais pas être très disponible, dit-il.

— Je sais. C'est le moment où la saison bat son plein. Mais ne vous inquiétez pas, je m'occupe de tout, lui assura Billie.

Il lui glissa un regard en biais.

— Et si je dois signer un document important ?

— Vous n'avez jamais entendu parler de la signature électronique ?

— Si, mais je n'ai pas d'ordinateur.

— Vous y êtes allergique, comme aux téléphones ?

— On peut dire ça.

Elle posa la main sur son bras.

— Au besoin, je vous ferai remettre les documents par coursier, dit-elle.

— Ou bien vous pourriez les apporter vous-même.

Il lui prit la main et entrelaça ses doigts aux siens.

— Mieux encore, vous pourriez m'accompagner, précisa-t-il.

Elle lui lança un regard surpris.

— Où ?

— Sur la route. Aux compétitions.

— Vous n'êtes pas sérieux ?

Elle retira sa main et la remit sur le volant.

— Détrompez-vous. Je suis très sérieux.

— Et je ferais quoi ?

Il évita les banalités, du style « Vous vous occuperez de moi ».

— Ce que vous voudrez.

— Grayson, j'ai un travail. Je ne peux pas mener une vie itinérante, comme ça.

Il haussa les épaules.

— Je comprends. Ce n'est pas fait pour tout le monde.

— Je suis très touchée par votre proposition, mais…

Il agita la main.

— Ne vous inquiétez pas, ma belle. C'était juste une idée comme ça.

Elle garda le silence pendant un moment avant de demander, visiblement un peu inquiète :

— Vous n'avez pas changé d'avis pour la maison ?

— Un marché est un marché.

Elle esquissa un sourire crispé.

— D'accord.

Elle serra brièvement le volant.

— Super.

Il regarda par sa vitre et, pour une fois, il se réjouit qu'elle ait le pied lourd sur l'accélérateur.

L'agence était vide quand ils arrivèrent. Grayson n'eut donc pas à subir les regards curieux et les chuchotements sur son passage.

Il le regrettait presque. Cela lui aurait fourni une distraction.

À la place, il arpenta les couloirs pendant que Billie préparait les documents à signer. Il y avait beaucoup de bureaux.

Il se demanda si cette vente permettrait à Billie de bénéficier d'un bureau plus grand.

Il se demanda aussi s'il avait vu des signes là où il n'y en avait pas. Si l'univers lui faisait payer toutes les fois où il avait séduit des femmes et les avait quittées sans un regret.

Il se demanda enfin… si Billie avait joué la comédie pour toucher sa commission sur la vente. Et ça, il le…

— Grayson ?

Il revint à l'instant présent. Billie venait vers lui avec une épaisse liasse de feuilles.

— Vous êtes prêt ? demanda-t-elle en lui tendant un stylo.

— Je suis là pour ça.

Il prit le stylo et se dirigea vers la première porte ouverte, celle d'une salle de conférences.

Billie posa la liasse sur la table, et prit le temps de lui expliquer tous les détails.

— Félicitations, dit-elle, une fois que tout fut en règle.

— C'est plutôt vous qu'il faut féliciter. C'est un grand jour pour vous, non ?

— Ce n'est pas moi qui ai trouvé la maison de mes rêves.

— Non, mais vous allez avoir un plus grand bureau.

— Je n'en sais rien.

Elle laissa passer un silence, jouant nerveusement avec le stylo.

— Grayson, à propos de votre proposition…

Il sentit son cœur faire un bond dans sa poitrine. Allons ! Il n'était plus un adolescent.

— … je vous ai dit…

— Je sais, Billie. C'était une idée comme ça.

— En fait, je… eh bien, je suis flattée… et tentée. Mais mon travail…

— Je comprends.

— Je n'en suis pas certaine.

Elle jeta le stylo sur la table.

— J'ai travaillé vraiment très dur pour arriver à ce point de ma carrière, vous savez. Je ne sais pas si vous réalisez quel tourbillon vous êtes, Grayson. Partir avec vous sur les routes n'est pas le genre de décision que l'on peut prendre en un claquement de doigts. J'ai des engagements ici. J'ai des factures à payer. J'ai…

Il la prit par les épaules et elle se tut, le fixant de ses grands yeux bruns.

— Alors oubliez la route, dit-il. Mais venez avec moi à Red Rock pour ma négociation avec Castleton.

Il vit qu'elle fléchissait, et poussa son avantage.

— C'est l'histoire de quelques jours. Et vous pourrez réfléchir à la suite. J'ai déjà réservé une suite à la Casa Paloma. C'est un complexe hôtelier. Il y a une piscine, un spa, tout ce que vous voulez. Et la suite possède deux chambres. Vous pourrez verrouiller votre porte si vous craignez pour votre vertu.

— Je vais réfléchir, murmura-t-elle.

Il fit courir son pouce le long de la joue de Billie.

— Il y a un superbe restaurant mexicain, précisa-t-il. Vous pourrez y porter mes chaussures-calumet de la paix.

— Pour ça aussi, je vais réfléchir.

Il se pencha et effleura ses lèvres d'un baiser.

Pas aussi longtemps ni aussi intensément qu'il l'aurait voulu, mais cela suffit à la laisser haletante.

— Moi aussi, je vais y réfléchir, Billie, promit-il, avant de s'éclipser.

- 10 -

— Tu sais qu'il l'a mise enceinte ?

Billie faillit tomber de sa chaise en entendant la voix furieuse de son cousin dans son bureau.

— Max ! Qu'est-ce que tu fais là ? Je croyais que tu étais à Pecos.

Max posa les mains sur le plexiglas du bureau et se pencha vers elle.

— Tu as entendu ce que je viens de dire ?

Elle regarda nerveusement les parois de verre qui l'entouraient. On était jeudi et l'agence bourdonnait comme une ruche.

— Baisse la voix, s'il te plaît. Il y a des gens qui travaillent. Et assieds-toi.

Il resta debout.

— Comment as-tu pu me faire ça, Billie ?

— Qui est enceinte ? Et qu'est-ce que j'ai à voir avec ça ?

— Il va t'utiliser comme il l'a fait avec elle. Et après, il te jettera comme il l'a jetée.

— De qui parles-tu ?

Mais elle avait déjà un mauvais pressentiment.

— À ton avis ? De ton nouveau petit ami. Grayson

le Magnifique. Bon sang, Billie ! Tu as oublié ce qu'est la loyauté envers la famille ?

Elle se leva si brusquement que son fauteuil roula en arrière.

— Baisse d'un ton, Max !

Elle le prit par le bras et l'entraîna dans la salle de conférences qui avait de vrais murs et qui était insonorisée, et ferma la porte.

— Grayson est juste un client, dit-elle. Et d'abord, comment l'as-tu appris ?

— Tu te fiches de moi ?

— C'est Grayson qui te l'a dit ?

Elle n'avait toujours pas avoué à Grayson que Max était son cousin, mais elle ignorait ce que les cavaliers de rodéo pouvaient se raconter quand ils étaient entre eux.

— Comme si je discutais avec ce type ! s'exclama-t-il d'une voix pleine de mépris.

Il sortit son téléphone de sa poche, fit quelques manipulations, et tourna l'écran vers elle pour qu'elle puisse voir et entendre la vidéo qui tournait.

« C'est pour elle que tu achètes une maison à 5 millions de dollars à Austin ? »

« Vous me connaissez mieux que ça, les gars. C'est juste une relation d'affaires. »

Cela datait de leur soirée à La Viña, seulement une semaine auparavant. Et pourtant cela lui semblait tellement loin…

— Où as-tu trouvé ça ? demanda-t-elle.

— Pas besoin de chercher. C'est devenu viral. Et les journaux ne parlent que de cet immense ranch qu'il vient d'acheter. « Le Magnifique se serait-il enfin rangé ? » Voilà la question qui occupe tous les esprits, en ce moment.

Il secoua la tête et la regarda comme si elle avait commis un crime.

— Bon sang, Billie ! Comment as-tu pu travailler avec lui, après tout ce que tu sais à son sujet ?

— Je n'avais pas le choix. Je ne peux pas me permettre de choisir mes clients.

Max agita son téléphone sous son nez.

— Et tu ne peux pas choisir non plus avec qui tu vas dîner dans le restaurant le plus couru d'Austin ? rétorqua-t-il.

— C'était un dîner d'affaires, précisa-t-elle le plus calmement possible. Écoute, Max, je suis désolée si tu penses que je t'ai trahi, mais cela n'a rien à voir avec toi.

— Tu ne comprends toujours pas. Elle est enceinte.

— Mais qui ?

— Bethany.

Max passa une main sur son visage, mais elle eut le temps de voir des larmes dans ses yeux. Le cœur de Billie se serra.

C'était le garçon avec qui elle avait grandi, celui qu'elle considérait plus comme un frère que comme un cousin.

— Oh ! Max. Tu l'aimais vraiment.

— Je te l'ai dit. Tu pensais que je faisais semblant ?

— Non, mais tu n'avais jamais été amoureux avant, et je pensais… nous pensions tous, que ce n'était qu'une aventure de plus.

Il écarta une chaise de la table et s'y laissa tomber.

— Il est de lui, tu sais. Le bébé.

Billie sentit son estomac se nouer.

— Grayson n'est pas en couple avec Bethany, dit-elle. Ce sont de vieux amis. Il me l'a dit.

— Et tu l'as cru ? Pas mal, pour une fille qui ne croit à rien !

Il claqua dans ses doigts.

— Réveille-toi, ma vieille ! Il lui a donné un emploi, de l'argent.

— Comment le sais-tu ? C'est Bethany qui te l'a dit ?

Elle n'imaginait pas Max avoir une discussion avec Grayson à ce sujet.

Il grimaça et détourna le regard.

— Elle ne veut pas me voir.

— Mais alors, comment…

— Je l'ai appris par l'assistant de Grayson, Lou Blackhorn.

— Et ce type t'a dit précisément que Grayson avait donné de l'argent à Bethany parce qu'elle est enceinte de lui ?

Rien qu'en prononçant ces mots, Billie sentit la colère la gagner. Et un autre sentiment, plus douloureux.

— Non, pas précisément, avoua Max. Mais ça revient au même. Grayson l'a mise enceinte, et maintenant il la laisse tomber pour toi.

Elle secoua la tête.

— Tu te trompes, Max.

— Il n'a pas essayé de coucher avec toi ?

— Ne sois pas vulgaire.

— OK. Fais comme tu voudras. Mais sache qu'il t'utilisera toi aussi. Et quand il en aura assez, il passera à la suivante, puis à celle d'après… et ainsi de suite !

Sur ces mots, Max quitta la pièce, la laissant en proie au doute.

— Billie ?

Une voix douce interrompit ses pensées moroses.

Elle leva la tête et découvrit Amber qui la regardait d'un air inquiet.

— Vous allez bien ? lui demanda cette dernière.

— Oh. Oui. C'est juste un problème familial.

— Votre rendez-vous de 14 heures est là pour la signature. Comme votre ligne ne répondait pas, je suis venue vous chercher. Mais je peux demander si quelqu'un d'autre veut s'en occuper.

— C'est gentil, Amber, mais les Nguyen sont mes clients.

Lara Nguyen était aussi l'assistante de Ben Robinson, le demi-frère de Grayson.

— Je finissais d'imprimer leurs documents quand j'ai été interrompue, ajouta-t-elle. J'en ai pour deux minutes.

— Bien.

Amber lui adressa un sourire d'encouragement.

— Les problèmes familiaux finissent toujours par s'arranger, vous savez.

Billie lui sourit tristement.

Pour le moment, Max se sentait trahi, mais elle savait qu'ils ne resteraient pas fâchés très longtemps.

Avec Grayson, la situation était totalement autre.

Pourquoi s'était-elle imaginé qu'il était différent ? Qu'il valait la peine qu'elle risque son avenir pour lui ?

— Oh ! Ce sont des vrais ? s'exclama soudain Amber qui fixait ses escarpins.

Billie baissa les yeux vers les chaussures à semelle rouge.

— Oui, murmura-t-elle. Mais je vais devoir les rendre.

Il fallait seulement qu'elle trouve la bonne façon de le faire.

— Encore une photo, Grayson. Passez le bras autour de notre reine du rodéo.

Grayson retint un soupir. C'était la même routine qu'il observait à chaque compétition, tenant la coupe de la victoire dans une main, enlaçant d'un bras une reine de beauté locale qui affichait un sourire éclatant.

La seule différence, c'était que Billie était là.

Elle se tenait en retrait, ne faisant aucun geste pour l'approcher, mais il l'avait remarquée.

— Parfait ! dit le photographe. Une toute dernière photo, maintenant…

Grayson leva la main.

— Désolé. Je dois parler à quelqu'un.

Il se dirigea vers Billie, le cœur battant, heureux de la voir.

Jusqu'à ce qu'il découvre son visage fermé.

Il la prit quand même par les épaules et déposa un baiser sur sa joue, malgré le mouvement de recul qu'elle esquissa.

— Quelle surprise ! s'exclama-t-il. Quand êtes-vous arrivée ?

— À temps pour vous voir remporter la compétition. Tout le monde vous donnait perdant, mais vous les avez surpris.

Il s'était surpris lui-même ! Dépassant son meilleur score. Établissant un nouveau record.

— Si vous m'aviez dit que vous veniez, je me serais organisé.

— Au début, je n'avais pas prévu de venir, mais je ne pouvais pas envoyer cela par coursier…

Elle ramassa un sac à ses pieds, et en sortit une boîte beige.

Il la reconnut aussitôt et ne la prit pas.

— C'était un cadeau, Billie.

— Je vous ai dit que je ne pouvais pas l'accepter.

— Hé, le Magnifique ! Belle course, vieux ! lança un homme en costume de clown.

Puis il se dirigea vers l'arène où tournaient deux cavalières avec des drapeaux, sur fond de musique rock.

L'interruption avait été brève, mais Billie s'était un peu plus renfermée dans sa coquille, nota Grayson. Il fallait qu'il sache pourquoi elle lui faisait la tête.

— Allons dans un endroit plus privé, suggéra-t-il.

— Ce n'est pas nécessaire.

Elle lui tendit à nouveau la boîte, qu'il refusa.

— Si vous croyez que vous allez vous en tirer sans une explication, vous vous trompez, décréta-t-il.

Il lui prit le bras et contourna un groupe de lycéennes gloussantes.

— Hé, Grayson ! dirent-elles en chœur.

Il pinça le rebord de son stetson.

— Mesdemoiselles.

Mais il ne ralentit pas le pas, et ne lâcha pas non plus le coude de Billie, malgré les efforts de cette dernière pour se libérer.

Il s'éloigna des lumières, de la foule, passant les box des animaux, et se dirigea vers son camion.

Les gens qu'ils rencontreraient là seraient trop occupés à charger leurs chevaux et leur matériel pour s'intéresser à eux.

— Bien. Et maintenant, dites-moi ce que vous avez sur le cœur. La dernière fois que nous avons discuté, vous étiez prête à venir à Red Rock avec moi.

Elle baissa la tête, boudeuse, et ne répondit pas.

— Bon sang, Billie !

Il lui arracha la boîte de chaussures des mains et la lança dans la benne de son pick-up.

— Parlez-moi.

Elle croisa les bras sur sa poitrine.

— Je suis au courant pour le bébé, d'accord ? Je sais tout !

Il écarquilla les yeux.

— Quel bébé ?

— Le vôtre !

— Si j'avais eu un enfant, je crois que je le saurais.

— Inutile de mentir. Max m'a tout dit à propos de Bethany et vous.

— Max ? Quel…

Et soudain il comprit.

— Max Vargas ? demanda-t-il.

Il savait que Bethany était brièvement sortie avec lui.

— Mais comment…

— Max est mon cousin.

— Votre… *cousin*. Et c'est maintenant que vous me le dites ?

— Je ne pensais pas que c'était important.

— Grayson ? Tout va bien par ici ?

Billie sursauta encore plus que lui en entendant la voix de Deborah. Ils ne l'avaient pas entendue approcher.

— Maman…, marmonna-t-il. Tu te souviens de…

Il allait dire « Billie », mais il était trop en colère.

— … mon agent immobilier.

Sa mère sourit, même si elle avait forcément conscience de la tension entre eux.

— Bien sûr, mon chéri.

— C’est la cousine de Vargas, précisa-t-il.

— J’ai toujours pensé que le monde était petit, répondit-elle, pas plus surprise que cela. Grayson ne m’avait pas dit que vous viendriez, Billie. Tout se passe bien avec la vente du ranch ?

— Très bien.

— Tant mieux. Grayson, tu veux que je charge Vix et Van ?

— Je m’en occupe dans quelques minutes.

— Dans ce cas, je vais vous laisser.

Billie la laissa partir, avant de commencer à s’éloigner à son tour.

Il lui barra le passage.

— Vous n’irez nulle part avant de vous être expliquée.

— Ah ! parce que c’est à moi de m’expliquer ?

— Je vous ai déjà dit que Bethany et moi étions de vieux amis.

— Vous ne lui avez pas donné d’argent ?

— Si. Et j’ai tout à fait le droit de donner de l’argent à une amie pour la dépanner. Je lui ai aussi offert un emploi chez Grayson Gear. Mais l’enfant qu’elle attend n’est pas de moi. Oh ! et puis vous savez quoi ? Vous avez raison. Nous n’avons rien à faire ensemble. Depuis le début, je ne vous ai rien caché. Tandis que vous, au lieu de me parler de votre cousin, vous préférez écouter les âneries qu’il raconte sur moi. Vous avez envie d’y croire ? Allez-y ! Je suis trop vieux pour ces gamineries.

Dans la lumière déclinante, il vit des larmes briller dans les yeux de Billie.

— Ne vous inquiétez pas, la vente tient toujours, ajouta-t-il. Vous toucherez votre commission.

Sur ces mots, il tourna les talons.

— Grayson… Pour ce que ça vaut, je suis désolée.

Il continua son chemin sans se retourner.

— Moi aussi !

- 11 -

— Tu sors avec Grayson ?

— Je peux le rencontrer ?

— Pourquoi tu ne m'as pas rappelée ?

À peine arrivée chez ses parents pour le traditionnel barbecue du 4 Juillet, elle fut assaillie de questions.

— Bonne fête à tous, dit-elle, en posant le plateau de brownies qu'elle avait achetés au centre de la table dressée dans le jardin.

— Belinda Marie !

Ignorant sa mère, elle longea la piscine gonflable remplie d'enfants, salua d'un geste de la main le groupe d'adolescents affalés sur des chaises longues et occupés à jouer sur leur téléphone, et rejoignit son père près du gril.

Elle déposa un baiser sur sa joue.

— Bonjour, papa. Qu'est-ce que tu cuisines de bon ?

— Travers de porc et cuisses de poulet. Comment va le travail ?

Elle songea au chèque qu'elle avait reçu la veille, et qui était toujours dans son sac.

La vente du ranch Harmon avait été conclue en un temps record, et elle avait touché sa commission. Une commission… faramineuse !

— On ne peut mieux, répondit-elle.

Et pourtant, elle n'avait jamais été aussi peu enthousiaste d'avoir bouclé une affaire, depuis qu'elle avait obtenu sa carte d'agent immobilier.

Même le nouveau bureau que lui avait attribué Forest Allen ne parvenait pas à la dérider.

— C'est bien, ma fille. Pourrais-tu aller me chercher une bière ?

— Avec plaisir.

Elle se dirigea vers la glacière posée à l'ombre d'un arbre, sous lequel était assis son frère aîné.

— Hé, gamine, c'est quoi cette histoire avec le roi du rodéo ?

— Non, pas toi, Ray !

— Je ne suis pas sûr d'apprécier que tu sortes avec ce type. Il n'a pas bonne réputation.

— D'après qui ? Saint Max ? D'abord, je ne sors pas avec lui et, même si c'était le cas, cela ne te regarde pas.

— Tu es ma petite sœur. Tout ce que tu fais m'intéresse.

— C'est marrant, tu ne t'es jamais soucié de savoir avec qui je couchais, jusqu'à maintenant.

Il lui jeta un regard horrifié.

— Aïe, mes oreilles ! Tu es trop jeune pour coucher avec qui que ce soit ! Surtout avec un vagabond comme Grayson. C'est un cavalier de rodéo, gamine. Et on sait comment sont ces types-là. Il n'y a qu'à entendre ce que raconte Max…

— Max est mal informé. Grayson est aussi un chef d'entreprise et un philanthrope, si la vérité t'intéresse. Ce qui n'a aucune importance puisque je ne sors pas avec lui !

Sa voix fit l'effet d'un coup de tonnerre dans le silence qui, bien entendu, était tombé à ce moment-là.

Elle regarda les visages surpris autour d'elle et soupira.

Elle se tourna vers Selena.

— Je suis désolée, ma chérie, mais je ne vais pas pouvoir te présenter Grayson. Mes affaires avec lui sont terminées.

Et, après leur dernière conversation, elle n'avait plus aucun espoir de le revoir.

Elle n'avait même pas été présente pour la signature chez le notaire. Tous les documents avaient été transférés dans une étude à Horseback Hollow, où il séjournait pour un rodéo de trois jours.

Selena parut déçue.

— J'ai essayé de convaincre maman et papa de me conduire à Cow-boy Country, pour le grand final, mais ils ne veulent pas aller aussi loin juste pour une journée, parce que c'est trop cher, expliqua-t-elle. C'est bête, Max aurait pu me le présenter. Maintenant, je suis condamnée à le regarder à la télé.

— Tu sais, ma grande, Max et Grayson ne s'entendent pas très bien.

— Pourquoi ?

Comment expliquer cela à une adolescente de treize ans ?

— Parce que Max veut faire mieux que Grayson, répondit Peggy d'un ton pincé.

Elle prit la bouteille de bière que tenait Billie, la remit dans la glacière, et tendit une bouteille d'eau à Selena.

— Va porter ça à ton oncle Hal, dit-elle.

Puis elle posa la main sur le bras de Billie.

— Je n'apprécie pas que tu ignores mes appels téléphoniques, dit-elle, en l'entraînant vers la maison.

— Je ne les ignore pas.

C'était un mensonge total.

— J'ai beaucoup de travail, maman.

— Pff !

Sa mère l'attira dans la cuisine, où régnait une chaleur suffocante, et croisa les bras.

— Alors ?

— Alors quoi ?

— Ne prends pas ce ton avec moi, Belinda Marie !

— Qu'est-ce que tu veux que je te dise, maman ? Grayson était juste un client.

— C'est tout ? Ce n'est pas ce qui se dit dans la presse.

— Quelle presse ? Des paparazzis qui se comportent comme des vautours ? Des gratte-papier payés à la ligne qui ne savent pas quoi inventer pour gagner leur pitance ? La seule chose qui soit vraie, c'est que Grayson a acheté un ranch. De toute façon, cela n'a plus d'importance, maintenant. Il m'en veut parce que je ne lui ai pas parlé de Max, et Max m'en veut parce que je ne lui ai pas parlé de Grayson.

— À cause de cette histoire avec Bethany Belmont ?

— Tu es au courant ?

— Mae m'a tout raconté.

— Du point de vue de son fils, sûrement. Max en fait toujours trop.

— Il souffre vraiment, cette fois. Il tenait plus à elle que nous ne le pensions. Et toi, tu souffres ?

— Parce que Max est en colère contre moi ?

— Non. À cause de Grayson.

— Il voulait que je l'accompagne sur les circuits. Quelle importance, maintenant ?

Sa mère écarquilla les yeux.

— Il a fait sa demande ? murmura-t-elle.

Billie soupira. Sa mère ne l'écoutait donc jamais ?

— Disons plutôt qu'il a fait une proposition, répondit-elle.

Elle préférait ne pas penser qu'elle avait bien failli le rejoindre à Red Rock. À partir de là, il n'y aurait plus eu qu'un pas à franchir pour accepter… tout le reste.

— Mais ne t'inquiète pas, maman. Je ne suis pas assez stupide pour devenir une groupie de Grayson.

Sa mère ne sembla pas convaincue.

— Je crois que tu es toujours amoureuse de lui, comme tu l'étais quand tu avais l'âge de Selena.

Elle avait seize ans, à l'époque, pas treize. Mais elle savait qu'il était inutile de corriger ce petit détail.

— Grayson n'était qu'un client, dit-elle.

Si elle répétait suffisamment souvent ces mots, peut-être finirait-elle par s'en convaincre.

— Et maintenant, il ne l'est plus. Il n'y a rien à dire d'autre, conclut-elle.

Elle se tournait vers la porte pour quitter la cuisine, quand Selena déboula comme un boulet de canon.

— Billie ! Billie ! Grayson a eu un accident ! Ça vient de passer à la télé !

Billie sentit son cœur exploser. Elle fouilla dans son sac pour trouver son téléphone, et finit par renverser son contenu sur la table, faisant voler plusieurs papiers.

D'une main tremblante, elle déroula la liste de ses contacts, trouva le numéro de Deborah Fortune et appela.

— Il va bien, Billie, répondit Deborah, après avoir décroché.

Billie sentit qu'elle vacillait et se retint comme elle put au dossier d'une chaise.

— Vous ne dites pas ça pour me rassurer ?

— Il a quelques fractures, mais il est conscient et, bien sûr, furieux contre lui-même.

— Il est conscient ?

— On lui a donné quelque chose contre la douleur, et il est un peu dans le brouillard, mais il vous a réclamée.

— Quoi ?

— Ma chère, je sais que je vous en demande beaucoup, mais pourriez-vous nous rejoindre à l'hôpital de Lubbock ? Nous y serons dans une heure.

La décision de Billie fut prise en une seconde.

— Oui. Bien sûr.

— Soyez prudente.

— Oui. Merci, madame Fortune… Deborah.

Billie tremblait comme une feuille quand elle raccrocha et ouvrit l'application des horaires d'avion. Le prochain vol pour Lubbock ne partait que dans plusieurs heures, et il transitait par Houston.

— J'y vais en voiture, décréta-t-elle, après avoir brièvement expliqué la situation.

— Je viens avec toi, ma chérie.

— Non, maman, je…

— Tu ne vas pas conduire durant tout le trajet, alors que tu es bouleversée.

Sonnée, Billie commença à remettre toutes ses affaires dans son sac. Sa mère ramassa les quelques papiers tombés par terre, dont le chèque de sa commission. Elle écarquilla les yeux devant son montant mais ne fit aucun commentaire et le lui tendit.

— Je t'avais prévenue que la vie ne suit pas toujours les plans que nous faisons, dit-elle simplement. Et maintenant, je vais aller prévenir ton père que nous partons.

— Ce n'est pas la peine, maman. Je ne vais pas

revenir tout de suite, et je n'ai pas de solution pour ton retour, étant donné que tu détestes l'avion. Merci de l'avoir proposé.

Elle déposa un baiser sur sa joue.

— Je t'appelle dès que je suis arrivée.

— Très bien.

Bizarrement, sa mère ne protesta pas.

Billie ne put masquer sa surprise.

— C'est tout ce que tu dis ?

— Eh bien, disons que, quand tout ceci sera terminé, je pense que tu pourras nous offrir une nouvelle climatisation, répondit-elle en jetant un regard entendu au chèque que Billie tenait toujours à la main.

Il faisait presque nuit quand Billie se gara sur le parking des urgences de Lubbock.

Elle avait fait le trajet en un peu moins de six heures, en comptant le détour par son appartement pour jeter quelques affaires dans un sac de voyage.

En roulant, elle avait appelé Amber pour lui demander de reporter ses rendez-vous, et seul le souvenir des commentaires de Grayson sur sa façon de conduire l'avait empêchée d'appuyer encore plus sur l'accélérateur.

Elle avait laissé la radio sur une station uniquement consacrée aux informations, mais elle n'avait rien entendu sur Grayson. Ce n'était pas très étonnant. Un accident de rodéo n'attirait pas autant l'attention des médias que d'autres catastrophes lors d'un événement sportif.

Elle verrouilla la voiture et se hâta vers le hall des urgences.

Se figurant qu'elle devrait d'abord demander à voir

Deborah, elle se dirigeait vers la réception pour se renseigner quand elle s'arrêta net.

Il était là. Juste devant elle. De dos.

— Grayson ?

Il se retourna et la déception envahit Billie. Quelle idiote ! Ce n'était pas Grayson mais sa copie. Un de ses frères, Jayden ou Nathan.

L'homme vint vers elle, la main tendue.

— Vous êtes Billie ?

Elle hocha la tête.

La décharge d'adrénaline qui lui avait permis de tenir le coup durant le trajet ne faisait plus effet, et elle commençait à ressentir cruellement la fatigue.

— Et vous êtes…

— Jayden.

Il désigna d'un geste du pouce l'homme qui venait de les rejoindre.

— Et voici Nathan.

Billie observa leurs visages. Ils étaient aussi beaux que Grayson, mais ne possédaient pas son charme magnétique.

— Comment va-t-il ? demanda-t-elle.

— Il est en salle de réveil et l'anesthésie commence à se dissiper, répondit Nathan. Il est totalement incohérent. Il n'arrête pas de marmonner qu'il doit récupérer ces fichues chaussures, ou quelque chose comme ça.

— Il pense peut-être au contrat qu'il vient juste de signer avec les bottes Castleton, suggéra Jayden. Quoi qu'il en soit, maman nous a envoyés ici pour vous accueillir, Billie.

Comme s'il avait deviné que les jambes de Billie menaçaient de céder, il passa un bras autour de ses épaules pour la soutenir.

— Ils ont dû lui poser deux broches à la jambe, et il a une légère commotion cérébrale, expliqua-t-il tout en la conduisant vers l'ascenseur. Il ne se rappellera peut-être pas tout ce qui s'est passé, mais il n'aura pas de séquelles.

— Et il risque de ne pas pouvoir remonter à cheval avant un moment, ajouta Nathan. C'est probablement la fin de sa carrière.

Sa voix était un peu plus grave que celle de Jayden, et son expression moins chaleureuse.

— Justement, il envisageait de prendre sa retraite, dit-elle sans réfléchir.

— Quoi ? s'exclamèrent les deux frères d'une même voix.

Elle surprit le regard choqué qu'ils échangèrent en montant dans la cabine.

Jayden appuya sur le bouton du troisième étage.

— Il vous a parlé de ça ? s'enquit-il.

— Je ne savais pas que c'était un secret.

— Pas du tout. Nous pensions juste qu'il nous en parlerait d'abord. Il a une totale confiance en vous, on dirait.

Dans le silence de plomb qui s'installa entre eux, Billie trouva l'ascension très longue.

Finalement la porte s'ouvrit, et les deux hommes attendirent qu'elle sorte la première.

Ils empruntèrent un dédale de couloirs et arrivèrent dans une grande salle équipée de plusieurs box séparés par des rideaux.

— C'est celui-ci, dit Nathan.

Billie tendit la main vers la tenture, et hésita.

Jayden l'encouragea.

— Ça va aller. Vous n'avez pas fait toute cette route pour flancher maintenant.

— J'ai l'impression d'être une mauviette, murmura-t-elle.

— Pas du tout, protesta Jayden. Seulement, ce n'est pas facile d'aimer un Fortune.

Elle écarquilla les yeux. Personne n'avait parlé d'amour.

— Je ne connais votre frère que depuis quelques semaines.

— Parfois, il n'en faut pas plus.

— Rien ne vous y oblige, Billie, dit Nathan. Si vous voulez changer d'avis, faites-le maintenant. Après, ce sera plus compliqué pour Grayson.

Elle redressa les épaules, écarta le rideau juste assez pour voir le bout du lit.

Beaucoup de plâtre blanc. Beaucoup de peau nue. Et très peu de drap.

Elle eut soudain un coup de chaud.

Puis Deborah s'avança vers elle et prit ses mains dans les siennes.

— Billie ! Je suis tellement contente de vous voir.

Elle l'attira gentiment contre elle pour une brève étreinte.

— Grayson, mon chéri, regarde qui est là.

Il ne réagit pas. Il avait l'air si vulnérable, les yeux fermés, le visage si blafard que ses contusions à la tempe et à la joue paraissaient presque noires.

— Maman ?

Jayden venait d'attirer discrètement l'attention de Deborah. Nathan et lui se tenaient toujours de l'autre côté du rideau. Ils avaient été rejoints par un homme aux cheveux poivre et sel.

— L'hélicoptère d'Orlando est prêt à décoller pour

Horseback Hollow, expliqua Nathan à voix basse. Maintenant que tout est stabilisé ici, nous aimerions partir avec lui. Nous te laissons le pick-up.

— Excusez-moi, Billie, dit Deborah en rejoignant ses fils de l'autre côté du rideau. Vous pouvez y aller, bien sûr. Je sais que vous avez hâte de retrouver Ariana et Bianca…

Billie se laissa bercer par leurs chuchotements et s'assit sur une chaise à côté du lit.

Son cœur battait sourdement dans sa poitrine. Elle regarda le visage immobile de Grayson, les moniteurs, l'un bipant discrètement, l'autre ronronnant de façon monotone, l'intraveineuse posée sur le dos de sa main et l'oxymètre de pouls pincé sur son index. Observa sa jambe, plâtrée du genou au pied et immobilisée par un système de traction-suspension.

— Grayson…, murmura-t-elle.

Il ne bougea pas.

Elle avait les yeux brûlants de larmes contenues, et une boule dans la gorge.

— Je suis désolée de ne pas t'avoir parlé de Max, d'avoir cru ce qu'il disait sur Bethany et toi, sans t'avoir laissé la possibilité de t'expliquer. Je suis désolée de ne pas t'avoir dit que je voulais te rejoindre à Red Rock. Où n'importe où ailleurs.

Incapable de se retenir, elle se pencha vers lui.

— Ouvre les yeux, pour que je sache que tu vas bien.

Elle glissa sa main sous la sienne et eut l'impression que les doigts de Grayson bougèrent légèrement.

— Grayson ? Réveille-toi, s'il te plaît.

— N'importe où, marmonna-t-il.

— Quoi ?

— Tu iras n'importe où.

Les mots étaient à peine audibles.

Il entrouvrit les paupières un bref instant et la regarda.

Cela lui suffit.

Laissant ruisseler ses larmes, elle posa le front sur le dessus de sa main.

Elle sentit qu'il cherchait à libérer ses doigts et le laissa faire.

Il les posa sur sa tête et lui caressa les cheveux.

Puis il fut à nouveau immobile.

Lorsqu'elle le regarda, il avait à nouveau les yeux fermés.

Mais tout allait bien.

Les moniteurs bipaient doucement, ronronnaient de façon rassurante.

Elle essuya son visage, mais les larmes continuaient à couler.

Pas parce qu'elle les avait retenues pendant des années et qu'elle en avait à revendre, mais parce que Grayson était le genre d'homme qui pourrait vraiment lui briser le cœur.

Et qui le ferait peut-être…

- 12 -

— Dis bonjour à Selena.

Billie tourna son téléphone vers Grayson, pour que sa cousine puisse voir le visage de ce dernier.

Il lui offrit son célèbre sourire.

— Bonjour, Selena. Comment se passe la classe d'équitation ?

Il avait aidé Selena à intégrer le programme de Grayson Good pour l'enseignement de l'équitation aux enfants défavorisés.

Sur le petit écran, le visage de Selena était rayonnant.

— C'est génial ! s'exclama-t-elle. J'essaie de convaincre mes parents de m'acheter un cheval, mais ils ne veulent pas !

Billie tapota du bout des doigts sur le plâtre de Grayson, dont la jambe était posée sur la chaise à côté d'elle. Ils prenaient le petit déjeuner dans la cuisine du ranch familial à Paseo, comme tous les matins depuis qu'il avait pu quitter l'hôpital.

— Je t'avais dit qu'elle finirait par réclamer son propre cheval, dit-elle.

— C'est vrai que j'aimerais en avoir un, reprit Selena. Mais ce n'est pas grave. Je suis tellement contente de monter Molly ! C'est la plus belle et la meilleure des juments ! Mes parents disent que je dois vous écrire un mot de remerciements. C'est déjà fait.

Elle brandit une carte postale parsemée de cœurs roses et de paillettes.

— On va la poster aujourd'hui.

— Je suis content que tu t'amuses, ma puce, dit gentiment Grayson.

— Vous revenez bientôt à Austin ?

Billie se mordit l'intérieur de la joue, en attendant la réponse de Grayson.

Même si Forest Allen se réjouissait que l'agence Austin Elite se soit vu confier la recherche de locaux commerciaux pour Grayson Gear, elle savait que la patience de son patron avait des limites. Cela faisait déjà un mois qu'elle était absente, pour s'occuper de Grayson pendant sa convalescence.

Il était désormais pleinement propriétaire du ranch Harmon, mais la maison était toujours vide, et il avait décidé de revenir à Paseo. C'était plus simple, d'après lui.

Parfois, Billie se demandait s'il la testait pour savoir si elle était vraiment prête à le suivre n'importe où.

Si c'était le cas, elle avait envie de réussir ce test. C'est pourquoi, quand il avait pu sortir de l'hôpital, elle avait proposé de le conduire à Paseo et de rester avec lui le temps qu'il aille mieux.

Seulement, après trois semaines passées à se morfondre au ranch, elle commençait à trouver le temps long, et elle ne savait toujours pas ce que Grayson attendait d'elle.

Deborah lui disait de prendre patience, que Grayson n'accordait pas facilement sa confiance, et que le fait qu'il veuille d'elle à Paseo était plus parlant que de grandes phrases.

Quand elle était arrivée dans ce ranch immense et isolé, elle ne savait pas à quoi s'attendre. Toute la famille vivait là. Jayden et Ariana, Nathan, Bianca et leur petit E.J. Et, bien sûr, Deborah.

Elle avait pensé que cela lui laisserait peu de place, mais elle se trompait.

Grayson n'avait même pas suggéré qu'elle dorme avec lui ! Elle avait une chambre à elle, sous les toits, avec un lit étroit, un petit bureau et une chaise, et une vue assez déprimante sur des pâturages.

Souvent, elle avait du mal à s'endormir, en songeant qu'un seul étage et quelques portes les séparaient, Grayson et elle…

Elle se força à revenir à l'instant présent.

— Nous serons à Austin la semaine prochaine, répondit Grayson. J'ai rendez-vous avec un orthopédiste.

— On va vous enlever le plâtre ?

Il grimaça.

— Pas encore. Mais j'en aurai peut-être un plus petit. Quelque chose qui me permette de bouger plus facilement, précisa-t-il en se tournant vers Billie.

Elle sentit son cœur s'emballer mais se dit que cela ne servait à rien de se faire des idées, étant donné qu'il la traitait à peu près de la même façon que Bianca et Ariana. Comme une sœur.

Ce qui était agaçant au possible !

Frustrant.

Et terriblement déstabilisant.

— Super ! s'exclama Selena. Quand pourrez-vous remonter à cheval ?

— Je n'en sais rien. Cela dépendra de ce que diront les médecins.

L'adolescente eut une petite moue attristée.

— J'espère que ce sera bientôt, dit-elle. Vous savez, Max a attrapé la grosse tête. Il n'arrête pas de gagner.

— Tant mieux pour lui.

— Il ne sera jamais aussi génial que vous, affirma Selena, piétinant allègrement la loyauté familiale.

— Il ne faut jamais dire jamais, ma puce. Ton cousin n'en est qu'à ses débuts. Tandis que moi…

Il haussa les épaules et marmonna :

— Je suis coincé avec un fichu plâtre qui me gratte.

Selena fronça le nez.

— Mon père a eu un plâtre au bras, l'année dernière. Et ça sentait mauvais parce qu'il n'arrêtait pas de le mouiller. Billie, il faut absolument empêcher Grayson de mouiller son plâtre.

— Grayson est un grand garçon, intervint Billie. C'est à lui de veiller que son plâtre ne se mouille pas.

— Mais je croyais que tu étais là-bas pour l'aider.

— C'est ce qu'elle fait, affirma Grayson. D'ailleurs, il va falloir se dire au revoir, car elle doit venir avec moi pour nourrir Vix et Van.

L'adolescente agita la main, avec un grand sourire.

— Bye, Billie. Bye, Grayson.

Puis l'écran devint noir.

Billie posa son téléphone.

— Merci de ne pas avoir dit du mal de Max devant Selena, Grayson.

Max ne parlait toujours pas à Billie, campant plus fermement sur ses positions depuis qu'elle était accourue au chevet de Grayson, à l'hôpital.

Il pinça les lèvres.

— Tu penses vraiment que je suis capable de ça ?

Elle lui tendit ses béquilles.

— Je ne sais plus trop quoi penser, avoua-t-elle.

Elle se dirigea vers la porte vitrée de la cuisine et regarda dehors.

Il allait faire chaud cet après-midi, et les portes de l'écurie étaient fermées pour préserver la climatisation. Il y aurait quand même du vent, car elle entendait tinter le carillon suspendu à côté de la porte, que Jayden avait installé pour aider Sugar, son chien aveugle, à s'orienter.

Justement, Sugar et E.J. gambadaient sur la pelouse. Le neveu de Grayson avait quatre ans, et il débordait d'énergie. Billie ne fut pas surprise de voir Bianca courir après lui, bientôt rejointe par Nathan.

C'était une si belle petite famille, que Billie sentit son cœur se serrer. Même si Ariana et Bianca l'avaient accueillie avec une incroyable gentillesse, elle n'avait pas vraiment l'impression d'être à sa place, dans ce ranch.

Quant à elle, impossible de dire quel était son rôle.

Elle se tourna vers l'homme qui était responsable de ses incertitudes.

Si au moins il avait essayé de l'embrasser, même une fois en vingt et un jours, elle ne se serait pas sentie aussi désemparée.

Seulement il ne l'avait pas fait. Et ce n'était pas parce qu'il était maladroit avec son plâtre.

Rien qu'hier après-midi, elle l'avait regardé travailler avec ses frères, jetant des balles de foin plus lourdes qu'elle, gardant l'équilibre sans ses béquilles, et observant la même cadence que les autres.

À présent, il se levait de table, soulevant sa jambe plâtrée à deux mains pour la descendre de la chaise, calant ses béquilles sous ses aisselles et s'y appuyant lourdement, avant de se diriger vers elle. Ou plutôt vers la porte.

Comme elle ne se poussait pas du passage, il haussa un sourcil.

— Quoi ?

Le cœur battant soudain à tout rompre, elle attira son visage vers le sien et l'embrassa.

Elle sentit sa surprise.

Puis sa résistance.

Déterminée à ne pas flancher, elle noua les bras autour du cou de Grayson, et se plaqua contre lui.

Il jura entre ses dents et lui rendit son baiser.

Une béquille tomba sur le sol, tandis qu'il posait la main dans le creux de son dos, la glissait sous l'ourlet de son T-shirt et plaquait sa paume brûlante contre sa peau.

Sa langue avait le goût du café qu'Ariana avait fait ce matin, et des pancakes aux myrtilles confectionnés par Bianca.

La seconde béquille tomba tandis qu'il lui empoignait le haut des bras.

Au début, elle crut que c'était pour garder son équilibre, mais elle comprit très vite qu'il mettait fin à leur baiser et qu'il la repoussait.

Ses cheveux trop longs étaient en bataille. Une flamme dansait dans les profondeurs de ses prunelles brunes. Son souffle était irrégulier, trop rapide.

— Qu'est-ce que je fais ici, Grayson ?

Il fronça les sourcils et, au lieu de répondre, se pencha, en équilibre sur une jambe, pour ramasser ses béquilles. Puis il la contourna et ouvrit la porte.

— Les chevaux ont besoin d'exercice, marmonna-t-il.

Elle ouvrit la bouche pour protester, mais ne sut pas quoi dire.

Elle le regarda clopiner dehors et se diriger vers l'écurie, sans paraître voir Bianca qui revenait vers la maison.

— Qu'est-ce qui ne va pas ? demanda cette dernière.

— Rien, murmura Billie.

Elle se laissa tomber sur une chaise et enfouit son visage dans ses mains.

— Tout, ajouta-t-elle.

Bianca prit une serviette en papier dans le présentoir sur la table, et la lui mit dans la main.

— Tu veux en parler ? proposa-t-elle.

Billie savait que Bianca n'avait que quelques années de plus qu'elle, qu'elle avait déjà vécu l'échec d'un mariage et qu'elle était la petite sœur du meilleur ami de Nathan, qui était mort en mission lorsqu'ils étaient dans l'armée ensemble. Elle avait donc assez souffert pour se montrer compatissante.

Billie s'essuya le visage et roula la serviette en boule. Puis elle sourit tristement à Bianca.

— Je ne comprends pas Grayson, avoua-t-elle. Pas du tout. On dit que les femmes sont compliquées, mais ce n'est rien, à côté de lui !

— Le seul conseil que je puisse te donner, c'est qu'il ne faut jamais renoncer quand quelque chose compte vraiment pour toi. Est-ce que c'est le cas de Grayson ?

Billie soupira.

— Bien plus que je ne le voudrais, oui.

— Alors tu as ta réponse.

Bianca ouvrit la porte du réfrigérateur et en sortit des briquettes de jus de fruit.

— Nous allons nous promener, dit-elle. Tu veux venir avec nous ?

— Non, merci. Amusez-vous bien.

— Garde la tête haute, Billie. Quand les choses doivent se faire, elles se font, conclut Bianca avant de quitter la pièce.

Et quand elles ne doivent pas se faire ?

Billie ruminait cette pensée, quand le téléphone mural de la cuisine sonna.

Il n'y avait personne d'autre dans la maison. Deborah était partie en ville. Ariana et Jayden étaient chez des amis qui habitaient « à côté » – notion toute relative, dans un trou perdu comme Paseo !

Le téléphone sonnait toujours, et elle finit par décrocher l'antique combiné téléphonique de son support.

— Résidence Fortune.

— Pourrais-je parler à Grayson ?

La voix était féminine, rauque.

— Je suis Bethany Belmont.

Les doigts de Billie se crispèrent autour du combiné.

— Il n'est pas dans la maison, répondit-elle. Voulez-vous que j'aille le chercher ?

— Non… Tant pis… Êtes-vous Deborah ?

— Non, elle est sortie également.

— Oh. Pourriez-vous transmettre un message à Grayson ?

Billie avait les mâchoires tellement serrées qu'elle eut du mal à répondre.

— Bien sûr.

— Dites-lui que c'est un garçon. J'ai… hum… pensé à ce qu'il m'a dit, et j'ai compris qu'il avait raison. Il saura ce que ça veut dire. Avez-vous noté ?

Il ne manquait plus que cela ! On lui demandait de transmettre un message truffé de sous-entendus !

— Oui, c'est noté.

— Merci. Et remerciez-le aussi de ma part, voulez-vous ?

Billie détendit le fil torsadé du téléphone. C'était mal de s'imaginer tirer sur les cheveux de Bethany. Mais cela lui procurait un plaisir fou. Et elle aurait bien aimé voir la tête de Bethany si elle lui disait qu'elle était la cousine de Max Vargas.

— Je lui dirai. Au revoir.

Billie raccrocha et se dirigea d'un pas décidé vers l'écurie.

Il était peut-être temps d'avoir enfin cette conversation avec Grayson à propos de la nature de ses relations avec Bethany Belmont.

Elle le trouva en équilibre sur un pied, en train d'épandre de la paille dans un box.

Elle se rua vers lui et lui arracha la fourche des mains.

— Tu es en train de salir ton plâtre, dit-elle. Que feras-tu si ça s'infecte, ou je ne sais quoi ?

— On ne le saura jamais, car je vais finir par le découper, si ça continue à gratter comme ça, marmonna-t-il.

— Ça te gratterait peut-être moins si tu restais tranquille, au lieu de vouloir jouer les fermiers modèles. Tu es un patient épouvantable. Ta mère m'avait prévenue, et elle était encore en dessous de la vérité.

Billie finit d'étendre la paille. Puis elle s'attaqua au box suivant, raclant ce qui devait l'être avec une pelle, et transférant la litière souillée dans une brouette.

— Bethany a appelé pour dire que c'est un garçon,

qu'elle a réfléchi à ce que tu as dit, que tu as raison, et qu'elle te remercie, dit-elle soudain d'un trait.

Faisant comme si elle se moquait éperdument de sa réaction, comme si elle n'avait pas des dizaines de questions à lui poser, elle continua à s'occuper des box.

— C'est tout ? insista-t-il. Tu ne me fais pas une crise de jalousie ?

— C'est ce que tu attends de moi ?

Il haussa les épaules.

— Je ne sais pas ce que je dois attendre de toi, Billie.

— Alors nous sommes deux.

Interrompant sa tâche, elle prit appui sur le manche de la fourche, et chercha le regard de Grayson.

— Tu veux de moi ici, ou pas ? demanda-t-elle. Parce que, franchement, je n'en sais absolument rien.

— Si je ne voulais pas de toi, je te l'aurais dit.

— Mais je n'ai pas ma place ici ! Tu n'as pas besoin d'une infirmière, ni d'une palefrenière, et encore moins d'une maîtresse, sinon tu ne m'aurais pas reléguée dans une mansarde !

— Enfin, Billie, ma mère vit aussi dans cette maison. Tu voudrais quoi ? Que je te prenne à la sauvage sur la table de la cuisine ? Je n'ai jamais invité de femme ici.

Il se passa la main dans les cheveux et ajouta, après une courte hésitation :

— Tu sais que je te désire plus que tout, mais je ne veux pas commettre une erreur qui te ferait du mal.

Elle écarquilla les yeux.

— Et tu crois que, moi, je n'ai pas peur de faire des erreurs ? répliqua-t-elle.

— Tu as une famille normale, Billie. Toi, tu n'as pas à t'inquiéter de devenir un monstre comme ton père.

— Grayson !

La voix de Deborah les fit tous deux sursauter.

Ils se retournèrent et la découvrirent sur le seuil de l'écurie, en compagnie d'un homme aux cheveux gris et à la stature imposante.

Billie sentit son estomac se nouer quand elle reconnut Gerald Robinson.

— Qu'est-ce que vous fichez ici ? demanda sèchement Grayson.

— Je l'ai invité, répondit Deborah.

Grayson serrait les poings si fort que ses articulations avaient blanchi.

Inquiète pour lui, Billie posa la main sur son bras.

— Laisse-moi, siffla-t-il entre ses dents.

— Tu devrais au moins t'asseoir, suggéra-t-elle.

— Bon sang, Billie ! Ça ne te concerne pas !

S'il l'avait giflée, elle n'aurait probablement pas eu plus mal.

Elle avala sa salive avec peine.

— Tu as raison, dit-elle d'une voix blanche.

Elle avait compris dès le début qu'il serait le genre d'homme à lui briser le cœur. Et malgré tout, elle l'avait laissé faire.

Rassemblant le peu de dignité qu'il lui restait, elle quitta l'écurie.

— Tu viens de faire une énorme erreur, mon fils.

Grayson jeta un regard noir à sa mère.

— Mon erreur, c'est d'avoir cru que tu étais incapable de nous mentir, rétorqua-t-il. Et tu n'as fait que ça toute ta vie. Et maintenant, tu viens ici avec ton amant.

— Nous ne sommes pas amants.

— Écoute, Grayson, je sais que tu es en colère, intervint Gerald.

— Ah bon, vous croyez ?

Au moins, il n'avait pas ajouté « fiston ».

— Je ne savais pas que ta mère était enceinte…

— Vous mentez !

Deborah s'interposa.

— Tais-toi, Grayson ! Tu ne connais pas toute l'histoire.

— Et je ne veux pas la connaître !

Il claudiqua vers la sortie, décidé à se réconcilier avec Billie.

Mais sa voiture de vieille dame n'était plus dans la cour. Et, vu la façon dont elle conduisait, elle devait déjà avoir quitté le comté !

Il avait mal à la jambe, et son équilibre était menacé. Il tendit le bras vers le mur de l'écurie et rencontra à la place un être humain, ce qui le fit pester de plus belle.

Dès qu'il l'eut stabilisé, Gerald s'écarta.

— Tu tiens à cette femme ? s'enquit-il.

— Je n'ai pas envie de parler de Billie avec vous. D'ailleurs, je n'ai pas envie de parler avec vous tout court !

Gerald hocha la tête.

— C'est de bonne guerre. Laisse-moi juste te dire une chose. J'ai entendu ce que tu as dit. Tu ne veux pas être un monstre comme ton père. Alors ne fais pas comme moi. Si tu aimes vraiment cette femme, rattrape-la. Sinon, tu passeras ta vie à essayer de trouver un ersatz de bonheur.

— Si vous essayez de me faire comprendre que vous aimiez ma mère, cela ne m'intéresse pas.

— Cela ne t'intéresse peut-être pas, Grayson, mais c'est pourtant la vérité, dit doucement sa mère.

- 13 -

Grayson vit Billie à la seconde où il entra au Twine.

C'était difficile de ne pas la remarquer.

Elle était au milieu de la piste de danse, vêtue d'une robe blanche très ajustée, très courte, et elle sautait en agitant les bras, au rythme d'une chanson qu'il n'avait jamais entendue.

Il espérait d'ailleurs ne plus jamais avoir l'occasion de l'entendre, car cela lui rappellerait l'expression lubrique du type qui dansait avec elle.

Cinq jours s'étaient écoulés depuis qu'elle avait quitté Paseo.

Cinq jours pendant lesquels il avait boudé, avait prétendu sa mère.

Plutôt cinq jours pour se remettre de la colère qu'il ressentait chaque fois qu'il pensait que Deborah avait osé inviter chez eux l'homme qui l'avait trahie.

Cette dernière n'avait pas manqué de faire remarquer que le ranch Paseo lui appartenait encore, et qu'elle avait le droit d'inviter qui elle voulait. D'autant plus qu'il avait maintenant sa propre maison, dont il ferait bien de s'occuper. Et, sur ce dernier point, elle n'avait pas eu tort…

Il se faufila dans la foule des danseurs, jurant entre ses dents quand quelqu'un le prit par le bras.

— Oh ! ça alors ! Vous êtes Grayson !

C'était une rousse bien en chair, qui dansait avec une telle frénésie que les bretelles de sa robe glissaient sur ses épaules. Elle se trémoussa contre lui et il essaya de s'écarter. Son plâtre de marche le rendait maladroit, et il heurta un grand type qui n'en prit pas ombrage.

Finalement il arriva jusqu'à Billie et s'interposa entre elle et son cavalier.

Il lui suffit d'un regard pour voir qu'elle avait bu.

— Qu'est-ce que tu fais là ? demanda-t-elle d'une voix pâteuse.

— À ton avis ?

Elle lui tourna le dos et se remit à danser.

À nouveau, il s'interposa.

Elle repoussa ses cheveux en arrière, et le toisa.

Elle les avait lissés, et ils coulaient comme de la soie dans son dos, lui donnant l'envie d'y plonger les mains.

— Comment tu as su que j'étais là ? reprit-elle.

— Par Max.

Cela au moins retint son attention.

Pendant dix secondes.

Puis elle lui tourna à nouveau le dos.

Il soupira et attendit que la chanson s'arrête. Puis il comprit que la musique allait continuer, car le DJ enchaînait les morceaux plus cadencés les uns que les autres.

Il avait passé la matinée avec l'orthopédiste, et l'avait convaincu de lui faire un plâtre de marche. Puis il avait signé des autographes à un événement réunissant Grayson Gear et Castleton. Sa directrice, Jessica, avait eu la brillante idée d'inviter la nouvelle vedette du moment, Max Vargas…

Sur le plan marketing, c'était malin. Mais il n'avait pas compris pourquoi Max avait accepté.

Jusqu'à ce qu'il voie Bethany, beaucoup plus enceinte que la dernière fois qu'il l'avait rencontrée, pendue au bras de Max.

Il s'était alors rappelé le message que lui avait donné Billie : Bethany avait reconnu qu'il avait raison.

La seule chose qu'il lui avait dite, c'était qu'il n'était pas juste qu'un enfant grandisse sans père.

Ce qui voulait dire que Max, prêt ou pas, allait devenir papa.

Quand Max s'était assis à sa table, ses excuses avaient été minimalistes. Mais Grayson devait au moins lui accorder le crédit de les avoir présentées.

Il n'était pas certain qu'il aurait fait la même chose, à sa place.

Quand il avait finalement quitté l'événement, il avait souhaité bonne chance au couple. Bethany l'avait embrassé sur les joues, toujours ravie de son travail chez Grayson Gear. Max lui avait dit que Billie sortait au Twine tous les jours.

À présent, Billie se trémoussait devant lui, et sa robe remontait presque sous ses fesses.

Il en avait assez vu comme ça.

Il enroula un bras autour d'elle, et la bascula en travers de son épaule.

— Qu'est-ce qui te prend ? s'écria-t-elle.

Elle lui martela le dos de coups de poing.

— Pose-moi immédiatement !

Il serra son bras autour de ses cuisses, maintenant

l'ourlet de sa robe en dessous de ses fesses, et traversa la piste de danse.

Une jeune femme les suivit, et lui tendit une pochette de soirée qui devait, il l'espérait, appartenir à Billie.

La musique lui écorchait les oreilles. Ou peut-être étaient-ce les cris médusés des gens devant qui il passait.

Il ne savait pas s'il devait se réjouir ou se désoler que personne ne cherche à l'arrêter. Puis il songea à la dernière fois où il était venu dans ce bar. La veille de sa première recherche de maisons avec Billie. Les filles *topless*, les flics… Peut-être sa sortie avec Billie en travers de son épaule n'était-elle pas si choquante, après tout.

Il avait vu la voiture de Billie garée sur le parking, mais il se dirigea vers son propre pick-up, la déposa sur le siège passager, et jeta la pochette sur ses cuisses.

Elle croisa les bras et le toisa sévèrement.

— Ça t'amuse de m'embarrasser devant mes amis ? marmonna-t-elle.

— Quels amis ? Ils n'ont même pas essayé de m'arrêter. Qu'est-ce que tu fais dans un endroit comme ça, d'abord ? C'est un repaire de dragueurs.

— J'ai peut-être envie de faire des rencontres.

Il se pencha pour lui boucler sa ceinture et hésita au moment de se redresser. Sa bouche était proche de la sienne. Elle sentait le vin et la tentation.

Finalement, il claqua la portière, fit le tour du pick-up, et se mit au volant.

— Si tu crois que je vais te laisser me border, tu te mets le doigt dans l'œil, dit-elle tandis qu'il démarrait.

Il l'ignora et s'inséra dans la circulation. Au lieu de se diriger vers l'immeuble de Billie, il prit la direction de l'autoroute.

Il la vit se crisper et sut qu'elle avait compris que ce n'était pas la bonne direction.

— Tu m'emmènes où, comme ça ?

— À la maison.

— Ta maison ? Et pour faire quoi ? S'asseoir par terre et boire du thé invisible dans des tasses virtuelles ?

Il ne répondit pas et profita du fait que la circulation s'amenuisait pour accélérer.

Billie tourna résolument la tête vers sa vitre. Un silence de mort s'installa dans la voiture, tandis que les kilomètres de plaine défilaient.

Perdu dans ses pensées, il faillit rater le panneau indicateur et freina à la dernière minute, avant de s'engager sur la petite route qui menait à sa propriété.

— Bon sang, Billie, dis quelque chose, même si c'est pour m'envoyer au diable.

Il actionna la télécommande du portail, emprunta l'allée goudronnée, et s'arrêta devant sa maison.

— Tu veux que je te supplie, c'est ça ? D'accord. Je vais te supplier. Mais je ne vais pas m'excuser de ne pas avoir voulu dormir avec toi à Paseo. Le sexe a toujours été trop facile pour moi. Et tu représentes plus à mes yeux que simplement ça.

Il lui toucha le bras et sa tête roula.

Elle dormait.

Il coupa le moteur et laissa les phares allumés pour voir où il allait. Il n'y avait pas de meubles dans la maison, mais il avait toujours son sac de couchage avec lui.

Les longs cheveux de Billie glissèrent sur son bras, comme une caresse de soie. Elle soupira.

— Où sommes-nous ? demanda-t-elle.

Il avait installé le sac de couchage dans la suite parentale, là où serait leur lit.

Il lui sourit et déposa un petit baiser sur le bout de son nez.

— À la maison.

Il n'avait allumé aucune lumière dans la chambre, mais le clair de lune nimbait la pièce d'un halo argenté, et on y voyait presque comme en plein jour.

Il s'étira et se hissa sur un coude.

— Tu es enfin réveillée.

— Réveillée ?

Il passa les doigts dans ses cheveux, se pencha pour déposer un baiser sur le lobe de son oreille.

— Combien de verres as-tu bus ?

— Un seul, gros malin.

— Malin, je ne sais pas. En tout cas, ce n'est pas moi qui ai perdu connaissance dans la voiture.

Il soupira.

— Et dire que j'étais en train de t'ouvrir mon cœur, et que tu n'as rien entendu !

— Tu n'ouvres ton cœur à personne, répliqua-t-elle. Tu flirtes.

— Je ne flirte pas, en ce moment.

Il oublia le discours qu'il avait préparé et sortit simplement la bague de sa poche. Il l'avait achetée cet après-midi, après le rendez-vous chez l'orthopédiste, et après la séance d'autographes.

— Je t'aime, Billie. Je crois que je t'ai aimée dès le premier jour, alors que je tenais à la main cet écœurant verre d'eau de concombre. Et mon destin s'est scellé quand je me suis réveillé à l'hôpital, et que je t'ai vue en pleurs à côté de moi.

Elle baissa les paupières. Il vit une larme au bout de ses cils, et son cœur se gonfla d'amour quand il l'écrasa du bout de son pouce.

— Si tu acceptes de m'épouser, je te promets que je t'aimerai plus fort que personne ne pourra jamais t'aimer. Mais tu dois savoir que c'est moi qui ai tout à gagner, pas toi. Je suis un vieux cow-boy qui va devoir prendre sa retraite. Je serai bientôt une ancienne gloire de rodéo que tout le monde aura oubliée. Et j'ai une histoire compliquée avec mon p… enfin avec Jerome ou Gerald, je ne sais plus. Et même si j'ai un bureau, j'aurai toujours envie de prendre la route, d'écouter le crissement des pneus sur l'asphalte, d'assister à des rodéos en spectateur. Même si je ne peux plus concourir, c'est en moi, et…

Billie posa le bout des doigts sur ses lèvres pour le faire taire.

— Tu m'aimes ?

Il saisit ses doigts et les embrassa.

Et comme elle n'avait pas encore dit oui, il glissa l'anneau à son annulaire.

Soit elle le laisserait là pour le reste de sa vie. Soit il passerait le reste de la sienne à essayer de la convaincre d'accepter.

— C'est ce que j'ai dit, je crois. Tu veux que je répète ?

Elle hocha la tête.

— Je t'aime. Je t'aime. Je t'aime.

Le soleil se levait quand Grayson ouvrit les yeux, l'esprit confus, les paupières alourdies par la fièvre de leurs ébats nocturnes.

Il regarda Billie qui dormait, blottie contre lui.

Il la réveilla en dévorant son épaule de baisers.

— Tu n'as toujours pas dit oui, ma belle.

Elle se retourna, appuyant son dos contre son torse, et lui prit le bras pour le passer en travers de sa taille.

— Je suis peut-être toujours en train d'y réfléchir, cow-boy.

Épilogue

— Vous pouvez embrasser la mariée.

Des cris de joie et des applaudissements explosèrent tandis que le couple échangeait un baiser qui dura peut-être un peu plus longtemps que le protocole ne l'autorisait.

Lady Josephine Chesterfield était à présent Mme Orlando Mendoza.

Billie se pencha vers Ariana et chuchota :

— Qui aurait cru que le propriétaire de La Viña épouserait une aristocrate anglaise ?

— Ce sont les mystères de l'amour.

Grayson posa la main sur celle de Billie.

— Nous pourrions aussi organiser notre mariage ici, dans le vignoble, suggéra-t-il.

— Non. Nous n'avons peut-être pas encore fixé la date, mais je veux que notre mariage ait lieu chez nous. Et je ne veux rien d'aussi fastueux. Tu ne trouves pas qu'il y a beaucoup trop de monde ?

— Beaucoup trop, oui. Nous pourrions nous esquiver discrètement ?

— Oh oui ! Je n'ai aucune envie de subir les discours interminables des témoins et des mariés. Et surtout, surtout, je ne veux pas être là pour le lancer du bouquet.

— C'est à se demander pourquoi tu as accepté l'invitation.

— En fait, c'est très simple. Schuyler, la sœur de mon ancienne patronne à Houston, Maddie Fortunado, a épousé Carlo Mendoza, le neveu d'Orlando. Donc, je ne pouvais pas vraiment refuser.

— Je n'ai rien compris.

— Ce n'est pas grave. Viens, partons.

Ôtant ses escarpins à semelle rouge, elle lui prit la main et ils filèrent à travers les vignes en riant aux éclats.

À bout de souffle, ils finirent par s'arrêter.

— J'ai quelque chose à te dire, annonça Billie, en cherchant son regard. Je suis enceinte.

Il resta un instant sans voix.

— Tu es sûre ?

— J'ai fait un test ce matin.

Il rejeta la tête en arrière, et poussa un cri de joie.

— Tu es content, alors ?

— De planter des racines avec toi ? Belinda Marie Fortune, n'as-tu pas encore compris ?

Il lui prit le visage entre ses mains.

— Tu es ma maison pour toujours.

Les yeux de Billie se remplirent de larmes. Jamais elle n'aurait cru pouvoir être aussi heureuse.

— Oh ! Grayson…

— Maintenant, on peut la fixer, cette fichue date ? Il faut prévenir tes parents, ma mère… On va avoir tellement de choses à faire !

Elle rit, lui prit à nouveau la main, en entrelaçant ses doigts aux siens.

— Tu sais que je te suivrai n'importe où, murmura-t-elle.

PASSIONS

HARLEQUIN

Ne manquez pas dès le mois prochain

dans votre collection

PASSIONS

l'intégrale de la nouvelle série

Idylles à Brooklyn

Elles sont à New York pour

réaliser leur rêve… et vont tomber

amoureuses !

Une série intégrale à découvrir

en juin 2022

Retrouvez prochainement,
dans votre collection

PASSIONS

Son patron interdit, de Joanne Rock - N°995

SÉRIE : IDYLLES À BROOKLYN 1/3

À l'instant où Sable voit entrer Roman Zayn, son patron, dans l'atelier de haute couture où elle travaille, elle se sent fondre. Le temps d'une nuit, elle décide d'oublier que cet homme lui est interdit... Mais bientôt elle découvre que ce moment d'égarement a eu des conséquences qui pourraient mettre en péril son métier de rêve... et son cœur !

Pour un baiser de lui, de Joanne Rock

SÉRIE : IDYLLES À BROOKLYN 2/3

Blair Wescott, nouvelle recrue chez Deschamps Cosmetics, est-elle une espionne industrielle ? Lucas, l'héritier de la société, est résolu à le découvrir... en séduisant la jeune femme ! Mais, alors qu'il se rapproche d'elle, il craint de perdre toute lucidité. Car les doux baisers de Blair le détournent de sa mission...

Une si douce vengeance, de Joanne Rock

SÉRIE : IDYLLES À BROOKLYN 3/3

Chase est la dernière personne que Tana s'attendait à voir débarquer à Brooklyn, huit ans après leur séparation. Persuadé qu'elle l'a trahi autrefois, son amour de jeunesse exige qu'elle s'acquitte de la dette qu'elle a envers lui... en jouant le rôle de sa fiancée durant un long week-end !

Un *bad boy* au grand cœur, de Kira Sinclair - N°996

Si Dominic cultive sa réputation de *bad boy*, c'est uniquement pour cacher la mission qu'il effectue auprès de femmes dans le besoin. Or Meredith, la meilleure amie de sa sœur, risque aujourd'hui de saboter sa couverture en publiant un article contre lui ! Furieux, il tente de la raisonner mais ne fait que raviver le désir que la jeune femme a toujours éveillé en lui...

Un bébé à Rust Creek Falls, de Melissa Senate

Seule et enceinte, Mikayla emménage à Rust Creek Falls pour prendre un nouveau départ. C'est décidé : jamais plus elle ne laissera un homme lui gâcher la vie. Pourtant, sa rencontre avec Jensen Jones fait vaciller ses résolutions. Le trouble qu'il éveille en elle est si intense ! Hélas, tout le monde sait que le millionnaire n'est pas du genre à s'engager...

Dans les bras de Rafe Cortez, de Barbara Dunlop - N°997

Éclaboussée par un scandale financier causé par son demi-frère, Gina est résolue à venir en aide aux personnes ruinées. Pour cela, elle propose une vente aux enchères dont le premier prix est une journée avec Rafe Cortez-Williams, un sublime rancher. Malgré l'hostilité que lui témoigne cet homme qui fait partie des victimes de l'escroquerie, Gina est très attirée par lui – au point de rêver de gagner le gros lot…

Impossible liaison, de Zuri Day

Quand Avery comprend que son nouveau client est Cayden Barker, qu'elle n'a pas revu depuis le lycée, elle sait que les problèmes ne font que commencer… Elle devra organiser un gala pour lui mais, hélas, Avery doute de pouvoir rester professionnelle à ses côtés. En effet, le mauvais garçon devenu un puissant homme d'affaires éveille en elle le même émoi qu'autrefois…

Presque mariés, de Reese Ryan - N°998

Série : Les héritiers de Moonlight Ridge 3/3

Pour toucher son héritage, Riley doit se marier – et vite ! Désespérée, elle se tourne vers Travis Holloway, son premier amour, pour lui faire une proposition qu'il ne pourra refuser. S'il l'épouse, elle l'aidera à sauver Moonlight Ridge, l'hôtel de sa famille tombé en désuétude. Hélas, si cet arrangement est parfait sur le papier, il ravive quelques rancœurs – et de troublants sentiments…

Amoureuse d'un rancher, de Joanna Sims

Depuis que Bonita a engagé Gabe pour qu'il transporte son cheval dans le Montana, le beau dresseur ne quitte plus ses pensées… Tous deux n'ont pourtant rien en commun, et elle ferait bien de ne pas s'attacher à lui. Car jamais cet homme amoureux de la nature ne s'intéressera à une citadine comme elle…

Son enfant, leur bonheur, de Charlene Sands - N°999

Brooke peine à le croire : alors que la nuit qu'elle a passée entre les bras de Wyatt ne devait être qu'une simple parenthèse, la voilà... enceinte ! Si elle se refuse d'abord à partager cette nouvelle avec lui, elle change d'avis quand elle apprend que son amant – père de jumeaux – cherche une nourrice pour s'occuper de ses enfants. Soudain, une idée folle germe dans son esprit : et si elle postulait ?

Pour les yeux de Libby, de Janice Maynard

Libby est aussi belle qu'incompétente ! Alors qu'il a engagé la jeune femme en tant que secrétaire pour faire plaisir à sa mère, Patrick regrette déjà sa décision. Heureusement, leur collaboration n'est pas prévue pour durer. Car, non seulement cette enfant gâtée n'est pas très rigoureuse, mais elle lui plaît aussi beaucoup trop ! Une situation dangereuse pour lui qui est promis à une autre femme...

Un rival au regard vert, d'Anna DePalo - N°1000

SÉRIE : L'EMPIRE DES SERENGHETTI 1/2

Cole Serenghetti – le célèbre joueur de hockey – refuse de parrainer la construction du gymnase du lycée où elle exerce ? Pour Marisa, c'est une véritable catastrophe. Bien sûr, elle se doutait que Cole, son premier et unique amour, ne lui aurait pas pardonné sa trahison passée, mais elle ne s'attendait pas à ce qu'il lui réserve un accueil aussi glacial. Et encore moins à ce que son regard vert lui fasse toujours autant d'effet...

Le choix de Chiara, d'Anna DePalo

SÉRIE : L'EMPIRE DES SERENGHETTI 2/2

Chiara en est persuadée : feindre d'avoir épousé le cascadeur Rick Serenghetti est la solution idéale pour faire taire les rumeurs que véhiculent les tabloïds sur sa vie privée. Seulement voilà, maintenant qu'ils font semblant d'être mari et femme, un doute l'étreint. Car, en plus d'être sexy, Rick se montre terriblement attentionné... comme s'il tenait vraiment à elle. Une situation impossible pour Chiara, qui refuse de tomber amoureuse après l'échec de sa dernière relation...